胡長松

幻影號的奇航

這个故事是虛構的，若有相像，純然巧合。

目次

導讀

在紅色勢力滲透下的堅決戰鬥

一本魔幻寫實、科技探險的勝利英雄小說

宋澤萊
文學家、國家文藝獎得主

《幻影號的奇航》這本小說是胡長松繼《復活的人》之後又一篇新推出的長篇台語小說。不過，這篇小說與以前任何的一篇小說都不相同。作者在這篇小說裡拓展了他的視野，把目光放在整個台灣的最基層與廣闊的周邊海域上，專門書寫在紅色勢力滲透下，台灣所面臨的最迫切危機。

在陸地上，作者藉著這本小說書寫了紅色勢力對於台灣基層宮廟的步步侵逼，視軟弱的地方勢力為無物。在海上，書寫了龐大的紅色武裝漁船如何挾持從台海經過的船隻，步步跟蹤，甚至無視於日、美兩國軍事力量的存在。

這部小說的主題是明日台、日、美必須共同面對的主題！

像這樣的一本小說不要說是台語文學界以前所沒有，就是北京語文學界也從未有過。

胡長松所使用的小說技法是一種寫實與魔幻交相混雜的寫法，在寫實中有為人所想像不到的魔幻，在為人所想像不到的魔幻中有寫實，交疊出一幅斑斕陸離的圖畫。另外在內容上出

現了新科技，並且在整篇小說裡都採用了偵探的寫法，層層揭露隱密中的隱密，所以也是引人入勝的科技偵探小說。

最重要的是：它是一本當前流行的勝利英雄小說，裡面的主要人物都具有抵抗與戰鬥的精神，在紅色勢力的威脅下能不屈不撓，竭力要挽救危機，在目前的文學潮流裡，算是最新穎的文學種類。總之，這是一篇極為聳動又有內涵的小說，值得我們細細品味。

不過，這是一本台語小說，在閱讀的普及性上總是比較吃虧。這是因為當前閱讀台語文學作品的都是剛接觸到台語文字不久的人，在閱讀上未能具備高強的能力，當他們面對這麼前衛的作品，在閱讀中可能遭到不順暢或者竟至於迷失方向的困擾。筆者因此想寫一個導讀，把前半段的大概情節簡單揭示出來，只要讀者能根據這些簡單情節慢慢閱讀，必然很容易就把整篇小說都看完，以下是導讀：

作者乃是採用了雙主角的方式來敘述這篇小說。當中有一位主角人物叫做吳昭陽，另一位叫做猴忠仔，他們是小學的同窗，然後一起長大。兩個人都是高雄內圍這個地方的人。作者採用交叉進行的方式來寫完他們頗長的故事，也就是先寫一段吳昭陽的故事，稍停；然後再寫一段猴忠仔的故事，稍停；然後又回過頭來寫一段吳昭陽的故事，稍停……如此把兩個故事交叉全部寫完。不過筆者現在把吳昭陽與猴忠仔的故事分別整合起來，系統性地來介紹這兩個人故事。

先談吳昭陽的故事：

故事的開頭就提到他是一位辦案的警官。由於小學同窗猴忠仔不願幫紅色勢力服務，引來紅色勢力的憤怒；同時又由於他準備趕往日本長崎拍賣市場購買一本牽涉到某神祕地圖的日本古籍叫做《寬永懺悔錄》，可能就因此使他的生命陷入生死交關之中，吳昭陽因此想查明這件事，特別是探求《寬永懺悔錄》這本書的來龍去脈。這時有一艘叫做「幻影號」的郵輪由高雄出發要回到日本長崎，郵輪的人給他一個訊息，邀請他去郵輪上討論《寬永懺悔錄》這本書，於是他就登上了郵輪，從此遭遇到層出不窮的怪異事件。

這一天，吳昭陽來到了停在高雄港的幻影號郵輪，之後船駛出了高雄港。

幻影號是現代郵輪，行走在東北亞與東南亞各大港口，屬於日本人的輪船，目的地是返回日本長崎。它有七層客艙，使用現代機械動力，是大船。為了讓遊覽的人感到有趣，所以它的表皮漆上彷古的柴紋，乍看之下彷彿是 400 年前的古船。吳昭陽更大的目的則是要到長崎買到古籍《寬永懺悔錄》，對他人來說，這是一個秘密。

這艘船的旅客有 300 人左右，大部分都是台灣人，當然也有許多其他亞洲國家的旅客；水手也有 4、50 人。

在餐廳，吳昭陽很快就見到了發給他邀請訊息的涂麗雲。回想以前在國小念書的時候，吳昭陽就有一個同學叫做涂建龍，大家都叫他「塗龍」，與吳昭陽很要好。塗龍的姊姊就是麗雲，比吳昭陽大 2 歲，她現在在幻影號當駐唱歌手。如今麗雲看起來已經是成熟的女人了，相當美麗。她穿一件低領洋裝，有麥色的胸脯、長頭髮、靈活的眼睛。在小學時候，麗雲曾經藉機吻過他，溫暖的胸脯給吳昭陽無限的懷念。當然，現在的吳昭陽也已經是有寬闊肩膀的警官了。

重逢使他們立即熱情如火。

麗雲很快地帶他進入一間圖書室，書架陳列了許多書籍。麗雲說他有音樂天份，能彈月琴、能作曲、能唱日本歌謠，所以他現在靠著歌聲在船上賺取旅費。他們在圖書室談起小時候的高雄內圍大埤，也談起離內圍不遠地方的蓮池潭風景，重溫了兒時的生活；最後他們彼此意亂情迷，麗雲帶他到船艙，彼此相擁而眠了。

夜晚來了，他們起身喝威士忌酒，吳昭陽就問麗雲為什麼要找他來幻影號。麗雲就帶他重回圖書室，就看到了裡面坐了一個男人。麗雲立即把吳昭陽介紹給對方。這個陌生的男人叫做文野辰雄，其實他是台灣人，是幻影號特別的古代文物研究員。由於幻影號的船長和船東對古文物有興趣，也做這方面的生意，所以文野辰雄是船長很器重的人。文野辰雄有一種憂鬱的氣質，並不多講話。不久，吳昭陽暈船了，麗雲又帶他回船艙。這時，在甲板上，他們發現在海上有兩盞紅色的燈火，尾隨在幻影號的後面，在海霧中時而出現，時而隱沒。

麗雲告訴吳昭陽說，剛剛那位文野辰雄以前在台灣念大學時，是個環保運動的成員，曾受到K黨以及黑道極大的迫害。當時K黨的一個幹部S與黑道曾連手關押他一陣子，並且揚言要殺害他的女朋友。這麼一來就迫使文野辰雄放棄了環保運動。文野辰雄心有未甘，恰巧他有攝影的天份，就喬裝成一個攝影師，接近S的妻子，企圖報復。當時，S的妻子是個舞蹈家，有一個舞團，他就到舞團裡擔任攝影師。不料一段時間後，文野辰雄發現S的妻子與一個叫做「紅劍」的地下組織有關係，這個組織是一個藝術品的販賣集團，中共有許多的金錢都由「紅劍」經手，再流入S的帳戶，只是沒有人知道S為什麼要拿中共那麼多錢。當文野辰雄想要進一步揭發這個陰謀時，他的身分就曝光了。文野辰雄是一個基督徒，教會組織就趕快把他引渡到日本，避免被殺害。從此，文野辰雄只能在日本住下去。由於塗龍認識文野辰雄，在塗龍的推薦下，麗雲就變成文野辰雄的日文老師，互相認識。文野辰雄並沒有因此就放棄追查「紅劍」這個組織，相反地更加積極。

麗雲也說她本人涉入了一起中共駐日大使教育參贊的女色陰謀，成為「紅劍」要殺害的對象，所以她開始旅行，進入幻影號逃脫災難。

幸運的是這一艘船的老闆頗願意與文野辰雄、麗雲合作，著手調查橫行東南亞與東北亞的海賊與紅劍組織。他們想要查出海賊與紅劍的來龍去脈，以維護公海上的安全。

●

幻影號繼續在隔天下午北行，離開了台灣海峽，在太平洋上行走。霧已經散去，整個洋面像是一塊無邊的青布，起起落落，浩瀚無際。

當太陽西下時，吳昭陽又去圖書室找麗雲，卻看見文野辰雄在那裡，兩個人隨即聊起天來。文野辰雄是一個學識廣博的人，在彼此交換意見中十分愉快。這時有一個水手來傳達船長訊息，說船長在找文野辰雄。於是，兩人一起走出圖書室，去見船長。

這位船長在駕駛台，他穿一件古老荷蘭人的海服，頭戴一頂彷彿拿破崙時代的大烏絨帽，看起來像是古代人，當然這是為了取悅船上的顧客。

船長的名字就叫做黑田，身體結實強壯，臉上有歷盡滄桑的皺紋。

黑田船長坦白地對文野辰雄說，剛剛他發現，不知道為什麼船的方向會有偏移的現象，可能將會駛入傳說中的「烏美加（Omega）」海域。船長提到，剛剛在基隆外海差一點撞上一群突然出現的漁船，接著儀表上的光點就跳到烏美加區，真是怪異。

此時，有一位船員驚呼起來，他指著西邊洋面海域有一排紅色光點慢慢向幻影號靠近，令人費解。船長立刻下命令給水手把主帆轉往東北方向走，並叫武裝保警在第二層甲板待命，避免海盜的攻擊。這時，電子海圖的坐標光點不見了，他們頓時失去方向與定位，不知到身處何方。

吳昭陽與文野辰雄走回圖書室，一路上文野辰雄解釋說烏美加區主要是一個環礁地帶，形狀如同 Ω 這個符號。古籍上有記載，這個地帶會無端讓船失蹤，極像是有名的百慕達三角洲。當然，也有一些船能安然通過。

他們抵達圖書室，麗雲已經在那裡，然後三人走到主甲板的地方，就看到一般的員工都面露緊張之色。這裡的船員有印尼、馬來西亞、中國、日本、台灣各國國籍，還算不少。

緊張慢慢傳染開來，連客人都感受到了。一直到深夜，那一排紅色燈光仍然緊緊跟隨在幻影號的後面。

此時，船長與文野辰雄終於得到了一個結論，他們所處的位置是在北緯 26 度、東經 134 度，離開基隆大概 750 海浬，是西太平洋偏遠的海域。

船長感到無可奈何，他提到 50 多年前，日本有一艘「良神丸」在菲律賓往琉球的路途上走，在平靜的海面，無端遇到巨大狂浪，險些無法到達目的地。另外有一艘「湯波五丸」的船在出港之後就失聯，瞬間不見了，都是怪事。

幻影號的機器聲越來越大，顯然行進越來越困難。

不久大副說烏美加環礁就在前方大約 2 海浬的地方。

來到夜晚，海流越強，船行越慢，在手電筒的照明下，水手們發現船的四周漂浮著海帶菜，海水的顏色轉紅，魚屍漂浮在上面，這時他們才知道原來遇到了特異生態下所形成的「赤流（紅潮）」！

吳昭陽聞到一股腥味，非常不舒服。船長則準備將船首朝東，繞過環礁，擺脫赤流的圍困。不過水手又發現在 2、3 海浬的地方有武裝的一列漁船慢慢靠近。接著就是幻影號的武裝保警與漁船的海盜相互駁火，答答答答的槍聲大作。一陣子之後，紅色的漁船都退走了。

船上的眾人都臉色蒼白，才發現在薄霧中有一塊木板漂過來，上頭躺著一個人，水手發現他已經陷入昏迷，他們趕快將這個人救起，抬著他進船去醫療。

船終於完全失去動力，無法前進分毫。船長下令拋下了錨，於是幻影號就停在環礁前的海面上。

●

次一天，太陽出來，海面的霧很快散去，在日光下眼前的環礁呈現了美麗的風貌。有潔白的沙灘、綠色的礁石，像一個手環，擺設在洋面上，旁邊還有許多散落的大大小小的島。

船長向大家說抱歉，希望大家忍耐，過幾天才能抵達長崎。還好，船上的水和食物都很充足，能度過好幾天。船長立刻下令修好輪機，讓船能夠繼續行走。

為了安慰大家，幻影號的大廳安排了一個盛大的演出。麗雲畫了濃妝，抱著月琴，唱起了日本淒涼的的歌曲。在觀眾席上，吳昭陽突然發現有一個穿旗袍的女人，身材豐滿妖媚，就坐在他的前面座位，旁邊還有一個小嘍嘍。她用北京話開始批評說這艘日本鬼子的船很窮酸，吃的東西比九龍的雞店裡的料理還不如。

吳昭陽吃了一些食物，文野辰雄在他身邊坐下來問起他是否想知道《寬永懺悔錄》這本書的來歷，接著就提起這本書是從前長崎出島荷蘭商館的一個下級人士所寫的回憶錄，這個作者歷經了島原叛亂，親自看見基督徒如何遭到迫害而死，裡面也有提到台灣的高砂族。據研究，作者濱田野二郎就是跟隨濱田彌兵衛到日本的新港高砂族人。五年前，這本《寬永懺悔錄》在日本的拍賣市場曾經出現過，後來發生一些古怪的陰謀，從此消失了。這次又將出現，使得台、日的歷史學界開始小心謹慎起來。吳昭陽就問他說所謂的「一些陰謀」是指什麼。文野辰雄說與「紅劍」這個組織有關。吳昭陽也坦白地說，他這一趟搭幻影號的目的除了要查明《寬永懺悔錄》的來龍去脈以外，就是要查明他的同窗好友猴忠仔生病的原因，而猴忠仔的生病似乎與紅劍組織和一個小學同窗楊鳴風有關。

吳昭陽特別告訴文野辰雄有關楊鳴風的往事。他說這個同窗有眷村子弟的背景，在小時候就對組織有先天的喜好和才能。這個同學對當時蘇聯的總書記戈巴契夫有興趣，常常提到「總書記」這三個字，因此有個外號就叫做總書記，後來他也以這個綽號為光榮，並且把它活用在生活上。他邀來了許多同學參加他的組織，分封職位給每個來參加組織的人，在同窗中慢慢形成一股勢力。這本來就是一齣小孩子的遊戲，但是楊鳴風卻很認真。這個組織終於成為他搞鬥爭的工具，對於不參加他的組織的同學開始進行排擠。當時由於麗雲的弟弟塗龍不吃他這一套，受到楊鳴風的批鬥，導致塗龍在班上被孤立。同時，楊鳴風也藉著老大哥的身分，要取得吳昭陽手中的一個趙子龍「尫仔仙」童玩，吳昭陽不從，也被鬥爭。楊鳴風甚至派人到塗龍的家門，貼上標語，說塗龍的父親是共匪，只因為塗龍父親不願意支持眷村的人物出來選舉。同時吳昭陽的家門也被貼上「叛徒漢奸走狗」的字條。總之，楊鳴風自小就是一個極為陰險的人物。

●

幻影號繼續停在環礁對面的大洋上，由於一連串令人不解的事故，使文野辰雄想到需要到環礁上走一趟，去看看這一帶的海洋是否隱藏一些不為人所知的秘密。

這一天，幾乎所有的旅客為了打發時間，都窩在交誼廳日夜賭博。船上的大副也覺得附近的「赤流」氾濫，可能也與環礁有關，他想以他的潛水專業，去看看水底到底有甚麼東西。

幻影號繼續停在海上，有時彷彿被修好了，可是瞬間又壞了，總之仍然不能走，船上的人仍在盼望。

環礁的海流顯然不正常，這個地帶似乎被某種東西干擾得很厲害，剛開始，船上的電力已經慢慢地在流失當中，後來無線電居然也失去功能，無法對外聯絡。整艘船變得熱烘烘，停在這種藍天綠海中，不很好受。

上次海賊攻擊幻影號時，昏迷在木板上而讓幻影號救起的人，狀況已有改善。這個人叫做哈力，自稱是滿洲人，幻影號對他來說是個求生的機會。

環礁看起來有它迷人的一面，也有怪異的一面。在它的外圍出現了赤流；環礁裡面還有一個巨大的漩渦，好像要把洋面的水吸向深深的環礁海底，有時漩渦過大，海鳥都驚嚇得飛起來，在天空形成一片雲彩，引人驚嘆。難道說環礁底下有一個地洞或火山口嗎？

文野辰雄對幻影號能瞬間位移感到深深地疑惑，他乃大膽推測環礁可能是某種類似核能基地的東西，正在做一種前衛性的實驗，它能使時空發生偏斜，才會導致幻影號突然駛入了環礁地帶。

終於，船長答應派一批人到環礁上探尋環礁的秘密。……

【接著就是一批人走上了環礁，果然發現這裡隱藏一個美軍基地，至於美國為什麼要在這裡設立這個前衛的基地；以及幻影號正陷入內奸與外敵的夾殺中，船上的人要怎麼逃離災難呢？必須閱讀到最後才能知道。】

●

接著，我們要看看另一個主角猴忠仔的故事：

猴忠仔的本名叫做郭武忠，也是高雄內圍人，是吳昭陽的小學同窗。他是有錢人家的子弟，父親郭金福開了一家船公司，有 4、5 艘大貨輪，財富 10 幾億。他一向放浪風流，不過自從娶了一個頗漂亮的妻子叫做秀眉後，就降低風流程度了。秀眉在彩妝教室教學，很有天份。秀眉的父親本來也在郭金福的船公司上班，算是熟人變成親家。猴忠仔對秀眉很專情，甚至可以說來到了百依百順的程度。

那一天，猴忠仔突然從舞台上倒下來，震驚了親戚朋友。這是一場猴忠仔的好朋友李萬所辦的 30 桌餐會，先是一個玉女歌舞團在舞台上又說又唱，後來舞女 Linda 特別邀請猴忠仔上台獻藝，猴忠仔就上了舞台上與另一個舞女 Rebecca 唱跳起來。正當大家用掌聲熱情鼓勵時，突然轟地一聲，猴忠仔倒在舞台上，昏死過去，白色的痰沫與黃色酒液從他的嘴角流出來。一時之間，整個舞台上亂糟糟。當中有一個藥劑師陳三帖立即衝到舞台上，為猴忠仔診脈，做 CPR，此時猴忠仔似乎沒有心跳了。

救護車來了，妻子秀眉尚未來到，陳三帖與救護人員把猴忠仔推向救護車，送他去醫院。

此時，內圍人的話就多了，大家都傳言猴忠仔快要死了。他們估計猴忠仔倒地的原因有四個：第一個是可能是喝酒過度：因為他常常爛醉如泥，有時醉倒在臭水溝裡，甚至那一輛德國車也在爛醉中被撞成破爛；第二個原因是有肝病：由於他面色常常菜黃，氣血難看，陳三帖說猴忠仔已經肝硬化了；第三個原因是被人毒殺：因為他的船務常常引起風波，仇家不少，家門曾經被槍彈打成馬蜂窩，那天上台前，他被人敬了一杯酒之後才會倒在地上；第四個原因與王爺廟的「請水」儀式有關：那一天一大早，猴忠仔與一大堆人去進香，在內圍舉行儀式。由於父親郭金福是王爺廟的大柱子，一向出大錢出大力，所以猴忠仔扛著王爺轎，來到了海邊。猴忠仔一馬當先，與幾個抬轎者直衝入海，氣勢驚人。不料下水幾步，猴忠仔就大喊說：「注意，有一條大蛇！」接著就跌入水中，整個隊伍都停止行動了。猴忠仔爬起身後，指著綠水說水裡有一條紅色鱗片的大蛇，大家一時之間就嚇住了。不過隨後做儀式的司公就來打圓場，說這是王爺顯靈的現象。直到儀式完畢，猴忠仔都面容慘淡，元氣盡失。所以大家都說，就在那時，猴忠仔的命被王爺收走了。除了這些傳聞外，根據三姑六婆說，猴忠仔侯生死未卜的命運與他妻子秀眉也有關係，因為秀眉信基督教！

●

當秀眉聽到猴忠仔昏倒的消息後，就從教會趕過來。秀眉很勇敢，沒有哭，就彷彿預見了命運一樣。昨天她為自己所化的悲劇色彩的 Odette 公主彩裝已經預知了這一切！

秀眉是彩妝專家，曾到美國做研究。她認為彩妝是一種無聲的語言，如同四季，在沉默中訴說了一切，悲傷、艷麗、溫柔都從臉上所化的色彩中表現出來，它當然也可以叫人從悲傷中奮起。

秀眉的鄰居花雀姊首先告訴了她不幸的消息，那時秀眉正在教會唱完一首〈脫離罪惡烏暗的交界〉，就與花雀姊叫了一輛計程車，趕到醫院。猴忠仔一向很愛秀眉，對妻子信仰基督教表示贊成，雖然郭金福不以為然，但是猴忠仔不為所動，他對妻子的愛眾人皆知。

在車上，秀眉一直在心裡大喊：「主啊！請你憐憫他。」

原來這一陣子，她已經先有預感，總之常常感到煩心。有一天猴忠仔坦白告訴她，他在夢中常常夢到兩條蛇，一條是金鱗紅蛇，一條是黑蛇，都有大腿那麼粗。金鱗蛇很漂亮，金光四射，萬丈邪氣；黑蛇則暗中窺伺，目光如劍。秀眉就安慰他說：「聖經有一個段落寫著人常常服從邪靈，屈從情慾，就在犯罪中死了。但是假若有人願意和基督在一起，就能夠又活了起來。」猴忠仔認為秀眉說的這段聖經很有道理。他順便請秀眉去問傳道，如何才能斬殺這兩條蛇，使牠們不再在夢中出現。秀眉回給他的訊息是說，不要再管王爺廟的事情，特別是不要再與皇武宮有任何的往來！

原來，在內圍一帶，除了王爺廟之外，還有一家角頭青年聚集的佛壇，叫作皇武宮。這家皇武宮是「善心葬儀社」附設的佛壇，因此當然就建在葬儀社的旁邊，宮內有車鼓陣、八家將等等工具。當王爺廟進香的那幾天，皇武宮也不甘寂默，每天晚上都放電影，年輕人出入不停，猴忠仔也不時到皇武宮。猴忠仔說皇武宮前插了一列黑旗，旗面上都畫著一條紅色大蛇，使他的大腦發昏。

秀眉去醫院的路上就想著這些事。

秀眉還想起一個禮拜前，皇武宮的人曾找她的麻煩。那時，他剛離開彩妝教室，一個人坐公車回家，來到了皇武宮旁的小路，立即跳出幾個 16、7 歲的青少年，衣服上繡著皇武宮 3 個字。他們挾持住了她，往皇武宮後門走，秀眉呼救無效。之後，他們從後門進入皇武宮，就看到一個穿西裝打著紅蛇麟片領帶的老大坐在辦公桌前，那個人鼠目細頸，原來就是里長楊鳴風。楊里長表示猴忠仔欠他們 640 萬元，如果不還的話，只能採取替代方式，至於替代方式是甚麼，楊里長不願意講。後來秀眉被放出來，感到震驚，從此想到這件就腦袋發脹。不過她沒有把這件事告訴猴忠仔，獨自保守了這個秘密。後來才聽鄰居左右談起楊里長的發跡過程，說楊里長本來在台灣做布匹買賣，後來到中國一趟後，回台發展葬儀社生意，也建了皇武宮，青少年很快都來跟隨他，後來當選了里長；也有人告訴秀眉說，楊里長很善於做兩岸交流，人際關係遼闊，不時帶著中國人去見市長，在地方上能呼風喚雨，很不簡單。又說這個人是猴忠仔小學的同窗。

醫院到了，秀眉簽了家屬病危通知單，醫方正準備將猴忠仔送進手術室，院方說猴忠仔患了狹心症，治癒的機會有百分之50。花雀姊一直在手術房外安慰秀眉說狹心症不是甚麼大病，只要在血管裡放一兩枝支架就沒事了，可以放心。不過秀眉一直在候診室想起公公對她的不諒解，公公曾說猴忠仔會看到紅蛇的原因全是因為秀眉信基督得罪了王爺所導致，公公對王爺的信仰實在太深了。秀眉也想到在與猴忠仔訂婚前，父親就不同意這件婚事，因為雙方家庭在經濟上地位不平等，先天上秀眉家就矮了一截，將來要是發生什麼糾紛很難處理，要不是猴忠仔一直壓制他父親的胡說，她是不會同意婚事的。同時，秀眉也非傳統女性，除了她把彩妝視為至高無上以外，她也喜愛唱歌跳舞，她嚮往自由，若非猴忠仔那麼尊重她的所作所為，她是不會進入郭家的。秀眉在候診室一直想起種種的這些往事。

●

幾天後，醫院又來電，要郭家的親屬到醫院的手術室來一趟，郭家的人都到了。一向很高調又善於打扮的婆婆一直哭著，一下子彷彿老了 10 幾歲，公公則是愁容滿面。

醫生告訴家屬要有心理準備，目前雖然用支架把病患的大動脈血管撐開，已經比較沒有生命的危險，只是病人尚未醒來，現在正要送加護病房觀察病情。

之後，地方人士也陸續抵達，連秀眉教會的老傳道都到了，大家都極力安慰病患家屬說猴忠仔不會有事。

當猴忠仔從手術室被推出來時，大夥都擠向前面，要看病情。在他即將被推入電梯送到樓上加護病房時，老傳道張學勤突然走向前去，用手按在猴忠仔的額頭，做了一番很短捷的禱告，求耶穌來治療他，恢復他的生命，顯示這是神的大作為！

正在此時，內圍的王爺廟出事了。

原來有一隻狗咬了一塊豬肉，引來更多的流浪狗。一群狗就由於爭這塊肉，突然發狂，牠們衝向搭蓋好的祭壇下的鐵架，轟的一聲，整個祭壇都倒下來了。同一個時間，皇武宮也出事了。一條腿粗的紅色大蛇不知道為什麼從廟裡遊走出來，看到的人說那條蛇有金色的彩紋，漂亮得嚇人。

王爺廟的人一看祭壇垮了，全體動員要恢復祭壇，正在那裡亂哄哄，突然紅蛇從廟旁的水溝鑽出來，像火箭一樣，溜過了大埕，爬上了廟門前的龍柱，纏住了寫著「鎮南宮」的匾額，彷彿要扯掉匾額，緊纏在那裡不下來。眾人一看，就想起猴忠仔所說的那條大紅蛇。

有人趕快去找王爺廟裡的主委曾進丁，要他趕快打電話給派出所的主管王阿喜前來處理這條大蛇。就在此時，廟裡的辦公室主任「秘雕」也現身在廟前，這個人一向不被大家喜愛，因為最近他趕走廟前賣金銀紙錢的小商家，把權利收歸廟有；這個人也與皇武宮關係非淺，很可能引入皇武宮的人進入王爺廟的董事會，出賣王爺廟。「秘雕」在這方面比較有經驗，立刻派人報請消防局前來處理那條蛇，可惜為時已晚，紅蛇已經把那塊匾額箍成兩半，導致匾額從廟頂掉下來，隨後大蛇就進入廟裡，到處亂竄。所有在場的人都沸騰起來，群眾中有人告訴秘雕說大蛇是皇武宮放出來的，是為了報復王爺廟的自滿自大。秘雕卻說他不相信有人能養那麼大的蛇。

消防人員終於到了，想要找尋那條蛇，可惜已不知去向。

有關紅蛇養在皇武宮地下室，這個訊息是扛棺材的土公仔說的，看起來皇武宮與王爺廟的糾紛真的不少。原來王爺廟是已經經營百年的大廟，財產龐大，不是皇武宮這種剛剛創立的新宮廟可以比擬，所以楊鳴風一直想辦法要介入王爺廟的董事會，操縱王爺廟，這件事很多人知道。因為如此，王爺廟的主委曾進丁曾經與楊鳴風打了一架，猴忠仔當然站在王爺廟這一邊，引起了楊鳴風的格外注意。有人說猴忠仔的昏倒與楊鳴風有離不開的關係，據說楊鳴風到中國，學了一些秘術，對於敵人是不會客氣的。秀眉也得知這種消息，所以她一直仰賴老傳道，想要靠著傳道的幫忙，讓猴忠仔脫離楊鳴風的綑綁。

為了要慶祝紅蛇出現在王爺廟，皇武宮的年輕人整夜都在廟埕上慶祝，烤肉、放煙火無所不至。

由於紅蛇出現在王爺廟，終於帶來王爺廟信眾的恐慌，他們有人勸告王爺廟的主持者，趕快能與皇武宮合作，否則災難難免。但是這種雜音引起主委曾進丁與派出所的主管王阿喜很大的反感，認為皇武宮無理取鬧。一場宮廟衝突在所難免。

得到好處的人是「秘雕」這個人，他實在是一個機會主義者。原來秘雕被楊鳴風設計了醜聞把柄，患上失眠症，苦無良藥。就在猴忠仔昏倒前那陣子，楊鳴風派人告訴秘雕，說皇武宮幫他「找到解藥」了。秘雕大喜過望，去找楊鳴風，楊鳴風給他的一個條件，就是去調查猴忠仔近日為什麼要去一趟日本長崎的原因。經過了秘雕一番地探聽，所得的訊息就是：為了要購買一本古籍《寬永懺悔錄》和一張黃金藏寶圖，猴忠仔非去日本一趟不可！

【猴忠仔是否為了這個原因引來殺機呢？他究竟被人用什麼手段毒害？種種懸疑，在讀完這本小說時就會知道。】

●

以上就是這本台語小說的導讀。我們重回前面的評論：在文章的前面，筆者說這本小說是勝利英雄小說，這是真的！

首先這一篇小說的最大英雄就是猴忠仔這個人，他以生命來拒絕紅色勢力的收買，不充當紅勢力的海上走狗，最後因為各種原因，他雖然陷入生死交關中，仍然是一個英雄，值得尊敬。另外是吳昭陽、麗雲、文野辰雄乃至於船長，甚至是美國環礁基地裡的人員也是英雄。這些人英勇不屈，汲汲於想要查明、抗拒紅色組織，絲毫不肯妥協，他們的努力，既是一種奮鬥也是一場戰爭。

溯自公元 2000 年以來，台灣文壇的新舊作家不願意再抄襲百年來的悲劇詩文與荒誕的小人物故事，就慢慢出現勝利英雄小說，如今越來越多。不論是北京語文壇或台語文壇，都不能漠視這股潮流的來臨。像《幻影號的奇航》這種暗中蓄含台灣最迫切問題的勝利英雄小說，正是台灣目前最需要的小說，也顯示了台灣人朝向未來的巨大勇氣與戰鬥，值得大家多花時間加緊閱讀，加緊研究！

——2021 年 8 月 8 日於鹿港

自序
踏話頭

胡長松

《幻影號的奇航》這篇小說佇2014年10月動筆，2019年底完成，期間有一段時間因為身體的狀況佮工作變動，寫作進度有較慢，對支持我的讀者，我感覺誠歹勢。

身為太平洋南島子民的一份子，我一直想欲寫一部佮海洋有關係的小說，所以對前一部小說《復活的人》完成了後無偌久，我就開始進行《幻影號的奇航》的寫作。我設定伊是一部海洋冒險小說，因為自細漢就真愛讀法國小說家凡爾納（Jules Gabriel Verne，1828～1905）的《海底兩萬里》，抑是英國小說家史蒂文森（Robert Lewis Balfour Stevenson，1850～1894）的《金銀島》彼款小說，受您的作品鼓舞，我希望這部小說全款有海上的冒險精神，會當予讀者感覺刺激、心適。另外，這篇小說嘛是科幻小說，佇台語寫作，這是上新的試驗。

我佇《復活的人》探討較濟咱台灣人佇南島族群、認同佮信仰等方面的「內在」議題，毋過佇這部《幻影號的奇航》，我共閣較濟的篇幅囥佇海洋區域議題，嘛會當講是佮國家安全、外交、軍事有關的「外在」議題頂面。借「幻影號」這隻船，我共敘事的空間徙來到曠闊的西太平洋中心。我主要想欲提醒讀者：徛佇西太平洋的第一島鏈，咱台灣人的未來生存，佮四圍的海洋相連，嘛透過海洋，不時佮海洋四圍的國家，包括日本、美國、中國等國，有真深的牽挽——其中互相有相觸對抗，嘛有合作——佇寫作過程，我慢慢了解，西太平洋的第一島鏈逐國，本身就有歷史命運的共通性，佇台灣東爿、第一島鏈佮第二島鏈之間、水域面積達到 500 萬平方公里（台灣的 140 倍大）的菲律賓海，更加是咱台灣東向海洋世界的大門埕。這片東爿的海洋世界，該當才是咱台灣人世界地圖的視野中心——相對用西爿陸地做中心的世界地圖。

整體來講，這是一部自頭就佇海上戰鬥的小說——佇軍事、政治、外交、社會、經濟、思想、信仰等等各方面，一直有海洋世界佮陸地世界兩個陣營的戰鬥。戰鬥，發生佇故事的船頂，發生佇太平洋，嘛發生佇台灣社會內部。海有威脅，海嘛有機會，咱台灣人的生存佮生活的品質，佮咱逐世代面對海洋的智慧有關係。我感覺安慰的是，佇小說完成了後的這一兩年，西太平洋的局勢佮第一島鏈的堅固，已經沓沓進入咱台灣人日常的視野。

2015 年到 2019 年之間，《幻影號的奇航》佇《台文戰線》雜誌連載，是第一稿，現此時來到你面前的，是 2019 年 12 月完成大修改的第二稿。仝款的故事基礎，毋過小說的結構已經佮早期連載的版本無仝。這个改動，是想欲予小說的情節閣較密，嘛閣較有閱讀的趣味。希望你會佮意！

—— 2021/7/20 胡長松 寫佇《幻影號的奇航》初版前

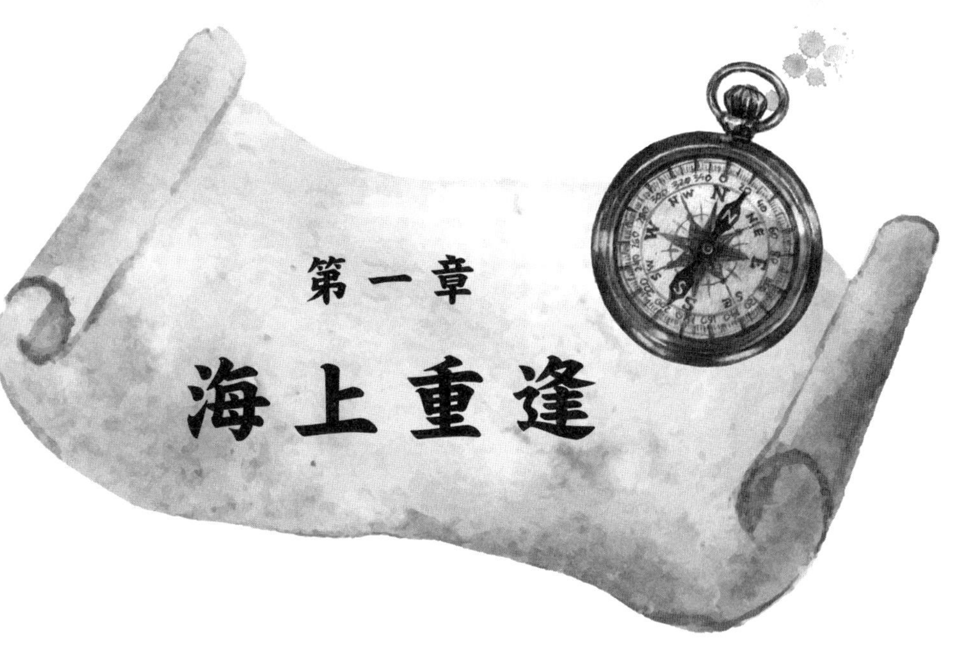

第一章
海上重逢

1

一直到今，我猶是無法度理解彼片海域的全部奧妙。

老主管豹哥用神祕的目睭看我，伊講：「你可能愛為著你的二个小學老同窗去日本一逝[1]。一个是案件的當事人郭武忠。另外一个是涂建龍，伊的朋友透過國際刑警網路揣著你，講需要你的幫贊。伊甚至認為伊的案件佮郭武忠的案件之間有一定的牽連。」

豹哥講的郭武忠，我攏叫伊猴忠仔，是春豐海運的少年頭家，娶一个某真媠，毋過天性猶是風流，日子過甲真飄撇。前一站，伊佇舞台頂唱歌的時雄雄倒落來，佇阮故鄉引起誠大的風波。

另外一个是涂建龍，我攏叫伊塗龍。我已經真久無看著伊矣。伊是外地搬來的，較早佮我誠親近，毋過因為一寡代誌，您兜閣搬走矣，了後我就無閣搪著伊。

我尤其會記，涂建龍有一个大阮二歲的迷人阿姊叫做麗雲——豹哥共我講，這逝，我愛坐一隻特別的郵輪去日本。尤其想袂到的，我將會佇郵輪頂懸見著麗雲！

雖然已經遐爾久矣，我一聽講會使見著伊，心肝猶是撲撲彩，就親像閣一遍看著我心目中永遠性感、妖嬌的一蕊開透、

1 逝〔tsuā〕：回、趟。

袂蔫的玫瑰，尤其是……

你一定袂使理解，我袂使無想起小學五年我第一遍看著伊的情形。

彼工是出大月娘的盈暗，我佇故鄉大埤的岸邊無張持搪著伊。彼个暗暝，我夯阮阿媽咧撈[2]水薸飼雞的斟仔[3]去偷撈魚仔，麗雲大伐走過，我煞予伊挵一下險險跋入埤裡。

毋捌看查某囡仔佇埤墘按呢青狂走的，尤其佇暗暝。

「喂！妳是無生目睭喔？」我雙手扞[4]佇一欉水柳，毋過，彼枝阮阿媽咧撈水薸的斟仔煞交落佇埤裡。

伊先是伸手共我的手骨掠咧，紲落，閣共我對強強欲跋落大埤的險境救入伊的胸坎……我的面，雄雄感受著伊胸仔的柔軟。

彼是我從來毋捌感受過的女性胸坎，有一个黃梔的芳味。

雖然我無跋落大埤，毋過阿媽的斟仔隨就予水流去矣。

「哈哈真歹勢啊！阿弟仔！」伊共我會失禮。

「講歹勢就欲準煞喔？我的斟仔交落去矣啦！我會予阮阿媽罵死。」

「按呢欲按怎？」

2　撈〔hôo〕：水中取物。
3　斟仔〔khat-á〕：杓子。
4　扞〔huānn〕：手扶著。

「我哪會知影欲按怎？」

「無，按呢抵你啦！」

紲落我猶未赴反應，伊就共伊芳芳有花蜜的厚喙唇，貼佇我的喙顊頂懸。

「喂，我哪會聽著你的心咧擛擛跳哩——按呢，敢會當原諒我矣？阿弟仔！」

「我才毋是阿弟仔咧！」

「你叫啥物名？幾年矣？」

「吳昭陽，五年矣。妳咧？」

「涂麗雲。阮兜拄搬來。」

然後伊共我講，大埤閣較過彼頭，有一岫[5]貓仔拄出世。伊問我敢欲看覓咧。我講好。閣紲落伊就共我講，伊嘛是偷走出來的，袂使予怹老爸發現。因為怹老爸無允伊盈暗出來，伊是暗暗旋出來的。伊講怹兜就是大埤的邊仔彼間咧飼大隻鬥犬的。伊更加袂使予伊的老爸知影伊是來看遐貓仔。

「我討厭阮老爸飼大隻狗去相觸[6]。」伊按呢講。

「毋過討厭閣會使按怎？妳是伊的查某囝啊！」我想欲激一个較大漢的囡仔講話的氣口，毋過一定真詼諧。

「伊若閣飼彼款狗，有一日我會離家出走！」

5　岫〔siū〕：巢。

6　觸〔tak〕：爭鬥。

我閣會記，秋天的月娘共大埤照做一片的銀色水泱。中秋已經過的秋天，我鼻著的，是附近菱角田的爛塗味，閣有伊身軀黃梔仔的芳。我行佇伊的後壁，心肝撲撲彩。佇大埤較倚近縱貫鐵路的彼欉佳冬下跤，誠實有一岫貓仔咧叫。

阮做伙踞咧看。拄好火車來矣。火車轟轟轟駛過埤岸的鐵枝路，瞪目[7]的火車燈耀佇伊的頭毛佮伊棉質薄薄的頂懸衫。我敢若對伊的薄衫看著伊的頷頸仔根、胸掛骨、佮伊佇我的頭殼內敢若充滿色慾的兩粒圓滾滾的奶仔，伊……

塗龍的阿姊麗雲，大阮二歲，彼陣咧讀初中。伊有活跤跤的兩蕊目睭、厚厚的喙脣佮懸 phok-phok 的芳胸……

我按怎嘛想未到，我將會閣搪著伊。

2

「幻影號」是仿 17 世紀西歐帆船起造的現代帆船，佇南洋佮東北亞各港口之間旅行。伊來的時，規个港口佇海的風聲裡振動、鬧熱起來。這隻船並古早的帆船閣較大隻，攏總有四枝桅柱、七面大帆佮七層的客艙，船底聽講嘛有現代機械動力，毋過對外表看袂出來。對外表看，伊鐵殼漆仿柴紋的船身

7　瞪目〔tshînn-ba̍k〕：逆光。

親像是對四百年前的印度洋駛來的。有水手共我講伊是對古早荷蘭的「皮那斯（Pinnace）」遠洋船的型式發展來的，船頭有半甲板，船首尖尖翹翹伸出去，船尾是四角形的懸懸尾樓。尤其特別的是船的第二層甲板，刁工囥彼个時代的古砲，砲管向船邊的砲孔伸出來。這隻「幻影號」是日本籍某國際郵輪公司的船，船頂有一寡收藏品，本底佇各港口巡航、提供遊客上船參觀，到最近才開始有載客的行程。伊前一站對南洋的某一个港口來，歇佇打狗三工，閣來就欲往長崎去，這逝是打狗、長崎之間的首航。

雖然我嘛捌有幾月日去佇日本受訓，日語會通，毋過自警官學校卒業到今，我真少搪著這呢特殊的任務。豹哥講，日本彼爿的拍賣會，會有一本古冊《寬永懺悔錄》，是這遍任務的主要目標。我手頭的資料講，《寬永懺悔錄》是佇日本長崎出島地區出土的新資料，作者是寬永年間荷蘭商館的甲必丹身邊的一个下跤手——除了遮的資料，我知影的非常有限。

毋管按怎，我照規定的時間佇打狗二號碼頭上船。

六月底的熱人，雖然規个碼頭 kheh 滿滿攏是相送佮湊鬧熱的人，毋過旅客的船位其實無真濟，您共我講，大約干焦三百張船票爾爾，大約攏是台灣的旅客，另外，船頂閣有為著旅遊的效果，穿古早服裝的各國船員佮水手大約四五十人。

船準時佇黃昏時刻出海，按算幾日後的盈暗會佇長崎入港。聽講佇長崎入港的時，拄好會赴著一个古代航海節的慶典，這隻船的出現將會是慶典的一个高潮。大約是因為按呢，嘛有一寡旅客刁工穿江戶時代的服裝坐船（您可能是日本人），予規隻船進入一个特殊的時空內底。我的船票是海景外艙的船票，是2頂小床的船艙，提供予家己來旅遊的男性旅客。船艙真狹揤[8]，翕閣湮，閣有一个臭殕味，無人蹛會稠，所以出航晉前，規隻船的人攏來佇甲板。

我共手架[9]佇甲板的欄杆，予海風吹佇我的面。起帆的時，水手透過真濟索仔咧控制風帆，予帆順風勢漲甲飽滇，成做迷人的曲面。然後，「幻影號」就佇湧聲佮風帆的帶領裡，向夕陽落海的波浪駛離開打狗港，沓沓仔轉斡向北。當我翻頭，打狗山漸漸成做海平線的一弧[10]暗影，眼前竟然感覺一絲仔離鄉的寂寞。大約就是佇這个時陣，甲板的燈火點著矣，燈火敢若佇風湧裡搖搖顯顯，船頭的所在，毋知當時已經坐兩个穿和服的查某人，一个提「三味線」咧彈，另外彼个，就開嘴吟起來：「汪洋潮來，思君如潮滿，遙見潮那方，或許是君船……」

閣無外久，當黃昏的日頭完全沉入大海，海面的天變做柑仔紅的時，船頂放送講會使開始食暗頓，所以甲板頂懸的人沓沓散去，予船員焉[11]頭行入船艙的餐廳。彼間船頂餐廳的門口

8　狹揤〔ėh-tsinn〕：狹窄。
9　架〔khuè〕：置、放。
10 弧〔hôo〕：曲線。
11 焉〔tshuā〕：帶領。

有一塊屏枋[12]，屏枋頂面用日本「風俗圖（浮世繪）」的風格畫一个穿和服的媠姑娘佮一群真古錐的貓佇櫻花樹跤迫迌。當船綴湧起落之間，畫中的櫻花樹親像綴咧搖顯，予畫裡彼个姑娘的面出現一種恬靜閣妖艷的氣質。餐廳的裝潢看起來親像一間大間的日本料理店，柴的椅桌攏真有歷史，幾落个廚子穿制服徛佇料理檯後壁咧做壽司。我揣一个角落的桌仔坐，叫一份花飛魚的料理佮一鈷清酒，拄才佇船頭彈「三味線」的彼二个查某人嘛入來矣，想坐佇一个小舞台頂懸，這馬，閣加一个彈手風琴的查埔人。想三个人開始演奏較現代的日本演歌，其中我捌聽過的有〈じょんから女節（輕津民謠女調）〉、〈浪花節だよ人生は（浪花調的人生）〉佮〈長良川豔歌〉等等，彼是我佮日本朋友佇小酒館定定會唱的歌。彼兩个穿和服的查某人用一種哀豔的聲嗽輪流演唱，毋知是因為歌聲抑是因為海湧所造成船仔的搖顯，予規个餐廳進入一个放鬆閣豔情的氣氛內面。尤其查埔人開始互相用穢涗[13]的聲嗽講話——

就佇這个時陣，一个我真面熟的查某人穿無手䘼的青色洋裝，快步行入來，孤一个人坐佇我頭前的座位。雄雄看，親像是對彼塊日本圖的屏枋行出來的女子。

「哈！吳昭陽！」伊的聲音熱情、熟透、掌握一切。

---

12 屏枋〔pîn-pang〕：屏風。

13 穢涗〔uè-suè〕：低俗猥褻。

「喔！涂麗雲！想袂到啊……」我一看著伊，自囡仔時以來的撲撲彩的心跳就控制袂稠，隨閣出現矣。伊所穿的夏天洋裝的 V 字領真低，胸前有飽滇的彎曲線條。伊蓬鬆的長頭毛顯出隨意的氣質，掰對倒手爿，垂佇予日頭曝做金麥仔色的胸槽，敢若誠有重量，綴伊喘氣的胸仔輕輕仔騷動。幼秀的下頦收尖，活潑嬌瞾[14]的妝容，予伊的兩蕊目睭活跤跤，已經完全成做成熟查某人的迷人目睭。佮囡仔時代尤其無仝的是，伊擦粉蜜色胭脂的厚喙脣珠，映出唌[15]人的色緻。

「是也，想袂到。你今嘛是一个有厚肩胛頭的警官矣哩。」

「也妳，更加是有風韻的婧姑娘咯。」

「哈你的喙舌猶是遐爾仔敢講是無？毋過你更加想袂到的是，你會加入這擺任務，竟然是受我推薦的。」

「哦？有聽局裡的前輩講，只是，我真好奇為啥物是我？」

「因為我永遠會記得你英雄難救本美人，閣有對我講過你的山盟海誓哩！著啦，你結婚幾年矣？」伊講話猶原遐爾直接，袂輸熱人的燒風，共我的面 hah 甲敢若欲臭焦去。

「我猶袂結婚。這世人是注定無人愛矣。」

「你敢是傷故謙矣，生甲遐好閣大欉，你喔，我看你是無

---

14 嬌瞾〔kiau-kiah〕：妖嬌。

15 唌〔siânn〕：引誘。

可能無人愛的。」麗雲使一个伊予愛情的神祕磨練過的目尾看我：「我敢有共你講過，我自細漢就認為你是緣投囡仔？」

「妳講真的？」

「當然是真的。哈哈哈，我閣聽著你的心咧撲撲跳矣哩。」

「真想袂到——我是講，敢講妳嘛猶未……」

「佮你仝款啊。才知影這世人是注定無人愛矣，所以才揣你來鬥陣哈哈，這一定是咱一見鍾情的命運！」

3

伊悉我行入一間圖書室。

彼間船頂的圖書室雖然無大間，毋過真有氣味，有雙面壁的冊架仔，中央囥兩排長形的讀冊桌，另外閣有一片小門迵[16]對內底間。我予線裝古冊氣味吸引，彼親像是我細漢的時佇阮舅公開的老漢藥房鼻著的味，毋過味閣較厚，敢若一枝抐[17]過補藥湯的鱟勺[18]伸來佇鼻仔頭前。

佇海湧起浮之間，我的胃無啥爽快，只好隨意佇冊架仔頭前看冊——

「遮有足濟是日文的線裝冊，親像《有馬晴信訓令》、《外

---

16 迵〔thàng〕：穿過。

17 抐〔lā〕：攪拌。

18 鱟勺〔hāu-siah〕：長柄杓。

國通信事略》等等，攏是日本江戶時代留落來的古冊影本。另外，閣有一本漢文的《陳小崖外紀》引起我的注意，我晉前讀《台灣府志》的時，內面有引用著這本冊的資料，寫講：『明都督俞大猷討海寇林道乾，道乾戰敗，艤舟打鼓山下，恐復來攻，掠山下土番殺之，取其血和灰以固舟，餘番走阿猴林社。』足濟人揣無彼本冊的原本，毋過遮竟然有。我才知影，原來這是一間了不起的圖書室！」

麗雲講伊已經佇船頂一段時間，綴這隻船仔去到南洋真濟港口旅行表演，佇船頂，伊嘛受朋友拜託，鬥相共咧翻譯一寡文件。伊有一枝聲音非常好聽的台灣月琴，伊嘛會曉做歌，佇日本讀冊的時，伊向一位唐律的大師學雅樂——當伊開始旅行了後，就用表演的收入趁旅費，神祕的「歌之神」隨時攏看顧伊，悉伊唱出無仝時空的動人歌曲。

除了表演唱歌，佇幾个熱帶小島，伊已經學會曉沉水沬[19]。

「著啦，你佮阮小弟敢毋是嘛捌佇彼个大埤沉水沬？」伊雄雄問我。

「是啦。毋是干焦沉水沬。佇彼个季節，就佇恁兜較過去，佇彼條菱角田邊仔的路有一道用鉛線搭的、有網仔的籬笆，籬

19 沉水沬〔tiàm-tsuí-bī〕：潛水。

笆頂懸有大片葉仔的樹藤蔫[20]去了後，有一種阮攏叫做刺毛狗蟲的就佇蔫去的藤葉頂懸賴賴趖[21]。阮佇彼條菱角田邊仔的路停跤，互相共衫仔頂懸的刺毛狗蟲掰落來。刺毛狗蟲落甲規塗跤。若是過去，我一定會共怹 lap 死，毋過彼工我完全無彼个心情，隨在怹佇紅磚仔路頂懸趖[22]。」

「我知影彼款蟲，我嘛是講『刺毛狗蟲』——」麗雲講。

「妳該當閣會記，彼是有蓮花佮大水薸[23]的埤。大水薸的下底有肚胿仔[24]、大頭鰱佮尻脊骿銀色的細尾水蛇。彼條懸懸的鐵枝路對埤的中央經過。鐵枝路共埤切做二 kué，東爿叫做大埤，西爿叫做小埤。鐵枝路遐有足濟細粒石仔。親像饅頭予人擘做兩爿的彼種石仔。對石頭縫裡，生真濟圓仔花出來。佇鐵枝路的兩爿，紅紅的圓仔花會使一路生湠到阮行袂到的車頭遐。」

「我當然嘛會記。」伊的聲調予我相信伊有想起彼个秋天，伊共我哻喙顊的暗暝。

「若按呢妳一定會記得彼个叫做內圍埤的大埤四圍攏是田洋。是稻仔、芋仔田佮菱角田。佇埤的北爿接一條大圳溝出來，

20 蔫〔lian〕：枯萎。
21 賴賴趖〔luā-luā-sô〕：遊盪。
22 趖〔sô〕：(蟲類)爬行。
23 水薸〔tsuí-phiô〕。大水薸：布袋蓮。
24 肚胿仔〔tōo-kuai-á〕：蝌蚪。

大圳溝伸入田洋，流過『社頭』的人家厝。」

「是。我會記。」

「妳嘛一定會記彼條水圳經過另外一片田洋佮人家，流去到舊城的城牆跤，最後會迴到龜山邊的蓮池潭。」

「我當然會記。」伊靦[25]頭看我。伊的眼神起茫，予我意亂情迷。

船佇海湧中起落，毋過這个小小的空間恬靜落來。佇海湧的韻律內面，麗雲身軀的曲線，佇伊彼領夏天的洋裝內底輕輕仔幌來幌去。著，我意識著，佮囡仔時代閣有無仝的一點是，我已經比伊較懸矣——所以伊需要靦頭看我。雄雄，阮的眼神交纏做伙。彼敢若是予時間的吸線吸鬥陣的兩塊吸石，是予時間洗淨過的天真佮新出現的慾望之間互相的透濫交纏。

假使麗雲若無閣開喙，我感覺我就會隨共伊大力扻佇塗跤，共伊身軀彼領洋裝褪落來。

「你一定愛予我一个解說，是按怎你猶無對象？敢講『彼』了後你就無閣大漢？」伊問我。

「我當然捌有過對象。」我講：「只是後來我的身體出一寡狀況，一切結束矣。」

「喔原來——」

「也妳咧？」

25 靦〔khiàn〕：仰頭。

「我嘛……捌佮幾个查埔人做伙過，才知影，攏是悲劇—— 我這馬是愛情的右派份子哈……著啦，你的船艙敢有露台？你敢無感覺遮傷熱矣？」

「無，我是海景外艙的船票，無露台。」

「我的船艙有露台，會當看湧佮星。你敢有想欲吹海風？」

親像等候足久的命運全款，伊悉我行去伊的船艙。彼是伊家己蹛的房間，正中央有一張特大的雙人眠床。阮一行入房間就無閣講話。伊命令我坐佇床邊，恬恬共我的衫褪落來。紲落，阮敢若相拍電仝款佇床頂相攬，綴海湧的韻律駛入一个新的航程。

案件筆記 1

關係放浪的猴忠仔按怎倒佇舞台頂？

通阮內圍人攏知影，猴忠仔郭武忠怹兜是阮內圍在地的好額人兜，毋過伊嘛是放浪囝。伊娶厝邊的婧查某囡仔秀眉做某。猴忠仔怹老爸郭金福開船公司，秀眉的老爸永順伯仔，一世人佇猴忠仔怹兜開的船公司食頭路，秀眉的老母永順姆仔聽講嘛是猴忠仔的遠房親戚。猴忠仔會娶秀眉有真濟種講法，其中上有可能的一種是秀眉的老爸永順伯仔促成的。永順伯仔算是讀冊人，佇猴忠仔怹兜的船公司做文的空缺。永順伯仔怹老爸是蕃薯寮退的人，讀日本冊，食日本政府的頭路，娶日本某，結婚了後頭路調來佇打狗市內，就佇市內稅厝徛。生永順伯仔了後，來佇阮較郊區的內圍地方買一間販厝，佇遮落塗釘根。

永順姆仔，也就是秀眉怹阿母，是佇阿蓮種果子的，是猴忠仔怹老母的後頭彼爿的人，當初時可能嘛是猴忠仔怹老母做的親成。若講秀眉姑娘，內圍人攏講伊有怹阿媽的日本血統，第一眼看著就是白静白静的日本姑娘。個性嘛佮電視做的日本人相像相像，講話輕聲細說，溫柔體貼。「啥人娶伊就好命！」內圍人攏按呢講。

只是，無人知影伊按怎會去嫁予猴忠仔彼个放浪囝。尤其是二人的年歲差遐爾濟，11 歲，猴忠仔大秀眉 11 歲呢！逐家攏講是怹老爸永順伯仔勢做親成。猴忠仔怹老爸有 4、5 隻雜貨輪，大隻的成萬噸，上細隻嘛有七千噸，聽講總財產十偌億。若嫁這款的當然好命。內圍人心內攏按呢講。算來算去，啥人並永順仔較勢算？予查某囝嫁彼款尪，歹囝悶歹囝，人偏偏仔就是食攏袂空。你講，好囝欲創啥？——有影咧，人有讀冊的，算盤較勢 tiak 哩！

毋過這款話，就佇猴忠仔雄雄倒落彼个盈暗就攏恬去矣。

伊是倒佇王爺廟割香轉來彼暗的舞台頂。猴忠仔怹老爸郭金福的換帖兄弟李萬，佇恁兜頭前彼條巷仔搭布篷辦 30 塊桌請人，佇布篷頭前，閣倩一班金爍爍的玉女歌舞團。有兩个玉女主持人。一个叫做 Linda，下頦較尖，瓜子面，喙脣厚，粉抹甲白白白，喙顊佮目睭皮閣摻[1]金粉，講話嬌滴滴。伊穿一領干焦圍三點的「比基尼」禮服，烏色的緞布頂懸紩[2]水璇紩甲親像三葩水晶燈佇白泡泡的身軀頂咧爍。另外一个叫做 Rebecca，是鵝卵面，夭壽喔，目睭圓貢貢，閣刁故意假單純，捋[3]一个學生頭到耳仔邊，穿白衫青短裙。白衫薄，內底一領紅色的 puh-lah-jiah 強強欲爆[4]出來，大腿嘛是擦粉擦甲金滑金滑。伊的喙脣薄，講話軟翱翱閣會司奶，才三二句話，就共台仔跤遐放浪囝佮老不休涎甲喙瀾 tshap-tshap 津。

想袂到才無幾歲的猴忠仔就按呢雄雄倒佇舞台頂。是彼个 Linda 共伊招欲做伙唱歌的，毋過伊行上台，隨講伊無欲

1　摻〔sàm〕：拍打。
2　紩〔thīnn〕：縫。
3　捋〔luah〕：梳。
4　爆〔piak〕：爆裂開。

佮 Linda 唱，欲佮 Rebecca 唱。Rebecca 假仙假鬼，頭向低低激祕思，猴忠仔就共伊的喙貼過 Rebecca 的耳孔邊毋知講一句啥，講甲 Rebecca 規个面反紅吱吱笑，閣用伊嬌滴滴的手骨去捶伊的胸坎，捶甲台仔跤的遐放浪班的攏笑起來，袂輸予人 tshih 著麻筋仝款坐袂稠地。（後來 Rebecca 共警方講，其實猴忠仔彼个不死鬼，只是佇 Rebecca 的耳孔邊問伊敢會傷熱，敢欲共彼領白色的薄衫褪落來？）紲落，您兩个就 na 唱 na 跳起來，唱彼條〈愛情限時批〉。猴忠仔勢跳恰恰，跳甲規个腰攏抹過佇 Rebecca 的短裙頂矣，台跤放浪班的開始大聲歕呼嘘仔，講：「撨落！撨落！」就佇這个時陣，猴忠仔雄雄「Phiáng ！」一聲，倒落！起頭，眾人叫是伊咧搬笑詼，佇台仔跤大笑。Linda 佮 Rebecca 嘛笑甲歪腰去。紲落，看伊猶是無動靜，Linda 才喝一聲，喂喂喂，好矣啦，莫閣搬矣，緊精神矣。這時，您才看著猴忠仔頭歪一爿，白泡佮黃色的酒精做伙對伊大大的嘴裡流出來。Linda 跍[5]落節伊的脈，講：「啊！

5　跍〔khû〕：蹲。

無脈矣！」按呢，台頂台跤就喝甲大聲細聲，規个亂操操起來。

猴忠仔倒落了後，第一个跳起去台頂的，就是隔壁街的藥房頭家陳三帖。伊雖然毋是醫生，毋過嘛是有牌的藥劑師，厝邊若有人感冒破病，袂愛去看醫生的，攏愛去揣伊。所以伊掌握上濟內圍庄頭鄉親身體方面的祕密。啥人肝穲、啥人骨冇、啥人虛火倒陽，問伊攏上清楚。最近伊的藥房開始賣一寡別人無通賣的日本藥，生理好甲無塊匿。遐日本藥聽講就是走水的，就是坐猴忠仔怹兜的雜貨船過來的。就是按呢，陳三帖對猴忠仔怹兜，會使講是扶扶挺挺[6]，甚至連猴忠仔怹老爸郭金福怹換帖的李萬，喝講這擺割香，欲辦 30 塊桌請人（予這屆割香的主會郭金福面子），陳三帖嘛走去共李萬講，伊想欲寄附 30 塊桌的其中一塊桌成做一个基本的「誠意」。所以，李萬就共陳三帖所寄附的彼塊桌，安排佇上接近舞台的所在，表示陳三帖嘛是地方上有頭有面的人物。猴忠仔倒落了後，伊頭一个三步做二步迒過當咧閃閃爍爍的霓虹燈，跳上舞台。當伊

6　扶扶挺挺〔phôo-phôo-thánn-thánn〕：奉承。

確定歌女 Linda 所講的無毋著、猴忠仔已經無喘氣矣，伊就共伊的西裝外套褪掉，認真佇猴忠仔的胸仔抑起來，na 滴目屎 na 共伊做 CPR。

第二位從上台是主人李萬。李萬開一間鐵工場，面闊，目眉粗，目睭敢若牛仔目遐大蕊，牙槽骨 phok-phok，規面鬍鬚，自中學就佮郭金福結拜，凡事攏敢出面，算是庄仔頭有腳數的角頭人物，對廟的代誌上熱心。這回伊出錢辦 30 桌，眾人講讚。毋過伊想袂到猴忠仔會按呢唱歌唱甲倒佇伊的舞台頂。佇台頂，伊一直喝講：「啊哪會按呢？啊哪會按呢？」二枝烏閣粗的手骨佇空中擛[7]過來擛過去，咻這个咻彼个：「緊咧！叫救護車！緊咧！敲手機仔叫金福仔來！啊您某秀眉仔人咧？啥人去叫矣？」本底坐佇伊身邊的王爺廟主委曾進丁佮派出所的主管王阿喜嘛綴佇李萬的跤步後壁。王阿喜用伊的警用無線電落[8]人，要求救護車用上緊的速度駛過來。佇伊面前發生這款

7 擛〔iàt〕：揮舞。
8 落〔làu〕：招聚。

意外，伊袂使予人有任何警消跤手傷慢的看法。然後伊向[9]頭問陳三帖：「這馬按怎？」陳三帖大粒汗細粒汗佇猴忠仔的身軀頂抑，目睭趨趨看伊：「骿仔骨攏抑甲斷去矣！猶無啥物反應。」「Khón！哪會按呢？是酒啉傷濟矣呢？」「毋是無可能！」藥房頭家陳三帖按呢講。因為伊知影猴忠仔本底肝就無好，長期共伊提肝藥咧緻。頂禮拜閣共伊買一罐三千外的靈芝粉，笑笑仔共講：「心命愛顧！」陳三帖共伊講：「酒較減咧啦！」伊應講：「酒減啉袂赴矣，食仙丹來改酒毒較有影！」

救護車出現的時，猴忠仔您某秀眉猶未到位，聽講人當佇教會詩班唱歌。「僥倖喔！尪都欲死矣，閣毋來？伊的上帝是無共伊通知喔？」下底李萬嫂按呢講。李萬嫂人戽斗，生一支糞箕喙，啥物死人骨頭都吐會出來。

「較恬咧人袂講妳啞口啦，有影妳這个痟查某！」厝邊的姊仔姑仔按呢共伊唸。「聽講有人去叫伊矣！」

「等伊來，您尪攏碇去矣啦！」李萬嫂按呢講。趕到位的

9　向〔ànn〕：俯身。

救護車拄拄就停佇伊的面前。您共猴忠仔搬上救護床。邊仔的姊仔姑仔領仔頸伸直直看，講：「是咧烏白講啥物『碇去』啦，妳這个痟查某！」

陳三帖本底咧揤 CPR 的手雄雄停落來，鬥相工一路共救護床 sak 上車，聽候您共救護車駛走，才完全理解伊並無共猴忠仔救轉來的事實，目屎閣一遍大粒細粒對伊的喙顊碾落來。

救護車走了後，李萬徛佇本底救護車所停的位，失神失神，廚子水川仔行來到伊面前，問伊講：「萬哥仔，請問咱的菜敢會使閣紲落出矣？」

李萬共廚子川仔晱，khénn 一聲，講：「阿無咧？欲囥予涼喔？」

就按呢，佇所有走桌的手捧大桶盤閣開始走傱送菜的時，阮內圍的空氣中嘛開始有千萬个聲音咧放送：「猴忠仔倒落矣！猴忠仔著欲死矣！」連鞭，內圍的人就攏聽著這个驚人的消息，規个庄仔頭敢若一鼎燒水滾起來。

第二章

天涯歌聲

1

佇夜暗的船艙，麗雲蝹蚼佇我的胸坎，伊的皮膚因為出汗金滑，蓬鬆的長頭毛散佇我的手曲[1]。

「你一定想袂到，就算行過千山萬水，我猶是相信有一款命中註定的愛情……可能我佇日本傷久矣。我有時仔認為家己是《源氏物語》內面彼款佇初見面瞬間就決意敢欲相愛的查某人。彼就親像吸石，註定是相吸的。按呢的愛情觀一般人可能會認為不可思議，毋過我認為這較接近真實的情形。」

「我真正想袂到的，卻是世間有親像妳這款有侵略性的美麗山水。」

「你是講我『侵略』？按怎講？敢若我是一个嫌疑犯。」

「妳啊，妳無可能無嫌疑。佮妳重逢進前，我一直認為我的人生無可能會閣受任何一項物件遐呢深的吸引，親像是我的身軀予一个形影挖一个深洞出來，形影明明就佇面前，我煞無法度阻止家己行入去。就親像我是予彼个形影設定的——只是想袂到，彼个形影竟然是妳？」

「哦？所以我拄才才會親像欲死去仝款哈——你敢欲威士忌？」

伊起身披一領薄衫，斟一甌威士忌予我。阮咻寡酒，伊用

1　手曲〔tshiú-khiau〕：手肘彎曲處。

迷茫如煙的眼神看我，了後伊對琴盒仔提出一枝幼秀的台灣月琴開始彈奏起來。

彼款月琴，我佇恆春半島是搪過袂少的，毋過，麗雲的琴聲有一款特別的滄桑，親像拄行過真遠的路途才來到位仝款。嘛會當講，伊可能受過日本三味線的影響，佇海風之下有淒切的弦聲佮喉韻，親像對伊金麥仔色的胸仔淤過來——

君不見春風東來醉不回，日趨西，青甌金液波未定。

落花紛紛怎是少，佮卿連杯朱顏斜。

海外湧千里，月起舞，樓船桃李能幾回，

流光欺人啊，蕩心驚。

遠遠的海面上，有二葩紅色的燈火佇阮的船後壁的海面，敢若漂浮佇湧上，嘛敢若佇湧裡咧轉踅。

「這敢是『歌之神』佮『愛之神』雙雙的眷顧了？我最近一直感覺有歌欲唱，毋過唱袂出喙，想袂到，是佇遇著你了後自然唱出按呢的曲。另外，你不如相信，佇你進前並無任何一个查埔人單獨聽過我彈奏。」

「只是，妳嘛猶未共我講你揣我來的目的。」

「我當然會共你講。」

2

麗雲閣悉我轉去圖書室。

這回，佇兩條桌仔的其中一條頭前，坐一个長頭毛的查埔人，阮入去的時，伊覦頭看阮。

「這位是文野辰雄先生，ふみの たつお（Fumino Tatsuo）樣。這隻船的特別研究員。」麗雲按呢對我講：「其實伊嘛是台灣人。」

「這位就是吳先生吳昭陽，伊是阮細漢的厝邊，現此時是鑑識組的警官，伊佇打狗嘛捷著奇怪的案件。這遍，伊受咱委託來協助《寬永懺悔錄》的相關調查。」麗雲壓低聲調，對彼个文野辰雄按呢講。

「喔！」

我面前這个人應該知影啥物，我等候伊開喙補充，毋過伊恬恬無閣繼續講落去。

其實我拄才上船的時就有看著伊，因為長頭毛真特別，予我真深的印象。我對伊頕頭，伊嘛對我頕頭，伊的面有一種久長憂鬱的表情。

伊無閣加講，隨就閣向頭繼續做伊的空課。

另外一塊桌仔顯然是麗雲咧坐的，規塊桌仔滿滿攏是書類資料。麗雲共我講，您翻譯的空課著欲完成矣。伊坐落，共一部份的稿拄[2]來我的面前，講：「你會使看覓咧。」我看封面寫幾字大大字：《幻影原城戰考》，伊共我講，內面有古早幻影號的傳說，聽講島原之亂的時，幻影號是荷蘭人所派去、用火砲拍原城的其中一隻戰船——毋過嘛有講法講這本冊是近代的人假造的。紲落伊閣講一寡啥，毋過我就記袂稠矣，可能因為湧變大，閣加上酒精，我的胃腸開始滾絞起來。

彼是嚴重的暈船，我規个人艱苦甲只好 mooh 壁角的糞埽桶吐起來。

「我遐有胃藥仔佮暈船藥。咱做伙行轉去船艙，我提予你。」文野先生主動按呢講。

想袂到，轉去到船艙區的時，已經有幾落个佮我做伙上船的船客輪流仆佇糞埽籠頭前吐，我鼻著彼个酸臭的味，胃腸閣愈無力，敢若予衫仔弓對腸仔吊懸懸咧幌，每幌一下，胃腸內底的物件就踔[3]一下。我徛佇通道，文野先生入去伊的船艙共藥仔提予我。

「咱規氣轉去我的船艙，有露台，空氣較通透，人較爽快。」我共藥仔吞落了後，麗雲揣著阮，按呢講。

當阮閣一遍坐佇麗雲船艙外的露台，幻影號已經進入一片夜霧之中。湧的白泡予南風吹起來佇船舨。

2　拄〔tu〕：推。

3　踔〔tshik〕：上下搖晃。

船繼續佇近海咧向北行，阮拄才看著的彼二葩紅色的燈火猶閣綴佇後壁，佇海霧之中有時出現有時消失。

我感覺人有較爽快矣。

「你是佗位的人？」文野辰雄問我。

「打狗。我是打狗在地人。」我講。

「喔，打狗啊……」

伊講到遮，敢若想著啥，一時恬落來。對船艙的筊場方向，傳來一陣笑聲。我知影有袂少人是為著博筊才來坐這款船迌迌的。拄才，我嘛有聽著「船頂娛樂設備開放」的放送。海風共幻影號古式的船帆吹甲飽漬飽漬。

「我是阿猴人。」伊講。

我趁一个機會問伊《寬永懺悔錄》進一步的資料。毋過伊無直接回答我。對伊的表情，看會出伊是過度謹慎彼款人。

3

「妳講妳佇日本學琴？」

研究員文野辰雄離開了後，我問麗雲。

「彼是去長崎讀冊的時學的。」

「啊塗龍咧？伊彼時嘛佇日本？」

「敢講你毋知？阮爸母過身了後，伊去讀海事學校，出業了後，早早就上船矣。」

麗雲講，伊就是佇長崎讀冊的時熟似文野辰雄的。

「有一段時間，我時常坐佇長崎的海埔看海，春天，佇開滿各種色緻繡球花的浦上川的河口。旭上橋跤的海流起起落落，有時懸，有時低。我時常看著親像咱這馬所坐的這款仿古的帆船停佇出島的碼頭，敢若自江戶時代就停佇遐矣，您是對西方駛來的，來到這个港口。您嘛停歇佇咱故鄉的港口。因為無仝的日子，海流起起落落，雖然身在異鄉，我感覺親像有一款命運，因為仝款的這片海洋連接做伙。後來，我佮文野辰雄熟似，嘛是佇彼款開滿各色繡球花的長崎春天哩！」

麗雲接紲講，伊嘛是因為伊的小弟塗龍才會熟似化名的文野辰雄。

彼時的塗龍已經咧行船，佇一隻的舊閣破的貨輪頂懸。塗龍佮辰雄是透過伊的一个佇日本的親情[4]先相捌的。根據麗雲所知影，彼是為文野辰雄所設的一个暗中的計劃：有人透過海運佮祕密管道，共文野辰雄引渡來日本。伊蹛佇長崎，紲落，嘛因為需要學日語，所以才進一步揣著塗龍的阿姊麗雲鬥相工。

「彼時的文野辰雄非常落魄，目睭失神，敢若一隻抸尾仔狗。我彼時聽講，伊大約是因為政治的原因才對台灣出脫的，後來慢慢知影，是教會的系統幫贊伊用化名來到日本。根據伊

4　親情〔tshin-tsiânn〕：親戚。

家己的講法，伊自細漢是一个虔誠的基督徒，毋過有一段時間伊險險就跋入地獄。」

「伊過去佇大學的時參與一个環保運動，得罪烏道佮K黨的政治財團，這二个烏暗的勢力內面有一个關鍵的頭人是某政治世家的後代。彼个頭人叫做S，自學生時代就是政治學生，落尾入去大學教冊，成做政治教授。這个教授人誠豬哥，雖然彼時已經結婚矣，毋過伊佮文野辰雄佮意著仝一个查某囡仔（是佮文野辰雄仝校的學生），閣因為文野辰雄的環保運動威脅伊的政治財團的利益，所以就叫烏道共伊押禁起來。遐烏道雖然最後無共伊刣死，毋過共伊關真久才放伊走，最後警告伊，若閣再去揣彼个查某囡仔，您二人攏愛無命。文野辰雄為著彼个查某囡仔，只好離開，毋過伊按算用伊家己的方法報冤仇。伊的方式是去接近S的某，對方是一个有名的現代舞蹈家，組一个叫做『紅劍』的舞蹈團。彼拄好是佇『紅劍』欲公演晉前，需要真濟臨時的工作人員，閣文野辰雄受過攝影的訓練，所以就加入佇內底，希望暗中會使揣著啥物機會。後來伊成實發現一寡佮S有關的祕密。」

「啥物款的祕密？」

「主要是佮舞蹈團無正常的金錢流向有關。彼个『紅劍』一直有真濟資金，原來就是透過藝術品交流佮經紀的系統，大規模對中共政府進入『紅劍』的口座，閣對『紅劍』進入S的口座。文野辰雄確定彼是中共某一寡文化單位欲予S的錢，毋過，為啥物中國欲予伊遐濟錢？猶未查清楚，伊的身份就出破矣。文野辰雄的性命難保，所以教會的系統偷偷仔共伊引渡來日本。」

「毋過，伊的身份又閣是按怎會出破？」

「若這我就無方便講矣。」

「按呢，伊去日本了後咧，按怎生活？」

「伊去日本了後，初初借蹛佇一寡教會朋友的厝裡，後來伊嘛揣著頭路，佇長崎稅厝，穩定落來。伊並無放棄對『紅劍』的追查，這幾年來，透過長崎的『江戶文化藝術研究會』，伊沓沓瞭解東亞地區跨國的藝術經紀生態，閣沓沓仔佇東南亞揣著佮『紅劍』有關的線頭………」

「佇日本敢有啥物發現？」

「有。拄拄較早捌發生一件自殺案，佇市區的『友好會館』。」

「彼是啥物代誌？」

「『日中友好會館』是中共官方出錢予中國留學生會使蹛的租金宿舍。我有一个對中國來日本留學的女同學叫做李薔，就蹛佇彼間宿舍。伊共我講，台灣人嘛會使蹛，只要向中國的外交單位登記就會使。伊一直勸我去蹛，因為租金真俗。根據李薔的講法，伊有特別的『管道』會當用接近免錢的代價予我蹛佇『日中友好會館』，只要我願意。毋過我無愛。彼个李薔並毋是好額人出身，根據伊家己所講，伊是對廣西的庄腳去城市讀冊，後來閣申請著補助去日本留學的。伊講伊是做穡人的查某囝。毋過我無法度了解的，是伊的穿衫親像是中共高級幹部的後代，伊有幾落个歐洲名牌包，手裡的手錶嘛是瑞士錶，閣有伊的化妝，無親像是一个學生，閣較親像是一个交際花。我佮這款人本成就袂合。尤其我嘛毋知影，既然蹛佇『日中友好會館』，伊身軀的錢是對佗位來的？」

「佇一个新的學期，阮彼班出現一位新來的中國留學生，叫做趙樺，生甲真媠，閣清秀。伊本底蹛佇另外一个所在，後來經過李薔介紹，伊就搬入彼間『日中友好會館』。佮李薔比較起來，趙樺加誠樸實，我佮伊較有話講，嘛捌佮伊做伙完成一寡分組的作業。毋過想袂到某一工，趙樺竟然佇『日中友好會館』吊脰自殺！」

「原因是啥？」

「有誠濟講法，毋過，上有可能的是經過幾年了後，文野辰雄共我講的消息。根據伊手頭的消息，有一个重要的人物彼時時常佮我的同學李薔出入佇市區的愛情賓館，彼个人物叫做許源海，是中共佇日本大使館的教育參贊，嘛是彼間『日中友好會館』的常務理事。」

「許源海利用彼間『日中友好會館』職權，提供較俗的租金來吸收留學生做伊的情報細胞，尤其伊人閣豬哥，嘛佇『日中友好會館』誘拐誠濟女留學生。根據日本警方的消息，彼个趙樺就是予許源海強姦，後來才因為見笑，留遺書吊脰自殺！

文野辰雄講，彼个許源海佮『紅劍』嘛有金錢往來。這个自殺案件因為許源海外交官身份，就清彩結案，無引起真濟人關心。這件代誌發生了後，李薔就無閣出現佇我的學校矣！」

「毋過，我嘛是因為對這件代誌的了解，開始對『紅劍』的運作好奇起來，嘛真認同文野辰雄對『紅劍』的追查——雖然阮的理由閣有淡薄無仝，毋知是按怎，我一直想起我的彼个同窗趙樺的面——」

「上重要的是，佇長崎，彼个『紅劍』的系統開始追殺我，所以，我才開始揣著旅行的機會，想欲避開您的追殺。紲落，嘛拄好文野辰雄有進一步的調查計畫。」

「有幾落遍，阮小弟建龍的船去到日本，約我佮文野辰雄見面。文野辰雄表示，佇台灣嘛需要有人就近調查『紅劍』的運作，所以阮就透過各系統開始走揣。阮佇名單內面看著你的名，所以，才推薦你來參加這逝[5]的行動。阮相信，咱沓沓會看清楚您的真面目。」

「伊佮船頭家合作，講欲進行一个南洋海賊的田野調查計劃，毋過伊需要長期佇南洋佮幾个港口考查。伊佮船頭家參詳，只要贊助伊船資，伊願意共研究的一半成果予伊。」

「船頭家哪會對伊的研究有趣味？」

「這我就毋知矣，我並無見過船頭家，干焦知影這隻船是

5　逝〔tsuā〕：回、趟。

日本藉的船，頭家可能嘛是日本人，可能嘛有咧進行世界古物的買賣。」

「想袂到船頭家閣對這有趣味咧，敢講您想欲揣著啥物古早的海賊窟？」

案件筆記 2

關係猴忠仔不幸的幾个風聲

「玉女歌舞團」的霓虹看板猶閣咧熾，毋過台頂無人，規个舞台已經恬落來，袂輸予稀微佮驚惶控制。台跤咧食飯的人客，一開始嘛予雄雄發生的事件驚甲恬去，毋過沓沓矣，就閣恢復講話的聲——總是，已經減去歡樂的氣氛。您的話題圍佇猴忠仔頂懸。

「哪會按呢？」所有的人攏互相咧問，各種風聲佇空中咧飛。

整理起來，關係猴忠仔會倒落上無有四个講法。

其中頭一个就是啉酒造成的。伊傷過頭愛啉，平時仔除了跋筊佮詼查某以外的時間，就是咧啉。佇廟前彼間切仔擔佮伊所率領的遐猴群狗黨啉。佇市內的酒店佮官員、生理人閣有小姐啉。佇舞廳佮逐个跳舞的小姐啉。聽講伊的酒量好。伊攏啉威士忌，一暝家己就會使啉一罐半，一攤啉落來，四、五个人攏總啉七、八支的威士忌是平常的代誌。了後閣紲攤，繼續啉。伊捌啉甲共伊的德國車挵做一丸歹銅舊錫，隔工對彼丸歹銅舊錫爬出來，閣去牽一台新的。有一遍，伊透早予人發現跋佇臭水溝底，規身軀漚漉，干焦伊彼粒頭浮佇烏水溝頂懸孵洌孵洌。彼暝佳哉無淹死。伊講伊是為著駛計程車的國仔恁某彼个賣檳榔的阿蘭去佮派出所的主管王阿喜啉的，因為阿蘭共伊的檳榔擔仔排甲傷過頭前，已經佔用人行道，予派出所遐賊頭不時咧貓，貓甲阿蘭棧袂稠，只好去揣猴忠仔鬥相工。本底阿蘭是鉸查埔人頭毛的，毋過恁尪彼个駛計程仔的國仔無歡喜，所以伊才會排擔仔賣檳榔。彼擔檳榔若繼續予遐賊頭貓，生理做袂落，恁就連恁咧徛的彼間破枋仔厝的厝稅都納袂起矣。猴忠仔聽阿蘭講了，啥物嘛無要求，干焦 khénn 一聲，共手伸出來，對阿蘭比兩支指頭仔，要求 2 罐烏牌的約翰行路威士忌予伊揹去揣派出所的主管王阿喜啉，按呢代誌就解決矣。只是想袂到伊會啉甲規个人跋入彼條烏水溝。所以賣檳榔的阿蘭不時講伊猴忠仔是好額人，是放浪囝，嘛是好人，才會為著像怹彼款沐沐泅的趁食人去啉酒啉甲險險就無命去。天公當然會疼好人，阿蘭拍死嘛毋信猴忠仔會因為啉酒就醉死佇舞台。雖然歌女 Rebecca 佮 Linda 共內圍的賊頭王王阿喜講，怹佇舞台頂遠遠就鼻著猴忠仔的酒味，「就袂輸對臭酒桶撈出來的仝款」，毋過阿蘭猶是講：「伊酒量好，心肝閣愈好，無應該按呢啉死的！」紲落，一滴三斤重的目屎，就吊佇伊的目箍邊，伊 na 講 na 用手共喙掩起來。

第二个風聲是講伊的肝病發作。這當然是對藥房頭家陳三帖的喙裡講出來的。除了頂回買靈芝粉的代誌，伊早就感覺猴忠仔的氣色愈來愈穤，規个面烏荒無血色，袂輸著欲蔫去仝款。陳三帖彼時就是因為按呢才會勸猴忠仔改酒的。根據伊的經驗，猴忠仔的肝可能早就已經硬化矣，只是伊毋願意講爾爾。閣有猴忠仔的下跤手嘛按呢講，講伊這站不時都用手抑腹肚，敢若佗位咧疼仝款。毋過問伊伊攏毋承認，一支喙袂輸漚去的蝲仔殼擘攏袂開。紲落有下跤手講，其實毋是干焦肝硬化，早就已經是尾期的肝癌矣，只是外人攏毋知，看伊一日到暗啉酒跳舞詼查某，叫是伊足勇的。事實是有人捌看伊出現佇市內大病院的放射腫瘤科，一个人恬恬佇外口的椅仔坐。「敢若一个孤單老人。」當這件代誌予人講出來，就有袂少人相信，伊是因為肝的問題才會雄雄按呢倒落的。

第三个風聲是講伊的某一个冤仇人偷偷共伊陷害的。可能佮伊走水路時常引起的風波有關。親像恁這號走水路生理的，難免烏帽仔白帽仔攏愛交陪，若無，恁兜彼片白鐵仔做的大門，頂月日的半暝嘛袂予迌迌仔彈甲一塊敢若蜂岫。畢畢爆爆，徛恁隔壁的塗水伯仔叫是啥人咧拜天公放炮。風聲甚至講是一个賣中國茶葉的，叫人佇伊上台唱歌晉前捧一甌茶予伊啉，才造成伊這个難逃的劫數。「敢若有影哦！伊上台晉前，確實有人捧一甌茶予伊啉哦！」毋過這个講法嘛無真的確，因為另外一个人就隨佇邊仔應講：「敢有？我哪會攏無印象？」

總是，這个講法當然嘛有一定數量的支持者。畢竟，猴忠仔怹兜的雜貨船是佇東亞佮東南亞的海域走跳，是一門非常複雜的生理，閣加上猴忠仔彼款海派的個性，四界佮人盤撋[1]，免講嘛足勢佇佗位撋出風波。講落夠塊，若講伊的冤仇人，除了生理場的兄弟，伊四界去搕著的遐查某人後壁的查埔人，差不多會使組成一个「新選組」的暗殺隊矣，所以，若講當時仔有佗一位戴青帽仔的烏龜公對盈暗的橋邊跳出來，夯武士刀欲取伊的人頭，嘛無算是龜怪的代誌。毋過講罔講，這攏是風聲爾爾。

講來講去，上介予眾人相信的第四个風聲，是彼日透早割香，王爺的大轎「請火」了後傱入海裡的時所發生的「彼件代誌」共伊猴忠仔咒懺著。真濟人在場，會使證明。猴忠仔的一个下跤手講，「彼个事件」發生了後，猴忠仔領仔頸筋攏phok出來，一直共伊討面布來拭手汗，講話的喙唇嗶嗶掣。「毋捌看伊按呢！」伊的下跤手按呢講。彼个時陣，猴忠仔當咧扛王爺轎，伊佇正手爿扛上頭前的位。佇阮內圍，請火割香

1　盤撋〔puânn-nuá〕：交際。

的時，扛王爺轎的攏是地方上上有頭面的人，閣猴忠仔恁老爸是這遍王爺割香的主會，免講彼个位愛予猴忠仔來扛。彼時天才拍昲光，佇桃仔園的海埔，司公頭手夯幡篙做前，後壁主爐萬枝叔仔手捧香爐，主會猴忠仔恁老爸夯雨傘閘[2]香爐，一群序大共香爐圍絚絚，閣後壁，就是王爺的大轎。一个隊陣長長，綴鑼鼓聲直直衝入海裡。猴忠仔扛大轎，頭一个做前踏入海湧，毋知是按怎，才無幾步，伊就喝一聲：「細膩！大蛇！」紲落就規个人硿跤翹跋入海裡。大轎的轎身嘛綴咧雄雄敧一爿，甚至轎跤都浸入海湧裡。「啊！」眾人著驚，做伙喝聲。規个隊陣因為按呢停落來，鑼鼓聲嘛恬去。猴忠仔規身軀澹漉漉，對水底 peh 起來了後，講伊拄才看著一尾跤腿遐粗的紅色金鱗蛇對伊的跤邊泅過，紲落伊指對海爿線彼條金金的紅帶雲講：「都親像按呢的紅色金鱗蛇！」逐家夯頭看彼片紅雲，驚甲恬 tsuh-tsuh 攏袂講話。這時，猶是司公頭興旺仔較有經驗，喝講：「王爺公顯靈矣啦！王爺公顯靈矣啦！」眾人才敢若雄

2　閘〔tsáh〕：遮蓋。

雄精神過來仝款，綴咧喝：「王爺公顯靈矣啦！有夠靈聖！有夠靈聖！」

紲落，鑼鼓重頭起鼓，規个轎隊才閣重頭衝入海。猴忠仔的下跤手講，割香結束了後，猴忠仔規个面白死殺，元氣攏失去。雖然閣無偌久，伊就閣開始用伊詼諧的聲調詼查某，毋過伊的聲聽起來已經破去。

「猴忠仔予王爺公收去矣！」所以，當伊彼盈暗倒佇舞台頂，就有這个風聲對某一个角落湠出來。這个風聲袂輸病菌仝款，真緊就共其他的風聲砉過。尚且，伊的後壁閣綴一个轎後的風聲，就是關係猴忠仔𪜶某的講法，袂少姑仔孀仔講：「就是猴忠仔𪜶某秀眉仔咒讖，才惹王爺公受氣，共伊收去。」

毋過，彼時猴忠仔𪜶某秀眉仔猶佇路裡，伊聽著消息當欲對教會趕轉來，後來，有人共伊講，𪜶尪已經予救護車送過市內的病院矣。伊無哭，毋過，就親像是命中註定仝款，伊的面頂懸，彼暝特別畫的、有淡薄愛情的悲傷色水的 Odette 公主妝，予伊的目睭親像天鵝湖的湖水，預告彼个著欲到位的悲劇的命運。秀眉嘛是市內社區大學的彩妝講師，伊佇路裡一直咧想，是按怎伊會佇按呢的暗暝，佇家己的面畫出彼个美麗閣悲傷的妝？

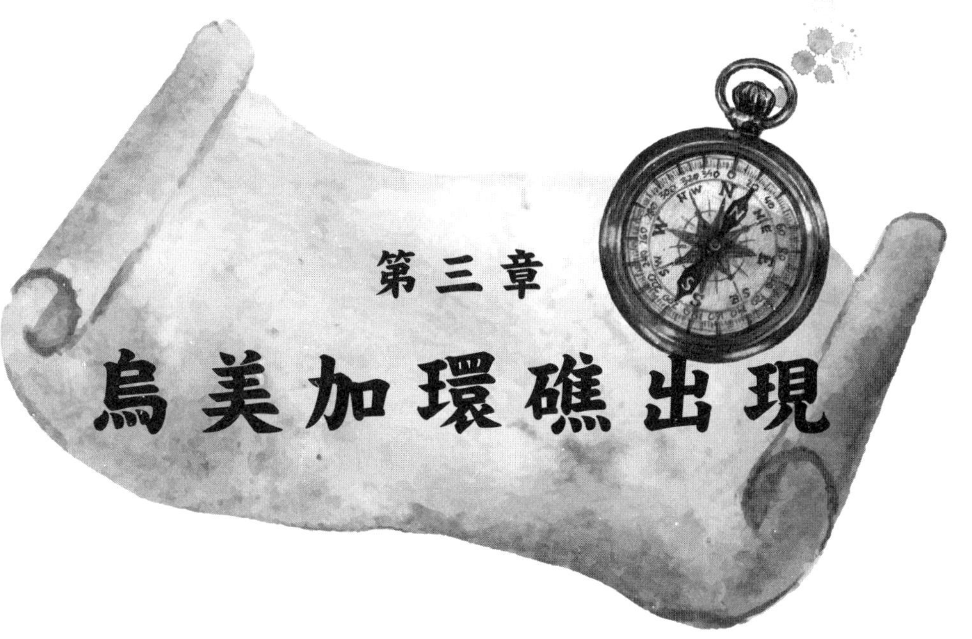

第三章

烏美加環礁出現

1

因為身體虛弱，第二工我睏較晏，起來的時，海霧已經散去，到下晡，船已經離開台灣海峽的海域，這馬佇廣闊的西太平洋航行。

我 peh 上甲板。

雖然霧散去，毋過風湧猶閣真大，眼前的海親像一面有真大的彎曲面的青布，佇起落之間，敢若予啥物力量對兩爿揪絚咧 sìm，船頭的三角帆佇風裡 phiak-phiak- 叫。這到底是佗位？我完全無概念。佇曠闊的海，若無海圖佮座標，無人會使知影家己佇佗位。

佇日頭落海了後，我感覺無聊，就去前一日彼間圖書室欲揣麗雲怹開講。

毋過麗雲無佇咧，圖書室內底，干焦賭文野辰雄一个人。

因為共同的興趣佮案件的需要，我就佮伊開講起來。我發現伊是一位非常博學的人，差不多對我所了解的文獻話題攏會使回應。所以阮講甲真歡喜。

就佇這時，船身雄雄戡一下，出現一下大轉向，有幾本冊對冊架仔落落來。過無偌久，有一个水手模樣的人來到阮的面前。伊用日文雄雄狂狂共文野辰雄講：「文野樣，船長請你過去一下，伊佇駕駛台遐。」水手的表情有一種不安。

「好！」文野辰雄講。伊對我擛一下手，意思叫我佮伊做伙去。伊講：「我順紲介紹船長予你熟似。」

駕駛台愛位中央甲板邊仔的一枝樓梯 peh 起去，為著娛樂效果，烏色鬍鬚的船長穿一軀古式的荷蘭航海衫，頭戴大頂烏色絨質的帽仔，就親像佇電影看著的彼種敢若拿破崙咧戴的闊帽仔。帽仔的正面有用金線繡的圓形花草圖樣，應該是船公司的標誌（我佇船頂的別位嘛有看過彼个標誌，只是雄雄想袂出佗位看著的）。彼个船長的體格真結實，是日本人，面的皺痕說明伊佇海上經歷過真濟風湧。伊開喙晉前用顧慮的目神看我，文野辰雄就用日文（這是您佇這隻船的官方語言）講：「拄熟似的朋友吳先生，無要緊。黑田船長，你請講。」

船長的身邊閣有幾位船員。

黑田船長就開喙，講：「拄才發生一寡龜怪的狀況，船的航線雄雄偏去。今咱可能駛入來傳說中的『烏美加區（Omega Zone）』矣。」

「成實？」

「嗯！電子海圖的座標本底佇基隆北方的公海。船進入彼片大霧了後，船頭方向雄雄出現一群漁船，險險挵著，所以斡一个大斡。想袂到才一時無注意，GPS 座標的光點煞雄雄跳真遠來到烏美加區遮，然後就消失去。」

伊講，霧散去了後，座標的光點直直無出現。

「恁看！」

有一个船員雄雄喝一聲，手指西爿的烏暗海面。逐家順伊手所指的方向看過，暗毿之中，遠遠有聽著海鳥咧叫，敢若有啥物物件咧接近，您的叫聲裡有一種不安。閣詳細看，西爿的海平線毋知當時出現一排光光的紅點，敢若當咧慢慢倚近。彼是啥？敢若是船仔，毋過，佇遐呢闊的海面，一時出現遐呢濟船仔嘛是龜怪的代誌。

船長喝：「水手長，命令水手共前帆佮主帆轉向東北向。二副，舵[1]嘛轉對東北，車機請確認佇全速進前。大副，你去機艙共您詳細講這个情形。」

「敢愛宣布啥物緊急狀況？」大副是一个歐美籍的白人。

黑田船長小想一下，講：「先毋免，免得造成無必要的恐惶。毋過予所有的船員知影，請您若無代誌的，攏上主甲板待命。無線電隨時愛通。閣有，請所有武裝保全去第二層甲板待命。」

「武裝保全？」我斡頭細聲問文野辰雄。

「是外籍的傭兵，佇公海的時上船的，免得咱的船受海盜攻擊。海盜傷猖狂，這是國際海事法規近期允准的。」

「原來是按呢。」

大副離開了後，船長徛佇電子海圖頭前，對已經失去 GPS 座標光點的空空的海圖搖頭，二副問伊：「四面攏無陸地，咱敢閣有啥物方式定位？」

---

1 舵〔tāi〕：船舵。

船長講：「你拄才毋是咧做矣？趁天猶未光，只有靠上古早的方法矣：天文定位！」

2

幻影號已經沓沓斡一个方向，這馬，遠遠的光點排列佇倒手爿船尾的方向，敢若暫時保持距離，無閣進一步倚近——毋過嘛無退後，只是一直保持佇遐。

我綴文野辰雄行去圖書室，佇路裡伊對我解說：

「『烏美加區』（Omega Zone）的名，聽講是古早荷蘭抑是葡萄牙的船員號的，主要是傳說海中央有環形礁石形成Ω（Omega）的形狀。這个Ω有偌大無一致的講法，有人講會使停一隻船，嘛有人講袂輸長崎的港口遐大。怪的是，伊真少出現，位置佇佗嘛真濟講法。總講，幾落本古籍有記載，經過『烏美加區』的船有袂少失蹤去，傳說真濟，就敢若美洲彼个有名的『百慕達三角』。當然嘛有幾隻看著Ω環礁閣平安經過的船。」

「也你按怎看？」

「這我就毋捌矣。」

佇圖書室，麗雲出現矣，伊看著我佮文野辰雄行轉來，閣聽阮講起發生的怪事，目睭擨甲大大芯，毋相信，我就焉伊行轉去甲板。

阮轉去到主甲板的時，有真濟船員已經佇遐待命，可能因為情形緊急，怹嘛已經共出帆的時為著節日效果所穿的服裝，換做一般船員工作的服裝，面色透漏出緊張。

遮船員對真濟無仝國家來，白人較少，亞洲人較濟，以基層水手來講，上濟的是印尼、馬來西亞佮菲律賓人，嘛有台灣人、中國人佮日本人，除了輪機室的技術船員佇船底咧無閒，來到甲板的攏總二十幾个，怹的眼神佇黃黃搖顯的電火泡仔下底，佇暗毿的夜色裡斡東斡西漂浮無定。

緊張的氣氛是會傳染的，有部份的船客已經鼻著這个氣氛，相招來到甲板，互相咧探聽。

暝已經真深矣，海風內面有一款涼冷的氣味。這个氣味予我一種現實感，毋管幻影號敢有陷入啥物危險，這个現實感共我暫時拖離開掛慮的捲旋。文野辰雄當咧無閒的時，我佮麗雲倚佇船舷開講。夜暗的海平線，彼排紅紅的火猶原纏綴佇阮的後壁。

3

有真濟人因為不安睏袂去，來佇甲板。

天光晉前的一點鐘，東爿的海面有幼幼一沿氌色的海雲，親像欲共烏暗撐[2]開。

海的烏色已經無遐呢沉重矣，毋過敢若烏暗的勢力猶閣真大。

有湧粕的空氣是大雨晉前的翕熱。

海面有薄霧。

我 the 佇船舷。文野辰雄行來我佮麗雲身邊。阮無講話，我感覺有一个臊氣對海裡沖[3]起來。船長嘛佇阮附近。

文野辰雄講伊佮黑田船長討論一站，根據星圖，您最後結論，船的位置大約佇是北緯 26 度，東經 134 度，也就是講，大約佇基隆東北東 750 海浬的所在！上近的大島是那霸，毋過嘛閣離船有 400 海浬遠！

船長的面有寡無奈，對阮講起彼个傳說。

伊講，50 冬前有一隻日本漁船叫做「良神丸」，對琉球東面 400 海浬遠的菲律賓海轉去琉球的港口報告，講您搪著海面痟狗湧，海面閣有大片烏雲，漁船險險駛袂轉來。日本科學界推測，是海底火山爆發。所以航海安全署就派巡邏艇「定基丸」前往調查，仝時間，當地漁業大學招一批專家佮朝日新聞記者，坐另外一隻海洋考察船「波陽丸」前往，另外，閣有一隻由日本水文地理署派出的考察船「波陽五丸」晏二工起程。

2　撐〔thènn〕：從下而上撐住。

3　沖〔tshìng〕：液體或氣體從下而上衝高。

5日後，「定基丸」先轉來，伊講海面有小島新生成，毋過，另外彼隻「波陽丸」並無揣著按呢的島。上害的是，水文地理署的考察船「波陽五丸」自出港了後就失聯。日本派軍方去搜救，無發現任何漂流物佮油污。按呢，「波陽五丸」就佮彼隻「定基丸」所發現的小島全款，一目矖[4]消失去。這是有記錄的怪事。

「記錄中，彼時定基丸所發現的島，就佇這附近。」

伊才講煞，船底的機械艙雄雄發出低沈的聲，親像真出力咧喘。

我隨斡轉去向海面斟酌看，船燈照著的海面，海流敢若真強，袂輸幻影號這馬是用真大的氣力咧對抗大流，越那喘，越那拄流[5]咧駛。

4

「船長，Omega環礁果然就佇頭前，大約2海浬！一个真大的Ω形體！咱的船頭正正正拄向彼个Ω的開口。」大副對駕駛台探頭出來講：「而且海流真大，船速真低[6]。」

機械咧紡的聲愈來愈吵，黑田船長的無線電nih有人報告，

4　矖〔nih〕：眨眼。一目矖，一眨眼。

5　拄流〔tu-lâu〕，逆流。

6　低〔kē〕：低。

講船底的車葉仔敢若絞著物件，力攏 sak 袂入去，車葉仔的轉速愈來愈慢。

阮綴黑田船長傱去船頭甲板。伊提吊鏡看一下，回頭問一个水手：「海面彼是啥？敢是海草？」

彼个水手用手電照海面，連鞭斡頭講，無毋著，海帶菜，規个海面攏是，是一種足大型的海帶。

「閣有。」彼个水手繼續講：「一大堆海魚的屍體浮佇水面，海水的色嘛是紅的，可能是『赤流』（Red Tide），規片海敢若予紅色的布篷崁稠咧矣！」

我意識著我鼻著的臊味，可能是大量海魚屍體的味，本底就衰弱的胃腸，隨閣吊懸起來，袂輸佇湧 nih 幌。我捌佇電視節目看過關係「赤流」的報導，彼是奇特的海洋生態現象，毋過，眼前的紅色海水，並電視看著的紅閣較重色，致使佇烏暗的燈火之中就看會出來。

船長共無線電提起來講：「二副，這馬船速偌儕？」

「偆無 5 節！ 3 點 8。我想大管輪拄才講的無毋著，車葉仔應該是絞著物件矣。」

「深度儀咧？」

「深度儀仝款一直無訊號。」

「水面有海帶，水淺。二副，請共船舫向東，踅過頭前的環礁。水手長，你指揮所有的水手，嘛共主帆佮前帆配合轉向。」船長按呢喝。

一時間，甲板的氣氛緊張起來，水手開始喝咻、出力搝帆索，跤步聲佇甲板頂懸來來去去。

船開始轉向矣，毋過敢若因為海流，船身小可攲正爿，敢若隨時會反過仝款。帆當咧轉向的時，船桅嘛嘎嘎叫。

這个時陣，佇船尾甲板，有另外一陣人喝咻起來，其中有船客，嘛有幾个船員佇遐。

「倚來矣！遐紅火！這馬倚來矣！」

我佮麗雲、文野辰雄聽著聲，做伙從過船尾看。

一開始闍看袂明，毋過，因為伊倚近的速度真緊，過一時仔，伊就來佇幻影號後壁大約二、三海浬的海面。竟然是一列武裝漁船，尾甲板頂懸的人看著這个情形，攏大聲喝咻起來，嘛有部份的人越那叫，越那逃對船頭的方向，袂輸是規船的人攏鬧動起來。

「武裝人員就位！」船長按呢喝：「所有的遊客離開甲板、入去船艙！」

就佇這个時陣，對彼列武裝漁船的方向，達達達的銃聲佇海面響起來，銃子彈佇金屬的船殼 pìn-piáng 叫，閣有「殺——殺殺——」的兵仔喝聲。這時，本底平平的大海竟然雄雄對武裝漁船的方向趃過，親像一个海的山谷，大湧拍佇阮的船舷，然後共海面的海魚屍體絞做一个紅色的捲漩[7]，吸對彼列

7 捲漩〔kńg-tsñg〕：漩渦。

漁船過。

幻影號的船身，搖搖顯顯就敢若欲定落來晉前的干轆，我嘛綴眾人哀叫，感覺船欲反去矣。船底機械的聲真食力，親像嘛咧哀叫。

「莫驚！彈銃回擊！」黑田船長大聲喝咻。

就佇幻影號的第二層甲板，保全機銃的聲達達達振動規隻船，銃煙親像大霧共阮頭前的海面崁咧。

達達達、達達達，雙方面銃子閣拍一站。

達達達、達達達。

連鞭，海湧對面漁船的槍聲恬落來矣，「殺——殺殺——」的兵仔喝聲嘛無去矣。

銃煙散去了後，彼排紅火的漁船已經失去影跡。

「遐船咧？」

阮逐个人攏驚甲面色白死殺。回魂轉來了後，有人看著船尾附近的海面，有一塊柴枋對霧裡漂過來，頂面敢若有一个人的形影。伊的衫破糊糊，昏倒佇遐袂振袂動。

「放小船落去，共彼个人救起來！」黑田船長用伊一向鎮定的聲調按呢講。

就佇船長話拄講了的時陣，愈駛愈慢的幻影號雄雄大力顫[8]一下，停落來。

8　顫〔tsùn〕：顫動。

「船敢是有挵[9]著物件？」船長對無線電講。

「毋是，毋過船底的車葉仔雄雄定去矣。」

「共車鐘拍入停車！先落碇！」船長喝。

「是！遵命！停車！」無線電內面，二副的聲透露緊張。

5

最後，幻影號因為故障，只好落碇 Ω 環礁的附近海面。

日出矣。霧佇日出了後真緊就散去。我看對舷窗外口的海面，拄好是藍色的海湧拍佇環礁的海蝕崖[10]，真平靜，按怎嘛看袂出日出前的彼場鬧動。礁石的陸地長度大約是三、四公里，伊圍出一个 Ω 形，Ω 的開口向南，大約半公里闊，有礁石的白色沙埔後壁是海蝕崖，海蝕崖看起來真懸，美麗的白色湧泡予伊看起來愈懸，遠遠看，海岸親像蟳仔管伸來，中央圍出一片內海。環礁本身敢若是一塊綠色手環，毋過對船頂，看袂出石崖後壁是啥物。佇海面佮礁石之間，白色烏喙的海鳥規群咧飛踅。日光下的海流豐沛。

Ω 環礁附近，真濟海鳥咧飛踅。我發現這片海域毋是干焦

---

9 挵〔lòng〕：撞擊。

10 海蝕崖〔hái-si̍h-gâi〕：海蝕崖。

一个島，佇四圍的海面，除了 Ω 環礁，嘛有幾落个小島，其實會使講是一个群島。島附近，有大大細細的珊瑚礁對海裡伸出來，看起來確實是危險的航道。

因為對外通訊攏斷，若照文野辰雄的解說，就算岸頂的人知影阮失去通訊，您可能嘛揣袂到這个神祕的海域來。

船頂的旅客，當然已經必需要面對這个意外。

代先的時無人會使接受，有一部分的船客用受氣閣威脅的口氣對船員講話，尤其是一大群船客真歹聲嗽，您喝聲，講一上岸就欲共船公司告到倒，您甚至闖去到駕駛台閣，講您欲接管這隻船。您講，您攏是有頭有面的人，袂使接受這隻船按呢對待您。黑田船長透過各種語言翻譯，誠懇解說講這純粹是意外，伊嘛當 leh 想辦法解決，若共船員押起來對代誌並無幫贊，而且您可能會觸犯國際海事法規，予人認定劫船。您一聽著「劫船」二字，就退匀轉去，開始用怨恨的聲調詈罵這隻船予您的命運。

船長佇大餐廳召開一場公開的說明會對所有的人解說狀況，伊講：「因為猶毋知的意外的原因，咱的船有偏離原底的航線，可能愛慢幾工入港，非常歹勢。毋過，身為幻影號的船長，我佮每一个船員攏用性命向各位保証，阮會共逐家平安送到港口。佳哉，目前幻影號頂懸的食物佮水攏猶非常充足，船本身除了通訊、車葉仔佮柴油機的傳動有小可損著，基本的發電設備並無問題，餐廳、筊場佮其他娛樂設施佇暫停一站了後，已經會使重新開放。」

船長對逐个人保証，佇上短的時間內就會共車葉仔佮機械修理好勢、平安起程，閣以伊所理解，照例，這逝的旅費該當會使退費，伊希望逐家用平安的心情支持每一位船員。

「若運氣較好，岸頂的人該當已經發現咱失聯，甚至可能會閣較早揣著咱。佇這霅前，我用船長的身份保證逐家的安全。」

所有旅客聽著按呢，沓沓仔平靜，連本底幾位較歹聲嗽的旅客嘛沓沓恬落來。

案件筆記 3

猴忠仔的好牽手
秀眉的反應

〈美佮恩典彩妝講座筆記：悲傷的人應該按怎畫妝？〉

（劉秀眉講師回答學員的問題）

彩妝是咱無聲的話語，當然佇無仝的情境愛有無仝的表情，彼就親像春夏秋冬四季愛有無仝的穿衫仝款。針對悲傷的人，咱愛予伊的面有一款感情的深度，毋過愛注意幼路的層次，袂使傷過強烈，予人感覺假仙、格樣。簡單講，愛遵守自然無痕的藝術原則。嘛愛注重平衡，過頭悲傷的色水會予人絕望，毋過一个好的彩妝師並毋是欲予人絕望，所以應該佇絕望內底，共悲傷的面添加一款堅強的暗示。

風格頂懸傾向柔美毋是豔麗，嘛愛共會顯出歡喜的線條炭掉，比如目眉尾佮目尾的線條，愛注意毋通挑懸。當然袂使使用任何蜜粉佮唇蜜，毋過淡薄仔珍珠光的金粉是會當的。嘛愛避免冷色的妝彩，以免悲劇性傷過突出。上好是用暖色的妝彩，予看著伊的人，佇悲傷之中得著一種溫柔的安慰。

溫柔的悲傷感來自目睭。建議佇規个目箍佮頂目睭皮，先用芳草色的眼影做底，紲落佇目箍的四周圍，輕輕仔抹一層酒紅色有珍珠光的眼影，了後集中佇目頭的所在，毋是用抹的，是用點的，點一寡金色的珠光金粉來暗示目屎，嘛會有一種堅強的精神。另外會使佇下目睭皮中央的位置，嘛點一寡按呢的金粉。愛特別注意適量。最後用深咖啡色的眼線筆來畫眼線。愛注意，眼線應該共目睭毛之間的空縫補滿，共眼線畫佇目睭毛的毛頭的所在，目尾的線條輕輕仔勾出水平。

另外一个重點是喙唇。當然袂使用大紅色緻的胭脂。彩度傷懸的其他色緻嘛愛避免。建議用柔色的胭脂。比如有淡薄仔潤澤感的米色胭脂，會予悲傷的人一種端麗的美感。彼个端麗

的美感，是支持悲傷者向前的動力，另外，嘛會予伊身邊的人對伊有尊重佮憐憫的心意。

◆

秀眉怹厝邊花雀姊仔捌佮秀眉做伙去過怹教會，所以當伊看著猴忠仔的代誌，頭一个就傱去共秀眉通知。彼時，秀眉當佇教會主堂的台頂佮詩班做伙練唱彼首〈脫出罪惡烏暗的交界〉。花雀姊仔一到主堂門口，就對怹喝一聲：「秀眉啊！代誌毋好矣！」怹的歌聲就停落來。

花雀姊仔凡事雜插，嘛心胸開闊，佇庄仔頭，伊算是少數願意綴秀眉行入教堂閣袂驚王爺公受氣的查某人。有一段時間，秀眉受教會委託，佇禮拜六下晡開辦一季的【美佮恩典彩妝講座】，教社區的姊妹仔按怎畫妝，伊招花雀姊仔，花雀姊仔一下就應好。花雀姊仔的面是彼款梨仔型的面，伊的牙槽骨較闊，秀眉有共伊講，彼款面形愛注意牙槽骨附近的喙顊，會使拍較深色的粉底來予面看得較瘦，袂傷膨皮，嘛會當予伊傷過集中的兩蕊目睭看得較輕鬆自在。毋過彼工花雀姊仔無按呢畫妝。因為是庄頭辦桌的大場面，伊猶是共規个面拍白色的水粉拍甲白晳晳[1]，閣佇喙賴腮用腮紅抹甲紅吱吱。伊大嚨喉空，三句做二句共猴忠仔按怎倒落的代誌講予您聽（毋過伊無特別講彼个叫做 Rebecca 的妖精按怎用伊的手骨去捶猴忠仔的胸坎彼段），秀眉一聽，急甲目屎就隨輦落來，毋過伊無哭出聲。您才拄行出教會的門，就搪著另外一个厝邊走來共您講，猴忠仔已經予救護車送對病院去矣。花雀姊仔心肝好，叫一台計程車，陪伊趕去病院。

猴忠仔放浪是放浪，佇秀眉面前，伊完全是一位護花使者。伊就親像結婚前答應秀眉的仝款，毋捌干涉過秀眉的教會生活——對這點，猴忠仔您老爸郭金福就對猴忠仔無誠滿意，毋過猴忠仔講伊欲佮秀眉做一世人翁某，當然嘛愛接受秀眉的信仰。這句共您老爸氣甲血壓衝[2]到百九。後來郭金福只好去責備秀眉您老爸永順伯仔，罵伊查某囝教無好。毋過永順伯仔

1 白晳晳〔pe̍h-siak-siak〕：白晳狀。
2 衝〔tshìng〕：衝高。

嘛講伊的查某囝就是這點講攏袂聽，假使您若無法度接受，親事嘛只好準煞無勉強；伊閣講畢竟，伊的查某囝秀眉是庄仔頭上媠的查某囡仔。郭金福轉去了後看猴忠仔愛秀眉愛甲慘死，就無閣講話——所以，庄仔頭通人知，猴忠仔雖然是烏狗一隻，毋過伊對秀眉是惜命命的。

「哎呀！哪會發生這款代誌！」佇計程車頂，花雀姊仔按呢講：「猴忠仔放浪是放浪，毋過內圍庄通人知，伊心肝好。我看妳先莫煩惱啦！妳的神明嘛會疼好人！」您一坐上計程車，秀眉就共花雀姊仔的手蹄仔搦絚絚。伊想起猴忠仔，就佇心內喝：主啊！請你憐憫伊！

秀眉閣會記彼工，猴忠仔共伊講，為著這遍割香的代誌，伊的心肝頭逐日糟糟齪齪，毋知是按怎。猴忠仔共秀眉講，伊已經幾落暝佇夢中看著兩尾蛇，一尾是紅色的金鱗蛇，一尾是烏色的。攏親像跤腿遐爾粗。彼尾紅色的金鱗蛇非常的媠，金光閃閃，閣有萬丈的邪氣。彼尾烏色的，匿佇暗暗的所在，不時吐舌，用劍光目咧看伊。伊身邊的人攏講伊會搪著災厄，只是各種步數攏用過矣，猶是無人有辦法治。秀眉就共猴忠仔講：「這是幾日前我佇傳道遐聽著的。聖經講，咱人因為家己過去的罪過，原底是死的，彼時，咱佇罪惡當中生活，綴這个時代潮流行，嘛服從**空中掌權的邪靈**，就是**服從現此時佇悖逆**[3]**的人身軀運行的靈**。咱逐家過去攏佮怹鬥陣，逞乘[4]肉體的私慾，照肉體佮心意所愛的去做；所以咱佮逐家仝款，從出世就予神受氣。毋過神憐憫咱，因為伊對咱的疼，就當咱因為過犯死的時，予咱佮基督做伙閣活起來。咱得救是倚靠恩典，藉信心得救。這段你聽看覓，感覺按怎？」

想袂到，猴忠仔這个放浪囝竟然會應講：「嗯，我感覺袂穤。」

「袂穤？」伊的反應顛倒予秀眉驚一越。

「毋過，妳的神敢會使替我共夢裡彼隻紅色的金鱗蛇斬死？我會按呢問，是因為妳不時咧臭彈，講妳的神偌厲害拄偌

3 悖逆〔puē-gi̍k〕：叛逆。
4 逞乘〔thíng-sīng〕：放縱。

厲害。」

「這，我愛問傳道看覓。」秀眉按呢講。

「若斬會死，我就綴妳去教堂看覓咧。」

「這是你講的哦！」

「當然是我講的。我阿忠當時捌講話無算話？毋過，彼隻紅金蛇嘛愛先斬死才會當！」

「阿忠，我真煩惱呢！我看這遍您欲割香的代誌，我看你莫插手較好。」

「妳毋捌啦！無彼號代誌！我阿忠無插，啥人欲插？啥人有資格去插？」

「若王爺廟一定愛插，上無，皇武宮遐你莫閣去矣！」

「哎呀，我這个婧某啊！也皇武宮是閣惹著妳矣？」

皇武宮是另外一群少年仔咧聚集的私佛仔壇，是遐的角頭兄弟的生理事業「善心葬儀社」所拱的壇，就起佇「善心葬儀社」隔壁。皇武宮有車鼓陣，嘛有八家將陣頭，彼幾工因為地方大廟王爺廟欲割香，嘛綴咧鬧熱，逐暝攏叫一棚路邊放電影的來扮仙，一大群少年家暝日佇遐出入。猴忠仔嘛不時佇遐行踏。

「你敢無看著皇武宮外面祀[5]的彼排烏旗仔，頂懸畫的敢毋是紅金蛇？我逐遍經過遐，頭殼攏楞[6]甲！」

「著呢！我哪會無注意著！」

「所以我勸你較莫去咧！」

「好，按呢就較莫去咧。其實我這站嘛佮皇武宮有無歡喜。」

「為啥物無歡喜？」

「唉呀！恁查某人無需要知啦！」

「哪會無需要？假使我若愛閃避啥物咧？」

「妳哪會需要閃避啥物？妳毋是講，妳的神就是天地上大的上帝公，妳啥物攏毋驚？」

「我毋是咧講彼。」

5　祀〔tshāi〕：設立（神位等）。
6　楞〔gông〕：暈。

「無是咧講啥？」

「等你共我講『恁查某人無需要知』的是啥，我就共你講我心內想啥。」

「Hóo！我的婧某啊！」

佇趕赴病院的計程車頂，猴忠仔的牽手秀眉頭殼內所想的，就是這件代誌。

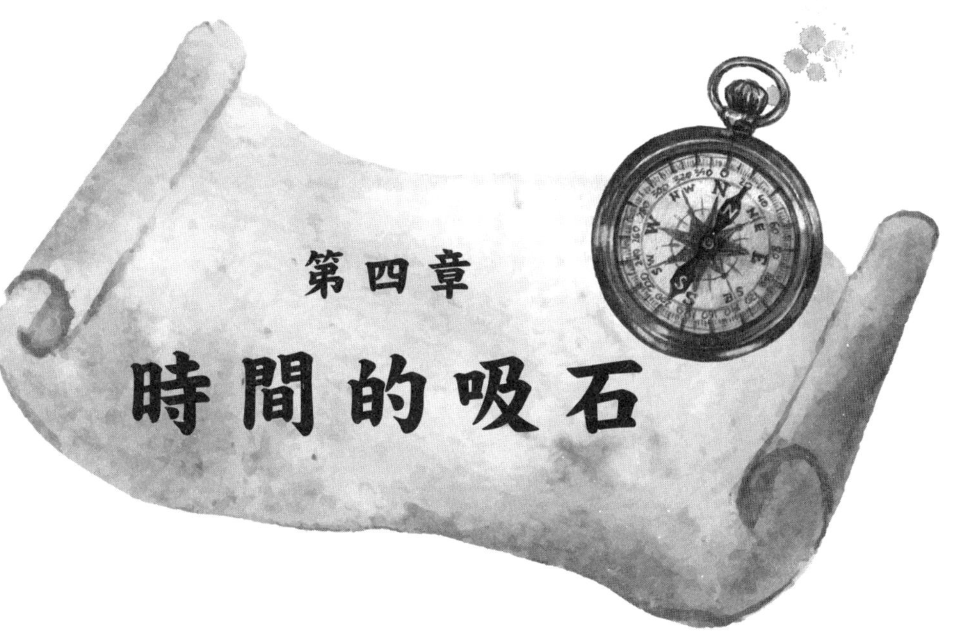

第四章
時間的吸石

1

這是麗雲佇大廳的合作演出。伊穿一軀紫色薄紗紩[1]金線的演出服，抱月琴，畫厚妝，點紅艷的胭脂。伊蓬鬆的長頭毛寬寬仔飄動，用南管雅樂的優雅儀態撥弦，毋過卻唱出凄涼閣親像有憤怒的歌聲。伊的喉韻閣較接近伊身邊彼枝三味線急狂袂輸行軍的伴奏。對伊的朱紅喙脣吐出按呢的詩歌：

舊年戰，打狗道，今年戰，香江源。洗兵太平洋上波，放箭東海湧中奔。萬里長征戰，三軍盡衰老。紅奴殺為耕，唯見白骨田。前皇起城備海襲，今朝猶有烽火昇。

烽火昇袂止，征戰無了時。野戰格鬥死，敗馬哀鳴向天悲。烏鳶啄人腸，銜飛上掛枯樹枝。士卒塗草莽，大將空爾為。

「唉呦，真不得了，怎麼這樂府詩還能這樣唱啊！」

一个穿紅旗袍妖嬌豐滿的查某人坐佇我的頭前，拄好袒佇彼塊有畫日本美女佮貓仔的屏枋邊仔，形成一个誠大的對比。伊咧講話的時，邊仔一个敢若烏鴉仝款的少年家直直頷頭。

「可不是。找這種貨色，便宜點吧！這些死日本鬼子，就是窮酸一點，比我們在九龍塘的雞店裡聽的還不如。」

1 紩〔thīnn〕：縫。

「嘖嘖嘖！你這小子！瞧你跩得，還怕人家認不出你？」

我坐倚過，想欲佮您加減講二句，您煞起身，斡咧隨行出去。

我佇餐廳小可觀察，果然船頂的旅客以台灣人為主，真濟佮我相像，是佇打狗上船的。食一寡物件了，研究員文野辰雄毋知當時嘛來佇遮，伊佇我的身邊坐落來。

伊開喙：「你想欲知影日本古冊《寬永懺悔錄》的代誌？」

「是。敢講，毋是你揣我來的？」

「喔，確實，所以我當欲共你解說。彼本《寬永懺悔錄》是長崎出島的荷蘭商館的一个下跤手人濱田野二郎所寫的回憶錄，伊經歷過寬永年間的島原之亂，見證過彼个年代信仰基督的人按怎予人迫害，所以才會共冊號做『懺悔錄』……」

根據文野辰雄的講法，彼本回憶錄，是對寬永年間一直寫到元錄年間的代誌。雖然辰雄嘛無讀過正本，毋過根據其他史冊對《寬永懺悔錄》的引用，伊推測，作者毋但對彼个時代有真實的經歷，閣對高砂國（台灣）的代誌有一定的瞭解。比如講，有一本史冊，引用著野二郎寫著新港社的頭人 Lika 佮濱田彌兵衛的名。另外，《幻影原城戰考》內面嘛有講著「濱田野二郎略諳荷語，遂被一揆軍派之與荷船斡談」的字句。根據文野辰雄的研究佮推論，《寬永懺悔錄》的作者濱田野二郎，應該是佇濱田彌兵衛事件的時，綴新港社的頭人 Lika 去到日本討救兵的新港社人的其中一个。伊無綴 Lika 轉來台灣，顛倒出現佇島原之亂的原城反軍，因為啥物原因逃過一劫，後來就一直佇長崎的荷蘭商館做代誌。佇日本的正保年間，揆一擔任出島荷蘭商館館長的期間，作者嘛捌佮揆一討論過高砂國的代誌。後來，揆一調任台灣長官，您之間閣有通批，佇其他史冊的引用有講著遮的批信，毋過對批信本身的內容引用無濟，這是現代史家對《寬永懺悔錄》上介趣味的部份之一，尤其佇 1661 年的寬文年間鄭成功圍城的時，作者野二郎有講著揆一寫批來出島討救兵，甚至有講著「高砂國住民的心聲」按呢的字句，遮的批信的原始內容聽講有附佇《寬永懺悔錄》，這个部份有相當懸的價值，需要直接讀《寬永懺悔錄》才會使瞭解。總講，彼時陣佇荷蘭人佮日本人的目下，鄭成功只是一个大海賊，揆一捌講過，伊毋是干焦為著荷蘭人的利益去對抗鄭成功，閣因為伊毋願目睭金金看台灣所有人的性命落入鄭成功這个酷刑的海賊手裡。若用「高砂國住民的心聲」的名義，甚至連日本都有理由派兵對付鄭成功，毋過彼時，顯然遐的批信並無受著日本人注意，抑是講，彼時的日本，堅持鎖國政策無意願出兵——這是一个謎——毋過就算按呢，這猶是有現代國際史觀的特殊意義……若毋是鄭成功佮鄭經佔領台灣，大清帝國對台灣可能完全無興趣，台灣的歷史發展可能會是完全無仝款的結果。

「既然按呢，你敢有想過欲去揣這本冊來讀？」

「當然有矣。毋過，親像嘛有另外的極端勢力毋願這本冊出現予人揣著。5年前，這本冊捌出現佇日本的古冊拍賣市場，毋過隨就發生一寡代誌，然後閣離奇消失去，有一寡陰謀，嘛有人講是咒讖抑是陷阱。這回閣出現，台灣佮日本的歷史學界攏真細膩……」

「莫怪……」我看文野辰雄，伊的表情敢若有刁故意掩崁啥物無講。我問伊：「你講著陰謀，敢講您嘛有對付你……」

「彼是一个叫做『赤天朝縱隊』的國際極端組織，佇文藝界的名叫做『紅劍』，佮台灣的誠濟組織系統嘛有合作。」

伊壓低聲調講：「按呢，你敢會想欲去插這本冊的代誌？」

「我已經插矣。」

「聽講你佇台灣本身嘛有搪著一个案件。」

「確實。我來的目的，有一半是為著我的小學同窗猴忠仔佮彼个『總書記』有關的案件。」我按呢講。

「『總書記』？」

「喔，我另外一个小學同學，名叫楊鳴風。『總書記』是阮五年的時，伊家己封的。麗雲嘛知影這个人。」

2

「關係這个『總書記』封號的起頭因由，愛追溯去到阮國校五年的春天郊遊彼工。」

彼工，拄好蘇聯總書記戈巴契夫上台。新聞報誠大，所以連阮坐佇遊覽車頂懸都聽著 la-jih-ooh 咧播。雖然阮聽過總書記，毋過總書記是啥物？大家敢若捌閣敢若毋捌。這時陣，阮這个小隊有一个蹛佇眷村、面容熟骨焦肘[2]的楊鳴風說話矣：「總書記就是……」

想袂到，伊竟然提出一張紙，共蘇聯共產黨黨政軍的組織圖畫出來矣。這是總書記、副總書記、某某委員會委員長、某某政委，這是國家總理、政治局秘書長、國防部長、情報局長……等等等（其實嘛是亂講一回）。結局，大家因為好賢，一路就開始越那遊覽越那搬這齣「共產黨」的囡仔戲矣。

自按呢，楊鳴風當然就是總書記啦，小隊內面的逐个人攏參加矣，逐个人予總書記分派一个職務，號一个啥物「長」的。

紲落，就出現按呢的對話：「報告總書記，美國怎樣怎樣，我們是不是要派兵攻打美國？」「情報局長！你覺得呢？有相關情報嗎？」「報告總書記，我們從北約的情報網攔截到不利的消息，美國的洲際飛彈可能隨時會發射！」「所以呢？國防部長？」「報告總書記！我軍有米格幾架，可以隨時起飛。」「那海軍呢？海軍總司令？」「報告總書記！海軍的航母已經在海森威港待命！」「好！那全軍聽令！即刻發動攻擊！開戰！」所有的人攏對總書記喝：「遵命！」

2　焦肘〔ta-tiú〕：老成。

「我現在宣佈，我們的基地組織，正式成立！」

「人攏講佇國校，五年的上帝公，六年的閻羅王。阮的『基地』就按呢成立矣。」

基地組織的活動差不多佔去阮五年下學期到六年的下課時間。先加入的當然職位較懸，本底無參加的，一方面覺得予阮排斥佇箍仔外真無聊，一方面因為好賢，嘛沓沓加入矣，而且甘願佇某某長下底做下跤手。

組織的命令體系真嚴，而且參加的人攏耍甲真認真，尤其嚴格實施「保密防諜」，愛嚴防敵人破壞「我們基地的堡壘」，閣愛隨時共「封建剝削資本主義走狗」叫出來檢討。

「總書記」楊鳴風時常激一个威嚴的面，袂愛笑，毋過伊笑的時真親切，有時會佇眾人面前對我講：「你真了不起！」這个時陣，我就會感覺真歡喜，感覺伊講的話是聖旨。閣過無偌久，一波閣一波的「鬥爭」就開始矣，主要是對付「非基地分子」佮「封建階級」。

一切攏是對收集情報開始，比喻：某物人放學無直接轉去、去佗位，某物人偷挽人的蠶仔葉，某物人抄別人的數學作業，抑是某物人偷偷佮意啥物人，等等。伊講：「『基地』的榮譽，就是你我每個人的榮譽！我們寧可失去一切，也不要因為失敗而被歷史唾棄！」紲落伊時常會講：「副主席，請為我們複述一次。」當我共伊的話重講一遍，伊就講：「吳昭陽，優秀的副主席，他就是我們每個人的榜樣。」按呢，基地內底的逐个人攏沓沓認為「總書記」講的話是真實有力的，已經毋是滾耍笑的迌迌話囉。

「總講一句，情報就是鬥爭。」我閣明明會記得伊按呢講過。

佇一遍閣一遍的鬥爭之後，就是新的成員的加入，若無，就是新的敵人「死亡」。

麗雲的小弟涂建龍，阮同窗攏叫伊「塗龍」。塗龍，就是彼个「總書記」的「敵人」。

伊自頭就毋加入「基地」組織。伊的面四正四正，伊用不服的口氣講：「我才毋是伊的奴才咧！」

「『總書記』楊鳴風聽伊按呢講，就特別共伊點油做記號，宣布伊並毋是『阮這國的』，命令阮袂使佮伊鬥陣。自按呢，伊就時常是孤鳥一隻，一个人食便當，一个人來學校；放學的時，嘛是一个人行轉去厝。」

3

我共文野辰雄講：「一直到2月日後，第二个予『基地』趕出來的人，就是我。」

彼日，「總書記」佇「基地」的「全體人民大會」宣佈，講我是可惡的「封建剝削資本主義者」的走狗。「總書記」閣宣布，三日內我必需要交出寸尺「500仙」的尪仔仙一仙表示我的懺悔，若無，伊就欲召開「紀律委員會」。當然我必需要出席，然後接受「審判」，真有可能，我會失去「人民委員會副主席」的身份。伊共「審判」這兩字講甲親像阮查某祖夯的彼支鐵槌遐重。「總書記」徛佇予阮稱呼「基地」的樹跤一塊大石頂，雙手插胳，我徛佇石頭邊仔，「審判」兩字出喙的時，伊的肩胛頭振動二下，所有的人攏斡頭，用同情的眼神看我。

我彼仙「500仙」的尪仔仙，「總書記」捌看過，手婆遐大，是七彩的子龍騎馬救阿斗的尪仔仙，透明塑膠做的，頂面漆白色、紅色、烏色、黃色、金色、銀色佮青色等等，子龍徛佇伊的戰馬，共阿斗揹佇胸前，一手揪馬索，一手夯長槍，佇子龍的銀色戰袍部位特別幼路，敢若當予風吹過，顯出一代戰神的架勢。伊的目睭嘛刻甲真有神，足濟人攏講，彼仙子龍的眼神敢若欲佮伊的長槍做伙刺過來仝款。您攏伸手欲借看，當然我毋借您。我閣會記，彼時伸手的人嘛包括「總書記」，佇我拒絕了後，伊變一个面，親像真袂爽，毋過真緊就共伊的袂爽崁落來，換一个無所謂的口氣。伊講伊認為彼仙子龍嘛無啥物稀奇，伊家己彼仙「3000仙」的關公猶閣較媠。彼是關公騎赤兔馬的尪仔仙，有一个囡仔面的大細，提佇手裡秤，沉沉沉，關公的烏喙鬚真長，紅色的戰袍發金，逐个人攏認為，無可能有人會使揣著比彼仙尪仔仙閣較大閣較媠的尪仔仙矣。只是，「總書記」可能嘛佮意彼仙子龍的尪仔仙，我按呢想。毋過，彼仙子龍是我用一套「清明上河圖」的郵票佮首日封去佮人換來的。我感覺真懊惱。

「全體人民大會」是放學了後佇「基地」召開，佇已經拆掉的眷村「鼓貿新村」的石頭堆之中，是一个防空壕邊仔的樹仔跤。幾年後，遮會成做打狗上懸佮上大片的國民住宅，毋過這个時陣，是坱埃、土砂、碎磚仔角、半崩的壁、佮毀棄的各種家具、電器、家私等等。包括「總書記」您兜在內的人攏先搬去「鼓貿新村」對面的「新鋒國宅」徛矣，也「新鋒國宅」是對阮兜這爿的田洋邊起的，應當講，阮兜佇田的這爿，學校佮眷村佇田的彼爿。阮學校有一半的人是佇田中央大漢的囡仔，也另外一半，是眷村的囡仔。我是到中年級才知影，原來無仝眷村出來的囡仔，衫仔褲的清氣性嘛無仝，山跤彼爿的「自強新村」，逐間厝攏大大間，有埕咧種花種樹，嘛有牆，牆頂有鐵釘仔佮玻璃，您遐的囡仔衫褲清氣，也山北爿較倚桃仔園的「立志新村」，您的衫褲上癩哥。我的查某祖捌共我講，桃仔園邊仔這馬出竹雞，叫我較莫倚近咧。我後來去您遐，發現「立志新村」的厝閣狹[3]閣篋[4]，嘛無圍牆，您的囡仔攏佇巷仔底走相逐，其實嘛佮阮佇販厝的亭仔跤走相逐差不多。「鼓貿新村」佮「新鋒國宅」的囡仔，氣質就佇兩者之間，無親像「自強新村」遐斯文，嘛無親像「立志新村」遐呢野，所以我時常佮您耍做伙。

3　狹〔e̍h〕：狹窄。

4　篋〔kheh〕：擁擠。

阮兜佇新造的九裕路邊是一間兩樓懸有亭仔跤的透天厝，這間透天厝起佇阮兜的三合院紅瓦舊厝對面，中央隔芋仔園。幾落冬了後，芋仔園予阮老爸恁講的賊仔政府徵收坉[5]平去，成做闊闊的九裕路的其中一節。因為路較路尾造，路並阮的厝懸，見若落雨，路裡的雨水就洩入來亭仔跤。閣長閣闊的九裕路干焦佇曝粟仔的時好用，金黃的粟仔直接就佇路邊曝，毋免佇舊厝的埕佮眾親族相爭。九裕路無啥物車，中央有安全島，安全島頂懸種三四排羊蹄甲，春天過年了會開花，成做白色、粉紅佮紫色的花海。阮兜四代人彼時攏蹛佇這間透天厝，大口灶三頓做伙食，阮爸母佮阮幾个囡仔摒佇一間用松梧[6]柴拍總舖眠床的房間，規家伙仔睏佇仝彼頂總舖眠床頂懸。佇透天厝的邊仔本底是一塊果子園，用紅磚仔牆圍咧，查埔祖佇遐種紅肉的土菝仔[7]。彼種 liám 菝仔芳是芳，毋過細粒無肉，未曾[8]黃就予鳥仔食了了，阮老爸講阮查埔祖心肝好，毋甘喊[9]鳥，看無收成，路尾共菝仔剉[10]起來，佇紅牆仔邊搭雞椆，閣用柴搭幾落間倉庫，其中一間專門园阮查某祖佇日本時代去打狗山剉的火柴。

阮查某祖伊時常共我講伊為著剉柴予日本兵仔掠去關的故

5　坉〔thūn〕：填平。

6　松梧〔siông-ngôo〕：檜木。

7　菝仔〔pua̍t-á〕：番石榴。

8　未曾〔bē-tsîng〕：不曾。

9　喊〔hiàm〕：喊走。

10 剉〔tshò〕：砍斷。

事。本底是講關一暝就放轉來，閣來講是關三暝三日，閣來，講伊予日本兵關佇磅空七七四十九工，愈講愈譀，橫直，遐火柴本底囥佇對面舊厝的柴間，阮查某祖毋甘燃[11]，路尾閣規个徙來新造的柴間。遐火柴，到阮查某祖死的時嘛攏無啥物燃著，干焦伊的孫仔嫁娶的時有提一寡來燃灶燖雞[12]，平時攏鎖佇園仔的柴間仔，是伊的好寶，無人會使數想……

「我想起彼日離開『全體人民大會』彼塊臭石荒的抛荒埔已經是暗頭仔矣。」

我佇彼條新開的大路行，經過彼抱「新鋒國宅」，倒手爿就是稻仔、蓮藕佮菱角的田洋，田洋的中央有鐵枝路橫橫穿過，鐵枝路閣過就是內圍埤的埤地，也內圍埤的四圍嘛是田，阮兜的稻田就佇其中。佇彼片田洋的西爿佮打狗山之間就是內圍社的舊庄頭，阮老爸講，早前阮兜是社頭仔上近埤的一間厝，若摃著大雨，埤滿墘，水攏溢過田裡，恁攏透雨旋去田裡掠大魚，彼埤是水利會管的，所以大魚嘛是水利會的。大魚干焦佇落雨天會自然變做內圍的囡仔的。彼時阮兜門口的芋仔園閣佇咧，尾手，芋仔園予阮老爸恁講的賊仔政府徵收去，成做車咧行的九裕路；嘛是佇彼个時陣，阮兜後壁佮埤之間才開始起造新的販厝。新販厝攏總有三弄，攏平平三樓懸。除了販厝

11 燃〔hiânn〕：燃燒。
12 燖雞〔tīm-ke〕：燉雞。

竟然嘛有幾間別莊。阮查某祖講，袂少人就是彼時陣才搬來佮阮做厝邊的——彼包括涂建龍怹兜。怹兜就佇第三弄的巷仔口對面彼間，彼時是規个社頭上蓋近埤的一間厝。

「麗雲的小弟涂建龍，阮同窗攏叫伊『塗龍』。」我講，怹兜佇內圍埤的埤墘，有埕、有牆、嘛有狗。狗是大隻的，有上無七八隻，攏並軍用狗閣較大隻，後來聽講叫做日本鬥犬，嘛有獒犬，怹閣佇九裕路欲斡入巷仔的壁邊峙一塊看板，共其中一隻鬥犬畫佇看板頂懸，邊仔寫四字「日本土佐」。阮攏毋知「日本土佐」是啥物意思，想袂到，有足濟外地人煞看有。外地人三不五時牽家己的大隻狗來，斡去到塗龍怹兜，塗龍怹兜佇埤墘的空地釘一座圓形的圍欄，差不多 15 公尺闊，原來就是觸[13]狗場，逐个假日，狗佮狗相咬的聲攏會傳來到阮兜。

塗龍是「總書記」上大的「敵軍」。我用一套「清明上河圖」的郵票佮首日封去佮伊換彼仙「500 仙」的子龍騎馬救阿斗的尪仔仙，所以，我成做「總書記」目中上可恨的叛徒。

4

想起來，彼時關係我的子龍尪仔仙的事件，到底是啥物人共「總書記」講的？自細漢這个問題一直囥佇我的心肝頭。敢

13 觸〔tak〕：爭鬥。

有可能是塗龍家己講的？這毋是無可能。毋過伊是按怎欲講？我想無。抑是，是總書記家己派人探聽的？這就較有可能。我有共幾个同學講過，就算您無刁持放送，只要簡單問一下，嘛就會知矣。閣再講，本底嘛無人認為佮塗龍交換物件有啥物毋著——就算對中秋開始的彼場「戰爭」真激烈，予塗龍您成做「基地」頭號的敵人，這種交換迌迌物仔的代誌嘛無人會想講是一種需要掩崁的錯誤……想來想去，我的代誌必定是予人佇無意中洩漏出去的。

我捌想過，彼个報馬仔嘛有可能就是猴忠仔郭武忠。

有一工盈暗，我彼个死忠兼換帖的同學郭武忠來揣我，伊講神農大帝頭前的戲棚跤彼擔咧抽尪仔仙的閣來矣，招我去。神農大帝佇阮舊厝後壁的巷仔，對古井邊斡入去有一塊空地，是伊的廟埕。其實嘛毋是啥物廟，就是奉祀佇一个親成您兜的私人壇。阮到位的時，其實歌仔戲已經搬一半矣，社頭的人有袂少夯椅條仔、疊[14]一領長䘼衫坐佇遐看戲，尤其有足濟查某囡仔佇遐看。戲棚跤，烘煙腸的佮烘鰇魚乾的邊仔圍上濟人，嘛有一擔用烘爐咧煮膨糖的，閣有一擔咧予人揲[15]玻璃珠仔兼抽迌迌[16]物的，猴忠仔講的就是這擔。毋過伊遐的尪仔仙攏唌[17]

14 疊〔thah〕：堆疊。
15 揲〔tiap〕：用硬物丟擊。
16 迌迌〔tshit-thô〕：嬉戲。
17 唌〔siânn〕：引誘。

我袂流瀾，上大仙的才一百仙的，嘛攏是孤色的，毋是普通的紅的就是青的，尪仔嘛無啥物特別。我一看就厭矣。「彼仙鐵雄袂穤[18]！」猴忠仔講。我講：「欲抽你家己抽！」所以我留伊佇遐，家己對戲棚跤軁[19]出來。我問邊仔的歐巴桑這馬咧搬佗一齣，伊共我講：「陳三五娘。」彼是一齣愛情齣，較早我看過，感覺真無聊，毋過這回，敢若會使看有。比如小生陳三擔一个擔行出來，講：「磨鏡磨鏡！毋知內頭知毋知，我是泉州磨鏡客，娘仔若欲磨鏡請出來。」紲落小旦五娘就交代查某嫺提鏡予伊磨，想袂到，陳三為著欲接近五娘，刁故意共五娘的寶鏡拍破，通留佇五娘的身邊做長工。這戲自頭就是女性主動追求愛情的故事，拄才彼个歐巴桑看甲綿精去，看到遮，斡頭對隔壁的另外一个阿桑講：「莫怪人攏講：『嫁豬嫁狗，不如佮陳三走！』原來就是按呢喔！原來就是按呢喔！」另外彼个阿桑應講：「我看是妳家己阿嬈的。」我當咧感覺愛笑的時，雄雄感覺有人對後壁共我的手骨搕[20]一下，我叫是猴忠仔倚來矣，結果毋是。有一个我面熟面熟的囡仔疕[21]來佇我的面前，提一張字條仔予我，了後就斡咧，旋對古井邊的巷仔口出去。字條仔頂頭寫：「馬上來基地。機密。」

---

18 穤〔bái〕：醜。

19 軁〔nǹg〕：身子鑽過。

20 搕〔khap〕：輕碰。

21 囡仔疕〔gín-á-phí〕：小孩，死小鬼。

看著這張字條，我心內真礙虐[22]。一方面我感覺真僐，無想欲佮他耍[23]矣，一方面，我毋知影「總書記」會按怎對全班的同學講——「叛徒！」——我敢會變做孤單的一个人，親像塗龍仝款，中晝的時攏家己一个恬恬佇教室食飯，無人插[24]伊？

彼暝戲閣咧搬，我就一个人失神失神走去到「基地」，佇彼欉樹跤，干焦總書記一人佇遐。

「副主席，我要警告你，那個涂建龍的爸爸真的是共匪。」

「你亂講，我才不信。」

「你不用不信。我已經都知道了。上次我看見他的考卷上有他爸爸的簽名。我爸說，那件事還上了報紙。」

「真的嗎？」

「當然是真的，所以我才會『嫉惡如仇』，勸你不要和他來往。」

「我沒有和他來往。」

「你甚至和他交易。還嘴硬。」

「我們只是交換一個東西而已耶。」

「而已？這可是對基地效忠的問題。你怎麼知道你會不會被共匪利用了？」

「哪有這種事？你這個神經病！你不是也想要那個尪仔仙

---

22 礙虐〔ngāi-gio̍h〕：扭捏、尷尬。

23 耍〔sńg〕：玩耍。

24 插〔tshap〕：理睬。

嗎？你的基地遊戲我不玩了總可以吧！我再也不想當什麼副主席了。」

「什麼不玩了？那我就去告老師，說你和匪諜串通。」

「喂！總書記！我看你才是匪諜哩！」

「你不要亂講話！」

「你才亂講話！要不然你說說看，你找我來到底想做什麼？」

「我要你證明，你到底是不是和共匪同一幫的。」

「我已經說過了，我不玩了總可以吧！」

「你如果不照著做，就走著瞧，我要把你們這一幫漢奸走狗的匪諜底細都公布出來。」

「哪有什麼底細？」

「哼！你以為我都不知道嗎？」

「總書記」看我的目神予我想起前一站的代誌。彼日阮校長佇升旗「朝會」的時陣叫阮轉去共爸母講，愛投票予一个叫做唐阿鈞的人。彼个唐阿鈞是「總書記」恁「鼓貿新村」的人，嘛是校長的朋友。阮校長是查某的，「朝會」的時攏穿光艷的旗袍，阮老爸講伊是「黨」的幹部，嘛是國大代表。彼工校長講唐阿鈞是「有為青年」，是「好人」，逐家攏愛選伊。彼工阮老爸佮阮阿公佇飯桌食飯的時，我照校長講的叫您投票投予唐阿鈞，結果阮阿公譙一句「幹您娘！」，紲落講：「參囡仔都毋放您煞！」阮老爸嘛講一聲「幹」，講伊自有投票權，就毋捌 tìng 予「黨」的人。所以，隔日「總書記」問我的時，我就共遮的情形攏共伊講。彼日「總書記」就是按呢看我——你以為我都不知道嗎？

伊的口氣予我一種講袂出的威脅，予我成實起驚惶。

「那你先說，你到底要我做什麼？」

「我只是要你把這張紙貼在他家大門口而已！」

我看伊共一張白紙提出來，大約門聯遐長，門聯的二倍闊，頂頭的字已經寫好矣。我看了，對伊搖頭講無可能。

「我無愛！」我講。

「只是要你做這件簡單的事而已啊。你放心，我不會對別人說的。」

「我袂癮！死嘛無愛！」我用台語閣大聲講一遍。

「那你就去死吧！」

「要死就死吧，你想做什麼都隨便你！」

5

「我閣會記，後來閣無偌久麗雲怹兜就搬厝矣。」我共文野辰雄講：「阮兜門口予怹貼一張白紙，寫『叛徒漢奸狗，下地獄！』。麗雲怹兜嘛予怹貼一張，寫：『漢奸匪諜！』」

「怹是因為按呢搬厝？」

我想起麗雲所講的「英雄難救美人」，就是彼陣的代誌，彼時我為著這項，捌佮性楊的相拍。

「毋是。是因為有厝邊去檢舉，講狗仔足吵。」

「狗仔吵，嘛無嚴重到愛搬厝啊？」

「有人閣講，怹老爸對日本走私狗仔入來。上恐怖的代誌，就是怹毋知影去得失著啥人……」

佇我面前是烏暗起浮的海湧，佮前一暝彼排親像永遠袂離開的紅色燈火。我頭殼熾過「總書記」寫的「漢奸匪諜」彼幾个歹看、生洪[25]閣壓霸的大字，我替塗龍感覺著一種講袂清說袂明的侮辱，敢若伊是予「總書記」趕出門的游魂。這个想法佇我心內浮顯的時，塗龍就佇面前神祕的海湧內面出現，用伊囡仔時的笑面，顯明彼个古意閣邪惡的時代。

25 生洪〔tshenn-tsiánn〕：幼稚。

案件筆記 4

幾工前劉秀眉所受著的威脅

其實彼件劉秀眉無講出喙的代誌就發生佇猴忠仔倒落的前一禮拜左右爾爾。若翻頭看，一切嘛無的確就完全攏是千拄千去搪著的「意外」。是有人刁故意的嘛無定著。

彼暝伊離開伊的彩妝教室了後，家己一个人坐公車轉來。想袂到，才拄行入皇武宮邊仔的小路，就有幾个十六、七歲的少年家，對路邊跳出來共伊鬧咧。逐家看著攏蓋誠是彼款「阿炮的」——穿褲跤闊闊的「零[1]八仔褲」，一領白色吊裀仔，尻脊骿、手骨佮跤胴骨刺龍刺鳳。（毋過因為𪜶生甲攏誠焦瘦閣兼薄板，致使𪜶身上的龍鳳攏無大尾，刺佇𪜶的身軀親像蝦

1　零〔khòng〕：數字零。

仔鳥仔揣無岫仝款。）您的面色攏白死殺，尤其悉頭的彼个，一个面長笱長笱袂輸棺柴枋，閣規个面攏痱仔子。彼个棺柴枋面的共秀眉閘落來，講：

「姊仔生著真古錐喔，欲來阮遐泡茶無？」

「無愛！恁莫烏白來！」

「阮哪有烏白來？哈哈！」棺柴枋的那講，連鞭就共秀眉的手骨插咧，共伊押入邊仔的暗巷仔。

秀眉注意著您的內裨仔頂懸，寫「皇武宮」三字。

「恁莫烏白來，阮頭家恁應該嘛有熟似，伊有時會去恁的宮 nih 添油香。」

「喔？姊仔的頭家是啥人？哪毋講來予阮參考看覓？」

「郭武忠。阮頭家就是郭武忠。」

「啊！原來誠實是忠嫂仔哩！失敬！失敬！」

話是按呢講，毋過伊的手猶是共秀眉掠咧，並無共放開。

「喂！恁共我放開！救命喔！」秀眉大聲喝！

「姊仔，予阮拜託一下，省寡氣力好無？咱隨就到矣。」

彼个棺柴枋的按呢講。

「共我放開啦！救命喔！」秀眉繼續喝。

毋過無人出面來救伊。

您連鞭就來到皇武宮後壁的一間辦公室，是對後尾門入來的。

辦公室內底坐一个人，穿一軀傷過大的西米羅，結一條金紅的領帶。彼條領帶頂懸的金紅有親像魚鱗抑是蛇鱗彼款的花草佮色緻。伊的頭大大粒，頷仔頸伸長長，兩蕊目睭細加蕊仔，敢若鳥鼠仔目。

少年家共秀眉放開。

「哈！郭夫人！請坐！」

「毋免！」

「喂！姊仔！阮里長叫妳坐妳就坐啦！」

「我偏偏仔就毋坐咧？啊恁到底是欲創啥？」

彼个結領帶的講：「嫂仔！失禮啦！小姓姓楊。用按呢的方式共妳請來遮，是有較歹勢啦。只是因為忠哥仔這站較罕見，所以，我才大主大意，請妳來一逝。是按呢啦，我拜託妳共伊講，雖然逐家攏有交情佇咧，毋閣，笅數嘛是愛清清咧啊。閣再講，恁郭家佇地方畢竟是有頭有面的企業家，總袂講這淡薄仔小錢嘛愛佇遐頓蹬[2]才著啊！」

「伊郭武忠佇外口花天酒地的代誌，我是攏無咧插的。閣再講，恁共我按呢掠來，敢毋是咧威脅伊？我才無欲中恁的詭計。欲講，恁家己共伊講！」

「啊！嫂仔，妳有影是眾人攏呵咾的好家後哩！按呢，我的閒話就免閣加講，妳聽看覓，才家己想看敢欲替阮轉達。」彼个楊里長雙手掌咧掌咧，按呢紲落講：「總講一句，忠哥伊攏總欠阮的笅數是 640 萬。這个數目是無算少，毋過我想，對恁來講嘛無算濟啦。拜託嫂仔妳共忠哥仔講一下，看月底進前會當清清咧無？抑是講，月底前清袂出來，我嘛有共伊講過其他代替的辦法，妳才請伊考慮看覓。」

「啥物代替的辦法？」

2　頓蹬〔tùn-tenn〕：猶豫、拖延。

「嘿嘿！這我就歹勢講矣。」

「若按呢，我就更加無可能對伊提起矣。」

……

自彼遍了後，秀眉的頭殼只要一想著「皇武宮」，就規个楞[3]起來，嘛敢若有啥物鑽入伊的後擴仝款。

毋過這件代誌，伊一句都無共猴忠仔提起——甚至伊後來請教厝邊隔壁，才知影這个楊里長的來歷：聽講本底少人捌伊。伊做一寡布織品的買賣，失敗了後，欠人數，旋去中國，幾冬後閣轉來矣。伊轉來了後，毋但共原底欠人的數還完，閣發展葬儀社的生理，對宮廟的活動嘛真關心，無偌久，就起彼間皇武宮，閣飼一陣囡仔佇遐。兩冬前，伊甚至拍敗20年的王老里長，選著里長。

「聽講新的里長楊仔鳴風閣是恁猴忠仔的小學同窗咧！楊鳴風。」

「原來是按呢 oh！毋過我無聽過。」

3 楞〔gông〕：暈。

後來秀眉去探聽，才聽講彼个楊里長嘛真熱心佇「海峽兩岸」的「民間交流」，人面真闊，有宗教的、有經濟的、甚至嘛有學術的交流。頂回，有某一間中國的大學來遮辦校友會，嘛是楊里長出面接接[4]的，閣悉遐中國人去拜會市長哩。總講一句，過去落魄的彼个楊鳴風，這馬佇內圍地方已經嘛是喝水會堅凍的人物。嘛有人講，您「皇武宮」內面奉祀的彼仙大仙的尪仔頭，毋知是對佗位請來的野神，凡事講會到做會到，實在真無簡單……

只是想袂到，經過這件代誌閣無偌久，猴忠仔就按呢倒落矣。

佇急診室，護士提一張紅色的病危通知單叫秀眉簽，講伊若簽了，隨就欲共猴忠仔送入手術室做手術。

「唉，哪會按呢啦，猴忠仔放浪是放浪，毋過通人知，伊是上疼某咧。」花雀姊仔佇邊仔按呢講：「妳就愛祈禱，緊姑情妳的上帝共伊救轉來。」

4　接接〔tsih-tsiap〕：接觸。

醫生出現矣，那看心電圖那對秀眉解說，講是急性的狹心症發作，需要隨做手術。「機會有大無？」伊按呢問的時，秀眉心內有講袂出的煩惱佮悲傷。伊當然是知影猴忠仔對伊的癡迷，就是因為按呢，伊彼時陣毋才會予猴忠仔……唉呀……伊想著彼當時，閣有後來的每一个盈暗，佇眠床頂猴忠仔共伊教的真濟代誌，煞歹勢甲發面紅起來。（雖然誠奇怪，竟然佇這款緊急的時刻，當伊注目看猴忠仔目睭瞌瞌咧行踏佇死亡界線的面容，煞去想起彼款予人發面紅的場面。伊該當愛緊為翁婿祈禱才著啊！）

「機會一半一半啦。」醫生按呢講。

第五章

歌之神的引[illegible]

1

「這款時空跳接，無可能無緣無故發生的。這附近的海域，一定有啥物機關。無論如何，我想欲調查看覓。」

研究員文野辰雄向黑田船長請示，趁車葉仔閣咧修理，伊想欲去環礁看覓咧，因為彼幾个島比傳說內的模樣閣較大，引起伊的好奇。

除了時空跳接，嘛佮伊的海賊的研究有關係。

伊講，佇東亞佮南亞的海賊研究予伊一个看法：假使海賊無陸地的基地，您是根本無法度長期佇海上走跳的。伊認為佇中國、日本、關島、菲律賓佮台灣之間的海面，該當嘛有海賊的航線佮提供暫時歇腳的所在。就算無法度實際長期生活，嘛有可能佇遮歇睏佮補給，抑是共一寡搶來的物件暫時藏咧（這點，引起真濟人的興趣）——按呢，面前的環礁群島，可能值得探訪。

毋過黑田船長無答應伊的請示。

2

下晡，我佇筊場的交誼廳踅一輦。幻影號的旅客，無佇甲板看海的，大約攏集中佇遮。您佇筊桌無暝無日咧跋，有的人頭毛已經油濫濫矣，規身軀臭毛毛，敢若已經有三暝三日黏佇遐。另外，嘛有穿甲真時行的查某人蹺跤坐佇 K-chih-páng 的筊桌，na 食薰 na 拍牌。

佇牌桌頂，我有看著幾个小可面熟的人，您有可能是阮打狗地方上的人，毋過嘛有可能毋是。我無法度確定。較早佇偵查組的時，我記人的能力較好，後來調去鑑識組了後，這方面的能力大約有淡薄退化矣，嘛有可能是因為彼擺破病的影響……

猴忠仔的案，若毋是因為跨組調查的需要，豹哥嘛袂閣共我調轉去專案小組……

「喂，恁敢是內圍人？」我行倚過，主動開喙。

毋過您只是覷頭看我，無予我任何表情。

我想應該毋是。

3

佇吧檯，我摃著紅毛大副佮涂麗雲坐鬥陣，講甲喙笑目笑。彼个躼跤的紅毛當咧鼓舞麗雲佮伊做伙去環礁沉水沫。

文野辰雄已經共想欲去環礁的代誌共您講矣，雖然猶未得著船長允准，毋過您甘願講甲敢若已經欲出發矣。

「妳除了唱歌，我毋敢相信妳嘛會使沉水。彼無親像是仝一个查某人做會到的代誌。」

「無衝突啊？是按怎做袂到？」

照大副的講法，船落碇佇遮，對伊的活力是真大的拍損，閣再講，伊是對海洋生態有關心的人，彼工看著的海面赤流，絕對毋是正常的現象。伊想欲佇環礁海岸遐沉水落去看覓咧。佇伊的國家，伊是有牌的沉水教練，伊講，水面下是一个太空世界。「我的查某朋友攏講，佮我去沉水是一世人上幸福的時刻，是會予人共時間放袂記的魔幻時刻。毋過我的戀情攏袂久長，因為世間無一个查某人有法度真心愛著行船人——」伊講，這一切就是伊美麗閣孤單的人生——毋管佇海面抑是海底。

麗雲笑笑聽伊講，目睭褫甲金金金。麗雲講，伊願意去沉水，毋過實在毋敢去彼个環礁，伊愛考慮，因為……

麗雲講到遮，斡頭看我，無閣講落。

大副接話：「妳袂後悔的啦！」

「喂！朋友！欲做伙去無？」

大副斡頭共我貼一下肩胛頭。

「我袂曉。」我擔一下肩。

「我會使教你啊！」大副按呢講。紲落，伊共服務生討一杯 biru，用豪情的聲嗽唱起來：

Ij yokwe lok ailiñ eo aō, ijo iar lotak ie,

Melan ko ie, im ial ko ie, im iāieo ko ie.[1]

1　Marshall 語，意：「我愛這个我出世的群島。伊的環境，伊的小路和伊附近的一切。」

「古錐的歌！」麗雲講。

「是一个太平洋島嶼的歌。」大副講。伊講逐遍伊若行船來到太平洋，就會想起太平洋小島的歌。尤其當伊對太平洋的小島跳入海裡沉水的時，更加會想著遐的歌。按呢足 romantic 敢毋是？伊擔頭共 biru 閣灌一嘴。

「確實是 romantic 啊！」麗雲講：「就是白人對這片海洋的romantic，才會予恁遠遠來佔領這片大海洋的啊，敢毋是？」

大副面色無誠歡喜，就徛起來，行去牌桌彼爿。

4

「妳講，『紅劍』恁佇長崎追殺妳？」

「是。」

「彼是啥物情形？」

「彼遍的代誌佮南蠻畫有關。」

麗雲這時穿一軀輕鬆闊身的白棉紗衫，伊蓬鬆的長頭毛隨意盤佇伊 phok 懸敢若鴿仔的迷人的胸前。

「就佇塗龍讀海專的時，我當佇長崎讀冊。我有一个親成蹛佇長崎，是我的三姑，讀冊的時陣我就是滯佇恁兜——我其實是為著音樂去日本的……自細漢我就感覺我的腹內有一个『歌之神』咧對我講話——也會使講是彼个聲音共我催迫去到日本的……」

麗雲講起伊的身世：

「阮阿公是中部遐的客家人，日本時代佇南投集集山區的樟腦寮做空課，就是人講的『腦丁』。後來伊佇遐娶某生囝。阮阿媽是另外一个腦丁的查某囝，嘛是出外人，是嘉義去的Holo人。阮阿公佮阿媽攏總生七个囡仔，阮老爸是上大漢的，下底閣有二个查埔佮四个查某的。阮阿公講，您較早佇腦寮煉樟腦油，毋干焦辛苦，深山林內翕熱，閣厚蠓蟲，嘛因為時常佇原住民的獵場佮您起冤家，甚至有性命危險。樟腦油煉好了後，您愛大粒汗細粒汗行山路共遐樟腦油擔去『出張所』集中，彼時，規家伙仔就是予樟仔按呢致蔭育飼的。您戰後才搬去到山跤的市鎮生活。阮三姑仔，人生甲真媠，從細漢就佮意做裁縫，手藝好閣會讀冊，伊先是讀職業學校，後來，出業儉一寡錢，閣揣著機會去日本長崎的一間洋裁學校進修，佇遐熟似阮三姑丈，後來就嫁予伊。」伊講：「阮三姑佇長崎做洋裁的空課，後來做甲袂穤，閣開一間洋裁教室，您的社區有袂少家庭婦女來揣伊學。」

「差不多是佇塗龍小學的時，阮兜搬去內圍，後來你知影，阮是佇塗龍畢業晉前閣搬走的。彼遍，阮就是搬轉去中部山區的庄腳舊厝。照阮老爸的講法，是因為佇庄腳較好飼狗。」

講是講愛飼狗，其實嘛是因為心內的安全感。

麗雲講，他老爸去食過政治牢飯，出來了後就開始飼大隻狗「日本土佐」，慢慢飼甲有趣味，煞成做飼彼款狗的專家。想袂到，竟然閣會使買賣狗、觸狗過生活。「看起來，天無欲絕咱散良人的路。」他老母是按呢講的。

他老母講他老爸毋是歹人，會去坐監是因為有人共伊供出來，毋過，他老爸完全毋知家己做過啥物，嘛毋知密報的人是啥人。他老母講，這款代誌四界攏有，嘛袂使算是不幸的過去。這句話有淡薄道理。成實不幸的是，轉去中部幾冬了後的一个落雨天，他爸母煞佇轉去厝的山路裡出車禍，駛車去挵著路邊的樟仔樹，二人短短的一生，就結束佇他阿公所講育飼他規家伙的樟仔樹跤。

麗雲整理伊的老爸的遺物，意外揣著真濟日本傳統的音樂曲盤。彼个「歌之神」就頭一回佇伊的腹內出世。

5

有幾落冬，麗雲他姊弟仔佇幾个阿叔的厝之間盤徙，嘛袂使講叔仔無疼他，實在是各人有各人的家愛顧，各人有各人的囝愛晟[2]。就是按呢，幾年後，當塗龍讀海專會使拍工照顧家己的時，他三姑就好意鼓舞麗雲去日本讀冊，講欲借伊學費佮

2　晟〔tshiânn〕：扶養。

生活費支持伊，按呢，麗雲就同意矣。伊主要去讀語言，另外的時間，就順趁伊心內的彼个「歌之神」去學習日本傳統樂器。

長崎是予海角佮小山崙箍圍的美麗港市。怹三姑丈的家境袂穤，自頂三代就是做生理的，結婚了後，爸母就送予怹翁仔某彼間徛家厝。彼間厝佇港邊東南爿的山坪住宅區，是一間有烏瓦白牆的安靜徛家，二樓懸，有一个門口埕，埕裡的牆邊有一排花坩，各式的花蕊開甲真媠，閣有二欉櫻花佮厝平懸。大門入去，玄關有一个松梧雅致的鞋櫥、白淨的壁佮幼路的銅版畫。銅版畫是長崎港灣的浮世繪，後來碧玉阿姑共伊講彼幅圖是長崎八景之一，叫做「立山秋月」。另外，閣佇鞋櫥頂懸，逐禮拜攏有換新的插花作品，這一切攏展示出女主人的優雅氣質。

麗雲的三姑碧玉是一个頂真閣大範的查某人，毋干焦愛食頭路，不時攏共厝內款甲真清氣，閣時常真關心四圍的人，見若有伊佇咧的所在時常就是鬧熱滾滾。伊無心機，隨時熱心提醒這提醒彼，所以厝邊兜攏講伊是「熱心的無微不至太太」。碧玉阿姑干焦大伊 9 歲，年歲的間隔[3]無傷大，佮伊本底就真有話講，而且伊佮麗雲仝款，攏佮意貓。怹翁仔某無生囝仔，干焦飼一隻白色的貓佇厝裡。

彼時陣，麗雲蹛佇二樓客房，伊的窗仔若拍開，會使看著

3　間隔〔king-keh〕：差距。

山跤彼間教堂的尖塔佮十字架，閣較過去，直直經過幾條街，就是海港，大大細細的船隻停佇碼頭。伊上佮意山邊的落崎小路，路邊有一排老瓊仔樹（烏柏樹），透早，伊佇瓊仔樹的樹蔭佮港口景緻裡行落山崙，佇教堂頭前斡過倒手，最後，佇街仔頂彼間老餅店頭前，坐上紅色的電車。彼時陣伊 18 歲，伊的學校是一間女子大學，毋過伊愛先讀日本語的預備課程到通過鑑定為止。伊時常坐佇電車頂欣賞長崎，感覺彼是一个媠閣有滋味的港都，街仔路有真濟過去佮西方接觸的記號，西洋的花園、商館、徛家、商店看板、紅磚仔牆、石板路佮特殊的公共建築雕刻等等，攏是特殊歷史的見證。江戶鎖國的二百外年，遮是日本唯一的櫥窗，敢若嘛是唯一會使喘氣的出口，規个城市有一種異國的空氣，佮海洋有關的氣味，予麗雲暫時共離鄉孤單的身世放袂記——雖然有時，伊嘛會想起彼个青少女的時代，伊捌佇另外一个叫做打狗的港都生活過，彼時伊的爸母攏猶閣佇咧，伊的阿爸捌踏烏堵拜載伊去到山崙頂的神社頭前，吹海風，看打狗港灣的船隻出入——嘛是類似的、有山崙佮海角的海港。毋過，彼，親像已經是真久真久以前的一場夢矣。

除了讀冊上課，無課的時間伊佇一間有三味線演奏的茶館拍工，為著補貼學費佮生活費。麗雲嘛佇遐揣著伊上起頭的三味線的老師。除了禮拜日佮禮拜一，規禮拜有五工的盈暗愛工作。伊希望會使早一日共對碧玉阿姑遐借來的錢還清，甚至會使按時間納厝租予您。總是，伊的碧玉阿姑佮姑丈對伊真好。佇無洋裁課的盈暗，碧玉阿姑一向會家己煮飯，會留菜等伊拍工轉來有宵夜通食。有時佇禮拜日，您翁仔某會招麗雲做伙出去行行看看咧，嘛捌悉伊去港口對面彼个小島迌迌。小島遐有燈塔、海水浴場佮高級的溫泉飯店。海水浴場的沙是金色的，碧玉阿姑佇遐買一軀真雅氣青春的泳裝送予伊，您佇下晡的海湧裡耍水游泳，看青翠的山崙敢若浮佇湧裡，長崎灣喙的大橋迒[4]過長崎灣，佇溫柔的日光下金 sih-sih。彼是伊第一遍感受著大海的可愛，伊無張持發現，人浸佇海水內面的時，會袂記真濟齷齪[5]的代誌，親像遐的齷齪會綴光耀的湧泡浮升、浮去到海面消失去。

6

想起來，伊的碧玉阿姑生得媠閣活潑，是有美感佮氣質的少婦。「見若查埔人，攏會想欲娶按呢的查某人吧！」伊時常按呢想。毋干焦面貌媠，因為勢做洋裁，伊會曉共衫穿甲真好看四是，顯出伊美好健康的體形。而且伊嘛有喙水，佮厝邊隔壁的關係攏真好，逐个厝邊攏呵咾伊是賢慧的女主人。

4　迒〔hānn〕：跨越。

5　齷齪〔ak-tsak〕：心受擾動、鬱悶。

相對來講，伊的三姑丈山田就是一个安靜閣烏荒的查埔人。伊是家族企業的高級幹部，本鄉佇島原半島北部的雲仙，長崎原爆了後，伊的阿公來到長崎做紅磚仔的生理，戰後佇短短時間就粒積真濟家伙，後來家族成做長崎主要的建材商之一。上起先，麗雲真罕得聽著山田姑丈講話。有幾落遍，伊佇房間聽著樓跤客廳，伊的碧玉阿姑您翁仔某咧講笑，毋過當伊共房間門拍開，彼種翁仔某之間特有的親密聲嗽就隨閣恬去。嘛有幾遍，是發生佇您翁仔某觸嘴的時陣，當麗雲行落來樓跤，閣一遍看著三姑丈回復壓抑的面容，伊就感覺伊已經攪擾著碧玉阿姑您翁仔某的生活矣。按呢的情境予伊心內真歹勢。愛閣過一站，當伊日語較輾轉了後，麗雲才慢慢佮山田姑丈有話通講。

山田姑丈的家族有收藏幾幅江戶早期的南蠻畫。聽講上早南蠻來到長崎這箍圍發展的時，有一寡畫南蠻畫（主要是宗教圖）的繪師嘛來佇遮。基督教徒的厝裡會愛掛您畫的聖母圖。您嘛開設畫室，有一寡日本人專工向您學畫。後來因為長期禁教，這款南蠻畫就少矣，所以流傳到今的，免講攏是好寶。

家族的傳說講，山田姑丈的祖先，就有人是專工對雲仙來到長崎學這款南蠻畫風的繪師，因為這个緣故，您家族才會有遐傳家之寶留落來。姑丈有幾幅彼時逃過奉行所迫害的「南蠻的聖母圖」，聽講攏價值連城。另外嘛有幾幅，是接近西洋仕女圖畫風的寫實油畫，其中一幅就掛佇客廳，是彼个時陣的長崎女子圖像。畫裡的女子非常的瘦，敢若身體咧受苦，毋過伊的面閣敢若有一種幸福。嘛是這个幸福感，予畫中女子的面愈看愈迷人……

「毋過，你一定想袂到，遮充滿受過迫害的南蠻畫煞引起『紅劍』的殺機。」麗雲講。

麗雲補充，後來伊才了解，除了古早的南蠻畫，姑丈對日本傳統音樂嘛有相當的研究，甚至後來為伊揣著日本國寶奧村大師所開的筑前琵琶研習班。奧村大師是伊的重要音樂啟蒙。伊向奧村大師學習 2 年了後，心內彼个「歌之神」才誠實發展大漢，成做有跤有手的音樂靈魂。有一工，麗雲轉來台灣，特別買一枝台灣月琴送予奧村大師，想袂到，奧村大師共台灣月琴抱佇胸前，才撥弄幾下，竟然就隨共彼曲〈羅生門〉彈奏出來。這予麗雲真大的驚奇。閣過一站，麗雲就受大師鼓勵，共日本琵琶的音樂元素加入伊本底就會曉的台灣月琴演奏，甚至開始沓沓仔揣著機會演出趁錢……

「某一工，姑丈希望我會使為伊所主持的一場南蠻畫的開幕茶會做表演，我隨就答應——想袂到，殺機就佇彼工現身！」

7

「彼是我的同學趙樺佇『日中友好會館』吊脰事件發生的

真濟年以後矣，我已經對文野辰雄的喙裡知影『紅劍』，毋過哪料想會到，您會出現佇我的生活？」

「彼工演出的時就已經有歹兆頭——我所熟似的『歌之神』竟然無來揣我！一向，彼个聲音是我所有表演的基礎，『伊』佇我的腹內予我倚靠，閣用『伊』的聲指揮我的手指佮我的聲喉——毋過，彼工煞是無聲無說！我的音樂敢若稻草人，焦焦行入一个無出路的磅空。毋但按呢，琴弦嘛佇演出的最後階段斷去。

「我真狼狽離開畫廊，當我行到路口，雄雄有一台轎車正正對我衝來。我跳去邊仔，琴盒仔摔佇塗跤，月琴對內面落出來，就隨予彼台車軋[6]過，斷做二橛——紲落，彼台車 phuh 一聲駛遠去……

「彼暝當我轉去到姑丈您兜門口，我的同學李薔親像魔神仔仝款對牆仔邊的烏影行出來。伊講：妳共文野辰雄講，毋免閣費氣去揣彼本古冊矣。」

「我問伊講：『若無咧？』」

「『若無，您會追殺妳，我嘛保証妳會無命。』」

「我心內驚惶，無閣插伊，開門行入姑丈您兜。二工後，姑丈佇彼間畫廊展覽的一幅南蠻畫予人偷去，您兜的彼隻白貓，嘛予人刣死佇大門邊——我想你該當嘛已經臆著：彼本古

6　軋〔kauh〕：重物輾過。

冊，就是出名的《寬永懺悔錄》！」

聽伊講到遮，我用一款愛惜的心情看伊：「原來，彼个妳心內的『歌之神』嘛有恬靜的時陣啊！」

「恬靜有時，出大聲嘛有時。」麗雲回應我的是一款野性親像貓仔的眼神。伊用手共胸前的頭毛掰去耳仔後面講：「伊隨時攏會出聲。比如講這馬，有一弦閣咧彈奏矣，你敢欲綴我來聽看覓？」

案件筆記 5

根據花雀姊仔所講的這門親成

「免煩惱啦，這毋是啥物大代誌啦。小事啦！」花雀姊仔按呢共秀眉講。「妳猶少年毋知啦！舊年阮叔仔嘛是按呢，心臟去裝一枝弓仔就無代誌矣。這馬的醫生講話生成較毋敢講透機啦。莫烏白想，無代誌啦。」花雀姊仔共秀眉的手骨輕輕仔扞咧。

毋過秀眉咧煩惱的，毋是干焦猴忠仔的病情爾爾。

伊坐佇家屬候診室的椅條，頭向低，共白泡泡的雙手伸入伊扗電好的波浪捲的頭毛。伊煩惱的閣有伊的大家官的看法。尤其是猴忠仔夢見彼二尾金紅蛇佮烏蛇了後，伊的大官郭金福認為是王爺公無歡喜矣，咧共您郭家警告。無歡喜的原因真有可能是伊這个去教會做禮拜的新婦。

郭金福當然會按呢想，伊一世人忠心服事內圍的王爺，是管理委員會的理監事，逐冬攏寄附幾落百萬來支持廟的事工（雖然廟的本身已經非常好額，毋過廟方對信徒的誠意是袂使拒絕的）。甚至 20 冬前廟重起的時，面對廟埕的彼兩枝大龍柱嘛是伊郭金福奉獻的，頂懸閣用金字刻伊的名。這一切，攏是為著伊會當佇王爺公面前無欠點，予王爺公一無罣礙來保庇郭家全家大細的平安閣有伊的事業興旺。所以彼工早頓，伊就問猴忠仔：「你有影欲按呢倖某？」結果猴忠仔竟然共伊的老爸應嘴講：「這哪是倖？我只是尊重伊爾爾。阿爸，人這宗教的代誌這馬是基本人權。」「嘐潲權啦，人權？上好咱規家大細攏莫共我失覺察著……」後來，遮的話屎透過秀眉的老母傳來伊的耳孔，閣加一句講：「唉！秀眉仔，你就毋通予老母歹做人喔。」

秀眉的老母永順姆仔佮猴忠仔的老母金福嬸仔攏平平是阿蓮人，互相是親情，講起來，您算是姑表姊妹仔。秀眉佮猴忠仔的親事，上早就是這兩个姑表姊妹仔牽線的。您約雙方少年的做伙食飯，佇市內一間佇 28 樓懸的美國餐廳，彼間餐廳有全打狗上好的三份熟的牛排佮龍蝦湯。

這門親情本底秀眉的老爸永順伯仔反對，因為伊是郭金福的老辛勞，叫伊共家己的查某囝嫁予頭家囝做新婦，萬一查某囝受委屈，伊做人辛勞的，徛佇親家面前，猶未開喙就已經矮人三吋。若這伊做袂到。尤其查某囝閣遐少年，減彼个忠仔 11 歲呢！毋過永順姆仔王彩鳳堅持您愛去食這頓。

「彼个放浪囝，到這个歲閣毋娶，就是愛耍，按呢妳這个做老母的嘛看無？妳袂感覺委屈？」永順伯仔按呢講。

「會有啥物委屈？」永順姆仔王彩鳳按呢講：「予遐呢好額的人娶做新婦，內圍人欣羨都袂赴矣，會有啥物委屈？」若伊這句，所有內圍人攏聽有伊的意思，其實伊是講：「委屈？若我阿蓮好額人查某囝王彩鳳嫁你劉仔永順毋才是叫做委屈！」

永順姆仔您兜佇阿蓮有田園百甲，是種蓮霧的大富戶，看代誌當然較有正確周至的眼光。伊自較早就佇厝邊頭尾放送，若親像伊的查某囝秀眉仔這款遐嬌閣溫柔有才情，兼雙手有手藝，免講嘛愛嫁予一个好翁婿，比如講是大企業的頭家抑是大公司的管理階層。假使秀眉袂慣勢大口灶的生活，按呢勉強嫁予醫生嘛會當接受的。上無嘛愛嫁予美國留學轉來的國立大學教授。所以，當怹阿蓮後頭的親情金福嫂春柳仔，透過職業媒人婆美雀姨仔來共伊提起，欲共猴忠仔牽來做囝婿，伊隨就喙仔笑甲離獅獅。毋過伊猶會記去激一个丈姆的屈勢，無隨應好。伊是共美雀姨仔講：「阮先參詳看覓仔才閣回妳。」

彼暝永順伯仔轉來，怹某彩鳳就共伊呵咾，講：「你一世人替人做牛做馬，今總算知變竅矣，誠勢，替咱查某囝允這門好親情。」

永順伯仔講：「妳是咧講啥？」

「下晡媒人婆美雀仔來揣我，講是春柳仔叫伊來的，欲共猴忠仔佮咱秀眉仔做親成。按呢聽起來，遐毋是你去共春柳仔姑情的？」

「當然嘛毋是。」

「我就知喔，你這个毋知出脫的。」

「若是郭武忠來做囝婿，我反對。」

「你反對一下大頭？咱這是門當戶對。」

「『對』妳一枝大頭鍾啦，『對』？橫直我反對啦！」

「也無你是咧歹啥？這若別人兜，就講咱這是前世人燒好香才通有這號親情，你煞反對？你是頭殼歹去？」

「你毋才頭殼歹去。我講予你聽。第一，彼个郭武忠歹囝，遐是咱內圍有名的，若毋是大鵰雞[1]嘛是小烏狗。年歲閣差甲強欲一輪，妳竟然敢共查某囝嫁伊？妳攏毋驚內圍人講妳這个老母賣查某囝咧做老娼？」

「喂！你這个無出脫的劉仔永順，家己無出脫就煞煞去矣，煞閣咧咒讖你家己查某囝未來的幸福？你敢毋知郭武忠是你一世人的老頭家的後生？竟然按呢共伊鄙相！」

「你閣會記伊郭武忠是頭家囝喔？我若共查某囝嫁伊，一

1　鵰雞〔tshio-ke〕：風流男子。

世人愛共囝婿向頭，妳想按呢查某囝敢會幸福？我看妳成實是想欲做老娼，想甲頭殼歹去！」

「你講這啥物話啊？共查某囝嫁予郭家就是做老娼？阿你毋就叫是你的查某囝足單純就著？你想看覓，伊毋是一日到暗穿甲嬈記記佇口面拋拋走，你當做伊良家婦女？」

「妳煞按呢講？」

「若無你問伊，看伊佇外面交幾个矣？一日到暗就是穿甲袂輸烏貓一隻，佮遐一寡五四三的鬥陣，當時仔欲生一个外孫轉來，你是會使按算呢？規氣嫁郭家敢毋是較穩當？」

「母仔！妳哪會按呢講話？我只不過是佮朋友去唱幾條歌爾爾。妳哪會講甲按呢？」

「橫直我就坦白共妳講啦。若妳捌鬥陣的遐無長志的查埔朋友，我是攏看袂上目啦。」

秀眉當然閣會記遮的往事。伊當然是認為伊的老母講甲傷超過矣。除了平時的畫妝的工課，伊只是較興唱歌，有時佮朋友招去市內的KTV唱歌，較晏轉來，就予伊的老母唸甲臭頭。

當然，毋是無佮查埔人鬥陣過啦，只是，遐的查埔攏欠一寡物件，伊講袂清楚。

雖然經過遐久，伊猶是會記，彼工，伊的爸母為著您敢欲去市內 28 樓的彼間美國餐廳佮猴忠仔對看，冤甲厝頂蓋強欲囂去。

食飯對看彼工，秀眉完全看袂出郭武忠有啥物歹囝的記號，伊穿甲褫 tsah 褫 tsah，鉸一个抹油的海結仔頭，身軀閣 hiù 高雅的芳水。伊未來的大官郭金福講，彼當時為著予郭武忠去美國讀冊，一月日愛開伊 50 萬。

「喂！阿爸！我明明就有綴會仔咧還你矣，今你講這啥人欲聽啦！」猴忠仔按呢講，煞落伊越頭，對秀眉 nih 一下目，講：「著無？」彼个 nih 目，好親像是講：「有我佇咧！你莫去插遐無聊的老歲仔咧講啥。」

按呢，雖然一開始嘛是無情無願，毋過秀眉對猴忠仔的印象其實並無傷穲。

聽講彼遍的相親嘛無算完全是猴忠仔佮秀眉雙方的老母安

排的。講落到塊，佇您去彼間 28 樓懸的餐廳食飯進前就有焐著火種矣。猴忠仔某一工對伊的猴群狗黨講，伊佇路 nih 看著阮全內圍上「扭多」[2] 迷人的查某人，毋知是佗一人家的姑娘。主要是面婧勢妝，雖然無真躼，毋過(照伊講是)「奶仔真膨」，就算體格瘦，毋過「尻川閣尖閣翹」，尤其波浪捲的頭毛染做金色佇風中飄飛，完全是嬈豹一隻。雖然是按呢，親像伊這款不時佇紅塵走跳的鵤哥[3]，嘛一眼看出彼个姑娘的底蒂，完全是單純人家的好查某囡仔。伊甚至共伊的放浪班的講，若是娶著這款某，干焦食厝裡就脹死矣，毋免閣去外口烘野雞仔來食。啥人知影，交代人去問落到塊，彼个姑娘煞是厝裡船公司老臣的查某囝(竟然過去攏無去注意著？)閣是您阿母後頭互相有熟似，當然嘛愛緊做安排。

講來講去，郭武忠雖然是街仔頭的放浪囝，毋過伊畢竟是有搵過鹹水的，閣時常佇生理場咧走跳，講話風騷閣有鹹纖，

2 扭多〔gió-to〕：好的，自英語「Good」轉音而來。
3 鵤哥〔tshio-ko〕：風流男子。

厚詼諧，免講一開喙，四界的「姼仔」[4]攏耳仔仆仆，對伊信信。會使講伊行到佗位，笑聲就綴到佗位。

彼頓對看的飯，佮所有媒人婆所安排的對看的飯仝款無聊，仝款全是雙方家長無話咧揣話的彼款礙虐——佮一般小可無仝的是，雙方的老爸既然已經是頭家佮辛勞的關係，您就毋免開時間去揣彼款身家調查的問題，毋免去探對方的底蒂，嘛毋免刁工搬戲裝做佮家己身份無仝的人，所以郭金福佮劉永順這兩个大家長一坐落來（您攏親像是受著您的家後威脅才勉強參加的），開喙就開始繼續您佇辦公廳猶未講煞的話題：國際海運的指數、港口費用的開銷、閣有船員安排、加油加水等等的船務。邊仔的兩个老母無法度接話，只好恬恬陪咧笑。

猶是猴忠仔較體貼，佇桌仔的另外彼頭，對秀眉發展伊家己的話題世界。

無論如何，佮船務討論比較起來，猴忠仔總算共秀眉救出本底彼个無聊的船務的深坑。

4 姼仔〔tshit-á〕：女伴。

猴忠仔講：「這間『路詩區萊詩』餐廳，佇美國足普通的啦，想袂到，佇遮貴甲按呢。也若佇加州，這款餐廳更加是規街仔路攏是。劉小姐敢有去過加州？」

「有一遍，去 LA 上彩妝的課程。幾落冬前，K 公司派我去的，彼是一个特訓。是佇聖塔莫尼卡。」

「啥物？遐拄好？聖塔莫尼卡？我的學校嘛佇彼附近哩！妳敢有去啥物所在迌迌？」

「有啊。因為日時愛上課，攏是暗時出去較濟。」

「喔，LA 的夜生活喔……妳感覺按怎？」

「真誠是一个好耍的花花世界啊！」

「想袂到妳會講『好耍』，我叫是干焦阮這款放蕩囡仔才會按呢講。」

「某一方面，阮做彩妝的，嘛算是半跤踏入佇彼个世界的人哩。」

「著呢，我閣無想過。」

「……」

紲落的對話，秀眉就記袂起來矣。毋過伊記甲真清楚，彼暝，猴忠仔共秀眉對彩妝的熱情，講做是一个「偉大的藝術」的美夢。這並毋是普通的查埔囡仔講會出喙的看法。尤其是彼款放浪的烏狗兄。閣有，猴忠仔明明已經無話閣硬欲揣話講的彼款毋願放棄的癮頭形，嘛予秀眉感覺伊是一个本性良善閣心適的查埔囡仔。

彼暝，秀眉共猴忠仔透露，除了彩妝，伊上佮意的就是唱歌、跳舞佮看電影。因為伊感覺這幾項，嘛會當成做伊的彩妝藝術上重要的肥底。尤其重要的是，伊共猴忠仔講，有一工伊嘛會畫出親像美國女星 JLo 的彼種壓過眾人的彩妝藝術。總講一句，毋管秀眉講著啥物，猴忠仔攏表現出一位予人安心的彼種死忠的聽眾的印象。

第六章

寶物的歷史

1

幻影號猶原拋碇佇生份的太平洋海域。

透過船艙露台的落地門的門簾，日光溫柔照佇麗雲輕快撥弦的手指閣有伊當咧吟唱的美麗的厚喙鈍：

上有好鳥相和鳴，間關早得春風情。
春風捲入碧雲去，千門萬戶皆春聲。

佇海湧的樂聲之間，我盡腹共我的喘氣、我的思想、我的渴望攏貫注佇 hin，最後，我佇伊的身邊講：「我四界走揣妳，我向望妳，我疼惜妳。拄才我才了解，我對大海的深淵發現的就是妳。抑是講，原來我是為著接近妳，才綴妳來到這片予人放袂記的大海。毋過，佇這生份的海上，因為咱的愛情，有一蕊光明的火燄，妳就是彼个熱愛的源頭。」

伊寬寬仔對歕我一口氣。

2

對船底的方向，機械 iân-jín 塊紡的震動，佮柴油煙的臭油味做伙湠來到翕佮熱的船艙。我感覺您可能著欲共船修理好矣，毋過過一時仔，震動閣定去。

我猶原轉去筊場的大廳埕，我相信，若是有楊鳴風的下跤手抑是其他的線索，該當佇筊場上好發覺。

有一个剃平頭、穿白 siat-tsuh 的先生，一个人坐佇膨椅啉酒。我佇伊身邊坐落來。伊講：

「我共您講幾落遍，講恁毋是有帆，是按怎毋用，恁甘願稠佇遮？你敢知影您按怎應，您講，彼帆是輔助的。唉！輔助的？你共聽看幾句……你知無，咱坐這隻船是欲去遊覽，毋是欲來遮等死的呢，您應該共咱講予明，到底是發生啥物代誌？」

「您敢毋是有講過矣？」

「有講佮無講仝款。是按怎你攏袂受氣？」

「受氣嘛無效果嘛。」

「這我才毋相信。尤其你看，船長彼个日本人的氣口，袂輸別人攏毋捌，有影看人真無目地。您日本人我無欣賞。」

「我想伊無一定需要你欣賞，伊可能干焦想欲趕緊開船爾爾。」

「喂！你哪毋去問伊看覓？這馬船是修到啥物坎站矣？」

這个先生用激骨的面看我，袂輸我聽著紲落來的話會真感激伊。伊共身軀敧向前講：「是講——你知無，我聽您有船員講，其實，您懷疑咱的船是予人迫來遮的——」

「這哪有可能？你敢知影咱晉佇佗位？」

「鬼才知咧！毋過，遐船員確實是按呢講的。有二个泰國船員佇船頭的甲板食薰的時講的。我拄好會曉講幾句泰國話，所以聽有。您叫是人攏聽無您講話。」

「你會曉泰國話？」

「著啦！淡薄啦！較早，我捌走過泰國逝[1]。」

「哦？」我看伊。

伊看我的表情，有淡薄礙虐[2]。

「做生理啦。啊彼部份有機會才講啦！我先講您船員講的消息。」

「您講按怎？」

「您講其實彼工船佇台灣海峽就無照預定的航線行矣。本底的航線較倚西爿，毋過有發現可疑的船跟蹤，所以改航道。」

「毋過我煞無聽講。」

「當然咱是無機會聽講。海關船閣濟，你是分會出啥物船可疑無可疑？您泰國船員是講，咱先是予啥物船逐，出台灣海峽了後，才雄雄斡來這个所在。其中一个講伊行船行遐久，閣毋捌來過這个所在，另外一个講，伊早就聽過這个所在，只是少人來到遮，橫直，有真濟傳說，敢若無真好的彼款，海賊閣濟…………我咧想，咱若佇遮搪著……唉我久年來佇東南亞走跳，嘛毋捌拄過這款的，實在是毋敢閣想矣哩！」

1 逝〔tsuā〕：回、趟、航班。

2 礙虐〔ngāi-gio̍h〕：扭捏、尷尬。

「你到底佇佗位高就？」

「我是交通事業。」

「啥物交通事業？」

「我駛計程車的。」

「駛計程車哪會佇東南亞走跳？」

「計程車是副業。去東南亞是去接接[3]外勞的生理，我有股東著，您的機票攏是我辦的。」

「莫怪你講交通事業。」

「都著 m̄……閣有我共你講，你若欲買機票、參加遊覽團等等，攏會使來揣我。閣有委託寄買的穡頭，比如講你想欲買日本的啥物，你知影行情，阮會使代買——是講，毋通時到物件買轉來你反悔就好。」

「所以這逝你去日本嘛是你的『交通事業』之一？」

「Hènn 啦，罔兼罔兼啦，其實我嘛退休矣，台灣日本兩爿走。我佇日本東京有一間『厝仔』兩百偌坪，有時愛去巡巡看看咧。」

「兩百偌坪閣講『厝仔』？」

「Hènn 啦『厝仔』都著 m̄，咱做人愛顧謙，這我是較熟的朋友才會去講。」

「毋過咱嘛拄才熟似爾爾啊。」

3　接接〔tsih-tsiap〕：接觸。

「因為我看你有緣有緣。」

「若佇東京有兩百偌坪的厝，你就通退休矣，哪閣需要無閒啥物『交通事業』？」

「Hènn 啦，其實我幾冬前就趁起來矣——啊共你講嘛無要緊啦，較早是有行較偏門的——毋過我先講喔，阮無搕[4]銃，嘛無搕毒。」

「所以你較早走私的。」

「走私歹聽啦，阮攏講走鹹水的。」

「He 有好趁？」

「當然好趁 nooh。過一个年，干焦薰佮酒，挺好趁欲規千的。」

「過一个年就規千的？」

「Hènn nooh ！若較好的年，分欲夠兩三千嘛有。」

「哇！」

「我先講喔，阮無搕銃，嘛無搕毒。阮是單純的事業。而且我這馬收山矣，攏開正門伕大路，若閒的時攏去岡山彼間大廟洗手做義工。」

「毋過，敢攏袂予人掠著？」

「會啦，會予您掠啦——毋過 he 嘛撨好的。您嘛需要業績，阮會打點，放消息予您掠——攏人頭啦，就是交幾个仔退

4　搕〔khap〕：碰觸。

伍老兵的名予伀，無銃無毒，一般是『易科罰金』爾爾。當然阮嘛會提供賞金予遐老兵，所以伀是相拚欲來呢！假使伀若無欲『易科罰金』嘛會使，極加關一个四五月日就出來矣，按呢，彼條『易科罰金』伀就家己賺食[5]，橫直伀佇厝閒閒嘛是閒閒，規氣入去內籬仔囥窮[6]。阮一向做足正的，袂共伀偏[7]。」伊的面親像家己是一个足有正義感的賊仔彼種人，比如廖添丁彼款的。

「按呢我知矣。毋過重點是——你的厝佇東京，你這逝去長崎是欲——？」

「本底是欲遊覽啦！單純就是遊覽啦，橫直閒嘛是咧閒，坐船看覓仔好迌迌無，結果，嘛是有人委託我順紲替伀買物件……」

「啊這逝是欲買啥？」

「無啦，無欲買啥啦。」伊閣激骨起來，敢若咧保守啥物重大的商業機密。

「你敢是家己一个人？」

「喂！你是咧問案是毋？」

行出船艙的時，我一直咧想，假使這个人講的是真的，按呢，對台灣海峽就出現的船仔又閣是啥物船？

5　賺食〔tsuán-tsia̍h〕：餬口。

6　窮〔khîng〕：蒐集。

7　偏，在此音〔phinn〕：佔便宜。

3

日頭下，甲板頂懸是輕鬆的氣氛。部份的職員重新共您的節日古服裝穿起來，頭前彈三味線的嘛閣出現矣。這隻古帆船親像閣恢復彼時欲出帆的氣氛，船客可能嘛因為聽著拄才 iân-jín 起磅的聲，有感受船的修理有進展，面的表情嘛較放鬆矣。

彼个環礁就佇我的面前，可能因為退流，環礁四圍的礁石敢若浮懸起來，彼片礁石佮礁石之間的海域，可能因為水底的海草，顯出一種翠青的色緻，佇日頭下變步。

我佇甲板頂懸搪著研究員文野辰雄。我共伊講：「根據我的觀察，這隻船的船客，份子複雜。」

「我叫是你早就知矣。」伊用誠懇的表情看我，講：「麗雲敢有共你講過『文件』的部份？」

「伊有講著南蠻畫佮恁佇日本受著『紅劍』的威脅。毋過伊無講著『文件』。」

「我講的文件是陳獨秀的一寡手稿佮批信，包括一批伊寫予胡適、蔡元培的批，閣有一張 1934 年 5 月伊對南京監獄寫予『托派國際書記局』的批的中文原稿。彼是阮舊年佇泰國共一个中國人買的，毋過半路就佮其他的寶物做伙予人劫去。」

「你哪會去揣著陳獨秀的批？」

「這講起來就話頭長矣！成實若欲了解，閣愛對 P 女士講起哩。」

文野辰雄共我講，其實「文件」是對「紅劍」的追查過程中，無意間發現的。

「總部設佇中國的『紅劍』一方面透過藝術交流的管道咧影響台灣的政治，另外一方面，怹大量佇東亞市場炒作一寡早期中國有名畫家的作品——比如P女士的油畫。P是生佇十九世紀末的查某人，本姓張，13歲就予跋輸筊的阿舅賣去紅燈戶，後來因為陳獨秀的一个同學佮意著，為伊贖身，娶入門做細姨，才改姓P。因為P有畫圖的天份，所以陳真鼓勵伊，閣為伊介紹美術專科學校的教授教伊學畫西洋圖。幾冬了後，P順利考入美術專科，卒業後留學法國，沓沓成做國際有名的油畫家。P佮陳之間一直有真親近的關係，甚至佇伊的二幅圖頂懸，閣有陳的提字——彼時陣，陳當予KMT關佇南京的監獄，顯然是P專工提畫入去監獄請伊提字的。P佇法國讀冊的期間，捌央同學共一大批伊的畫紮轉去中國，結果半途竟然搪著火燒船，予彼批攏總百幾張的圖失蹤真久——一直到前一站，『紅劍』竟然宣布，怹手頭有其中的幾落幅。這是大發現。為著欲證明遐的圖是真品，怹甚至講，怹手裡有陳獨秀對彼批圖評價的批信，是陳佇1940年寫予P的，會使成做間接的證據。這件代誌引起身為日本收藏界佮身為收藏家的這隻船的日本頭家的好玄，所以就開始追查。同時，因為佮『紅劍』有牽連，所以怹就揣著嘛當咧追查『紅劍』的我。代誌的上起頭就是按呢來的。」

「當然欲證明彼批畫的真假無遐簡單。退一步講，就算欲證明陳的批信的真假嘛全款無簡單。而且，『紅劍』閣講，除非你買畫，伊無義務共遐資料提供予你參考。就是佇這个期間，船頭家探聽著泰國的一个中國收藏家手裡有一大批佮陳有關的文件，閣有一幅聽講P所畫的、陳獨秀提字的第三幅圖《春情》。雖然毋知細節，毋過經過初步調查，彼批文件內面的確有包括陳的批信，年代對1925年到1940年代攏有，嘛包括1940年前後陳佮P之間所寫的彼部份。所以日本的這个船頭家，就委託我出面去接接，落尾總算買著這一大批文件。」

辰雄講：「只是想袂到賣方非常神祕。我並無機會去看著第三幅陳所提字的畫《春情》。而且，彼擺，船才駛過崑山島的海域，所有佇泰國買著的物件，就予海賊劫去矣。」

「敢講彼批文件閣有啥物特殊的價值？」

「當然，阮嘛是按呢想。其實彼一大箱有袂少物件，可能晉前有人已經根據啥物線索先抾過。內面的資料毋是干焦陳寫的文稿，嘛有伊佮朋友之間的通批，甚至有伊的朋友寫予別人的批信等等。阮確實是有懷疑，遐海賊是有針對性的，伊正正是針對彼箱文件來的。」

「我的頭家是一个非常細膩的人。」文野辰雄講：「所以當時才會甘願用家己的船來運遐買來的貨品，嘛無想欲交互別人。伊閣交代我，佇泰國就先用相機共彼箱文件copy一份，了後共 copy 的底片另外寄轉去日本。所以，雖然阮的船佇崑山島的外海受著海賊搶劫，損失真有價值的古董佮文件，毋過，檔案資料有佇底片保存落來，算是佳哉。」

文野辰雄講，彼遍的海上搶案予您更加起疑，同時，嘛為著欲緊共您予人搶去的物追轉來，您才沓沓對彼箱文件的 copy 底片內面發見一寡線索：

第一，關係 P 的部份。對 1940 年前後的批信，並無講著任何佮遐失蹤的圖有關係的線索。一方面，並無「紅劍」所對外宣揚、會使成做「證據」的彼張陳獨秀評論的批，另外一方面，就算只是彼張批落勾去，您嘛揣袂出彼前後幾落年之間，陳佮P之間的通批有啥物所在講起著遐失蹤的圖。若按呢，「紅劍」所講的「新發現」就誠有可能只是騙局一場。這顯示規个「紅劍」本身就是一个真有規模的「詐騙集團」。

第二、您無意中看著一份機密的資料，是關係陳獨秀身邊的反背者佮彼个年代 KMT 的特務所策畫的真濟暗殺的祕密（辰雄講，您初初認為這可能是這份資料上蓋寶貴的部份）。比如這份文件有講著 1938 年的一層古董的交易，是一个叫做「秦立志」的特務對「上級」報告的文件。根據辰雄調查，這个「秦立志」若毋是彼个捌出賣陳獨秀的 KMT 特務謝力功本人的化名，就是謝力功身邊親近的人。「秦立志」佇報告內底詳細寫出彼層古董交易的安排：您假做古董的賣方，也買主就是日後予軍統局宣稱、有通日嫌疑的中華民國首任國務總理唐紹儀。根據歷史資料，唐紹儀佇這份報告無偌久以後的 1938 年 9 月，就佇上海的徛家厝予假做古董商的謝力功您刺殺（嘛有人講是誤殺）。這份文件引起文野辰雄注意的部份，主要是遐古董的來源。因為唐紹儀本身是古董收藏的專家，人講瞞者瞞不識，清彩的物是無法度掩過伊的目，所以，彼批古董該當是真誠有價的真貨。辰雄特別進一步追查，發現彼批古董來源並無單純，尤其有幾个古董商出現，顯然就佮「紅劍」早期的幾个核心人物（比如伊一直咧追查的一个姓梁的家族）有關，而且遐特務佮古董商一直有真密切的往來。

第三項線索，就是 hin 內底嘛有真濟日文的批信佮電報密文。辰雄講，這一方面佮彼个時代的中國人有真濟去日本留學，參日本人之間用日文通批有關；另外一方面，嘛可能佮中國對日戰爭的情報有關係。

文野辰雄講，伊發現有幾張日文批對上海佮北京的無仝地址寄去的某一个長崎縣的地址，批的內容有講著某一項古物，另外嘛敢若佮彼時中日的間諜有關，所以引起伊相當的好奇。文野辰雄推斷，假使想欲知影予海賊搶去的彼批貨的下落，恐驚就愛先了解遮予您搶去的文件。伊認為對 tsin 會使揣出彼時的古董商佮中國特務的關係，以及您佮日本人的特殊接接（毋管合作抑是對敵）。比如伊發現，有一張關鍵的批對**北京四牌樓九條胡同**的地址寄去到長崎縣，竟然是中島湘所寫的批。

「你是講彼个有名的日本女間諜中島湘？」

「正是。」

4

文野辰雄𤆬我轉去圖書室，共彼張批的copy提予我看，原文是日文，內容大約是按呢：

高橋君：

從你予軍部調走了後，遮的局勢變甲更加複雜，逐日攏有人咧探聽你是毋是已經共「物件」𤆬轉去日本。通常是劉翰山派來的人，有時講這，有時講he，話毋𨑨一輦，就閣牽轉來遮。我共𪜶講「是」，毋過𪜶並無相信。劉翰山彼个人痟貪閣多疑。咱共本底伊手裡的物件提走，伊當然非常不滿，毋過我相信，伊毋敢對咱按怎，若無，我隨時會透過我的管道，翻頭共伊的祕密透露予藍衣彼个魔頭知影，按呢，劉利用北京肅奸委員會主任的身份貪污食錢的事實，真緊就會共伊討命。只是，我猶是有預感，你走了後，𪜶對我的疑心愈來愈重，耐心嘛愈來愈低矣。

彼工，劉本人直接來揣我，共我表明，藍衣先生已經強欲失去耐性矣，因為劉直直無共「彼个物件」交出來。劉對我唱聲，假使物件若成實閣佇我手裡，伊一定會用任何代價共伊

「挖」出來。

因為按呢，我相信彼个物件已經無適合閣园佇我的身邊矣，雖然伊是我滿洲先皇的寶物，本底就該當是阮的，毋過，既然园佇我身邊已經愈來愈危險，我決定先共伊偷運走—事實上，我已經揣著專人進行這个任務，「彼个物件」這馬已經佇半路矣。佇戰爭時期，這个任務需要有特殊的管道，我想真久才想出這个辦法，只是批裡無方便透漏細節。

總講一句，幾月日後，物件一定會安全送到我預定的所在。紲落，請你一定愛會記：你需要去揣著《寬永懺悔錄》（你當然知影 hit 本冊佇佗位），閣有長崎 Y 先生的彼幅南蠻畫，請用你的智慧揣出「彼个物件」。然後請以你的人格佮咱深刻的同志之誼替我保管伊，因為這是阮滿洲國復國唯一的寄望矣。願你的保護神素戔嗚尊時時賜你好運，親像夏至的日頭照佇伊跤前的石獅，嘛指出咱幸福的方向。

湘

5

「哇！中島湘寫予伊佇北京時期的愛人同志高橋隆盛，這張批若是正本，本身就已經價值連城矣哩！」

「就是啊！」文野辰雄用我嘛是捌貨人的彼種呵咾的眼光

看我。

「毋過，敢講你看有伊咧寫啥？比如，『彼个物件』是啥？閣有，伊講起著《寬永懺悔錄》，就是這回我欲去長崎買的古冊敢毋是？中島湘所設的南蠻畫的謎題又閣是啥物？」

「根據我的研究，批裡『彼个物件』就是有名的『龍池競寶圖』。文獻寫講，『龍池競寶圖』是乾隆年間『西部番邦』進貢的寶物，是一幅絹布卷軸，軸闊 1 尺，圖長 8 尺，頂面用水墨白描九隻龍船佇水池競寶。1928 年，這幅圖予專門底偷挖皇陵的一个叫做孫田明的人挖著。後來彼个孫田明成做老蔣的部隊新五軍的頭人，有一擺，因為聽講新五軍有共產份子，老蔣派特務魔頭藍衣先生去了解，半嚇半安搭，二人酒一啉落，想袂到煞變做結拜兄弟，孫田明戇頭戇腦共伊手頭的『龍池競寶圖』提出來展寶予藍衣看。藍衣看著佮意，就共寶圖對孫田明的手裡拗過來，毋過閣想，因為隔轉工當欲出張無方便，就交予劉翰山替伊保管，吩咐等伊出張轉來才還伊。彼个劉翰山是北京肅奸委員會主任兼民政局長，平時食銅食鐵，當然知影『龍池競寶圖』是絕世好寶，甚至有夠予伊收山食後半世人。伊就心肝掠坦橫，欲共寶圖賺食落來。藍衣先生出張轉來問伊的時，伊嘻嘻哈哈，騙講伊已經共圖送轉去還孫田明矣，閣因為中日戰事愈複雜，藍衣先生一無閒，就無閣問伊。按呢，『龍池競寶圖』就一直留佇劉的手裡，一直到伊予張家口的日本特務高橋隆盛掠去，才只好獻出寶圖保命。（另外一方面，劉翰山嘛開始予高橋隆盛佮中島湘吸收，佮您合作，成做中日之間的雙面諜。）

簡單講，到中日戰爭的尾期，『龍池競寶圖』就是佇高橋隆盛佮中島湘手裡。根據我研究，後來高橋隆盛予日本軍部調職調轉去日本，彼幅寶圖無好紮，就留予中島湘保管。一直到日本投降以後，彼个美麗的女間諜中島湘予劉翰山掠起來。」

「若按呢，寶圖咧？」

「這就是重點矣。根據文獻資料，中島湘予劉翰山掠起來了後，劉翰山果然佇北京四牌樓九條胡同的中島湘的徛家抄著『龍池競寶圖』，毋過中島湘後來嘛另外予藍衣先生審問，佇審問中，中島湘對藍衣先生招出全部的實情——包括寶圖的下落，以及劉翰山佮日本特務合作的故事。因為按呢，藍衣先生責問劉翰山，劉只好乖乖共寶圖交予伊。這當然是您二人之間的鬥爭。有人講，藍衣無隨刣劉翰山，有可能是驚共代誌鬧大，共伊『私吞帝物』的代誌傳去到老蔣的耳孔。毋過，劉翰山該當嘛知影，藍衣先生隨時攏會刣伊，尤其劉彼時閣佮老蔣的對頭李宗仁行真覓[8]。閣無偌久，發生驚天動地的代誌，藍衣先生的飛龍機 lòng 山失事，風聲講，彼幅『龍池競寶圖』當時就佇飛機頂，已經燒做火炭。嘛有一个講法是，藍衣先生其實是予劉翰山設計害死的，另外閣有講法認為，飛機頂的彼幅圖

8　覓〔bā〕：密。

是假貨，真的寶圖另外予劉掩崁起來——只是，幾月日後，劉翰山予藍衣先生後一任的特務頭孟齊武祕密處決，彼層疑案就無法度閣追查落去矣。」

「是講，若有這張批，表示彼時陣劉翰山佇中島湘的徛家所抄出來的，只是仿的『龍池競寶圖』！也真的『龍池競寶圖』，就親像這張批所寫，早就予中島湘偷運出來矣？」

「嗯。」

「莫怪您欲搶你的文件，原來是欲進一步揣著失蹤的寶物！」

「無遐簡單。」文野辰雄講。「假使寶圖成實閣佇咧，按呢當年藍衣魔頭的死，嘛可能佮寶圖有關……而且，內底嘛有可能牽涉二个集團之間互相報仇的行動，這个行動可能一直伸長，到今閣繼續暗中底進行……」文野辰雄用嚴肅的眼神看我。

6

研究員文野辰雄繼續講，彼時伊讀著這張批，佮船頭家討論了後，決定佮麗雲做伙去彼个收批地址探看覓。

天氣真好的日子，彼个收批的地址是佇長崎縣的佐世保市郊。佐世保自較早明治的時代就有大軍港，文野辰雄推測，戰時，彼个高橋先生會選佇這个所在，可能有地緣關係。只是，伊並無確定去到彼个可能已經無意義的地址，閣會使揣著啥物。

他透早盤火車，對長崎市䟢過大村灣來到佐世保，然後轉巴士，去到市郊海墘的山崙跤。他一路探問路草，總算揣去一个揤僻的海灣。佇崙仔跤的道路佮海岸之間是海邊的埔地，有幾間徛家佇遐形成一个小庄頭，庄頭其中，嘛有一間用石仔起造的白色教堂。

文野辰雄佮麗雲，先是提地址的門牌號請教上蓋倚海邊的彼間釣具店。釣具店的頭家——一个瘦瘦仔真斯文的中年查埔人——一開始用僥疑的目光看他，然後共他講，他所問的彼个地址早就毋是徛家矣，今，就是他所看著的彼間教堂。釣具行的頭家進一步好賢問他是按怎欲來，他應講，只是欲來揣一个朋友的親成。釣具行的頭家搖頭講：「無可能。無可能你會有朋友的親成捌蹛佇遐，因為佇起教會晉前，遐已經足久無蹛人矣，只是一間拋荒的枋仔厝爾爾。」

「嘛有可能是佇你搬來晉前他就搬走矣。」文野辰雄按呢應伊。

彼間雙倒水的教堂建築，四圍予七里香的樹籬箍咧，白色的山牆一半予日頭照甲金鑠鑠，一半藏佇崙仔的蔭裡。彼間教會的牧師叫做平井大志，人大箍大箍，湳一圈肚，毋過伊的目光真有精神，看著是足有活力的牧師。文野辰雄共伊講，伊底走揣一批予人搶去的文件佮古物，其中有一張批信的地址佇遐，伊希望牧師會使予伊意見。伊共彼張中島湘所寫的批信的副本提予牧師看，嘛對牧師表明，伊自出世就是基督徒，伊講：「雖然——我的教會佇台灣，是庄腳所在的老教會。」

彼个平井牧師請他入去教會的會客室坐，閣泡真好啉的茶請他。平井牧師繼落講伊會去彼个摠僻的所在牧會是聖靈對伊的差遣，就親像古早以來聖靈對所有門徒的差遣，自頭到 hín 嘛已經十偌年矣。閣晉前，伊是佇東京的一間大教會做傳道，後來升做牧師，參加一个短期宣教的任務去佇遐，想袂到就按呢佇遐留落來。伊拄到遐的時，有一群討海人佇港邊的一个兄弟怹兜聚會，怹搪著短宣隊的平井大志牧師，理念會合，就提起怹當欲建堂，所以邀請平井做怹建堂的牧師。

平井牧師閣記甲誠明，彼一工，本底猶咧躊躇的伊，夢見家己敢若是行去到西流基海邊的使徒保羅，面對闊莽莽的大海，感覺伊的跤底親像是伊宣教行程的上起頭。伊佇夢中感覺鼻疑。無張持，耶穌佇海面現身對伊講：「免驚，我上起頭嘛是佮一群討海的人鬥陣。」毋知是按怎，伊規身軀因為感動燒滾滾，佇夢中就流目屎矣。伊想起怹做伙揣著這个所在起造教會，一翻頭，十幾年嘛過去矣。

平井牧師無隨閣講落，親像是咧聽候伊面前的這个、自稱是基督徒的人的回應。

辰雄講伊認為保羅是一个毋驚大海的傳道者，因為伊的宣教旅途攏有海路，尤其伊上起頭就是對西流基坐船去塞浦路斯島（Cyprus），彼遍巴拿巴、馬可佮伊鬥陣，先是佇塞浦路斯東部的撒拉米上岸，紲落您沿路傳道，行過規个島，去到塞浦路斯西南的海港帕弗，後來對帕弗閣一遍上船，駛向西北方的彼个古早的港口安塔利亞（Antalya）。彼大約是主後 47 年跤兜的代誌，保羅踏出伊傳道的跤步，伊身邊的馬可 20 幾年後嘛動筆寫出《馬可福音》。辰雄講，伊相信彼攏是聖靈對遐古早使徒的差遣。

平井牧師聽伊按呢講，直直頕頭，毋過伊無閣接話，伊的表情好親像是講，按呢我確實知影你是咱基督內的兄弟。

閣過一時仔，平井牧師講，彼个所在早前確實是一間破低厝仔，是某一个機構的財產，毋過已經抛荒真久，您無清楚有蹛過啥物人，雖然……（平井牧師用較保守細膩的氣口講）雖然，伊嘛想起建堂的過程中有發現一寡「可疑」的文件藏佇地板下跤的暗間，敢若是佮過去的軍方有啥物關係。

文野辰雄問伊講，敢會使提供遐的文件予您參考，因為牽涉著可疑的搶案……

就是因為按呢，平井大志牧師雖然小可躊躇一下，猶是共伊收起來的彼箱文件揖[9]出來予您看。

您果然就佇彼箱文件裡看著真濟寄予高橋隆盛的批，特別

9 揖〔mooh〕：懷抱。

有一張是對台灣的打狗寄來的，引起辰雄佮麗雲的注意。他共批拍開來讀，這張批內底的「水相小姐」，顯然就是中島湘。

高橋先生：

頂回別後已經幾落年，希望你一切順事，尤其請莫計較過去我對先生你的無禮。水相小姐交付一个貨運的任務予我，雖然代誌緊急，毋過我猶是需要盡量詳細對你報告，這个任務可能無法度完成矣，實在真失禮。本底水相小姐要求我中途袂使對任何人講起，毋過，既然任務失敗，閣牽涉重大，而且我聽講水相小姐嘛已經予敵方掠去，行方不明，我除了傷心，只好家己主意，違背伊的命令寫批通知你，希望對代誌會有幫贊。

我本底會使順利坐船離開打狗轉去長崎，毋過發生一寡意外，已經無法度離開了。這馬戰爭拄結束，世局如何，毋是咱小小一个卒仔料會到的啊。毋過我嘛相信，這个世間，會使夯遐大的枷去為水相小姐冒性命的險，嘛是光榮的代誌啦！這講來講去，攏是為著水相小姐啊！

代誌是按呢：

自從你離開支那了後，水相小姐就真清楚，彼陣人，尤其是劉某佮藍某的勢力傷大，絕對會共水相小姐彼个祖傳的物件搶去，所以，水相小姐就暗中倩人仿製，完成了後，交代小弟共真品運出支那。我為著達成任務，一路遠遠對北京趕去西南，然後才行滇緬公路離開支那，紲落去到泰國的港口坐船，最後來到打狗的。本底我的船會使直接去到長崎，然後我就會使共物件運到水相小姐指定的所在，毋過，美軍佇西太平洋的攻勢加強，逼我改變航程，只好先來佇打狗停留。

這是一段艱苦的路程。

我假做逃難的生理人，共彼个物件藏佇一跤柴箱的暗層，頂懸層囥查某人的雜細物來掩人的目。總講一句，是經過足濟危險佮貴人的相助才有法度按呢一路來到遮的。可惜的是，今我的貴人佮我的運氣攏用盡矣，我只好共彼个物件暫時藏佇遮的一个所在。當然，為著予你揣會著，我嘛已經共必要的消息倩人送去水相小姐共你指示的彼个所在矣。

閣一遍希望你諒解。再會矣！高橋先生！

吳青銅　敬筆

7

「後來我知影，我有足濟線索，逐到某一个所在就斷去，可能佮這張批所牽涉的祕密有關。」文野辰雄按呢講。「雖然，阮終其尾欲揣著的，是無全的物件。」

「是講你究竟想欲揣著啥物？」

「當然上代先，我嘛是欲揣著船頭家的彼批失蹤的貨。毋過，嘛會使講，我上主要為著欲揣出怹犯罪的證據。我懷疑『紅劍』怹所牽涉的規个集團，佇東南亞甚至全世界的古董市場洗錢。更加可惡的是，怹共錢透過這个管道洗入去中國人的手 nih ——毋過怹家己閣繼續佇台灣搬戲。買票、參加選舉，欲控制台灣的政治。」

「哦？」

「所以，我認為，假使若其他線索無進一步的發展，彼幅『龍池競寶圖』可能嘛是另外一支鎖匙——對代誌最近的發展來看，我的推測並無毋著。」

「按怎講？」

「這逝，我已經透過日本的古董市場放風聲，講我已經掌握『龍池競寶圖』的行蹤，果然，怹就倚來矣。怹若倚來，對我的調查有好處。」

「毋過按呢你毋是顛倒危險？」

「袂，顛倒安全。因為事實上，目前猶無人知影彼幅圖佇佗位。」

「敢講你已經知影？」

「我有另外調查過彼个吳青銅的行蹤，圖一定嘛佇附近。只是，詳細的位置，我需要彼本古冊《寬永懺悔錄》指示的資料才鬥會覓。另外，我有共平井大志牧師拜託，除了咱，無人會使知影吳青銅的這張批甚至這个人。也就是講，就算怹手頭已經有彼張中島湘寫予高橋隆盛的批，嘛知影《寬永懺悔錄》

內面有重要線索，獨獨欠吳青銅的線索嘛仝款無路用。根據我的調查，吳青銅當初時就是去佇桃仔園軍港，寶圖該當嘛藏佇附近。」

「桃仔園？」我驚一趒。我心內是想講：「阮」桃仔園？

「是，就是桃仔園軍港。」伊講。

我心內所想的，是阮老母捌共我講過，戰爭的時，我的查埔太祖（也就是阮阿公的阿公）埋佇桃仔園附近的打狗山的故事。彼時阮太祖過身，厝裡的人共伊扛去打狗山山坪的樹林埋，拄才拄炭好，空襲警報就來矣。炸彈主要 tiap 佇桃仔園軍港，嘛落佇打狗山，您驚甲，只好緊逃轉來。結果第二工您閣轉去山頂，欲䆀[10] 墓牌，煞已經揣無阮太祖。阮太祖的囝孫仔只好共彼塊寫伊的名的墓牌閣扛轉來。彼塊墓牌幾十年來，一直收佇舊厝埕斗邊仔的彼間柴間。

——按呢講起來，若有絕世的寶物藏佇彼个箍圍，嘛確實毋是無可能的代誌。

文野辰雄繼續講：「就是我的身份有無方便的所在，才會需要揣著人來鬥相工。所以，涂麗雲佮涂建龍才會推薦你來協助。畢竟你是桃仔園附近的人，閣有警官的身份！而且您講你有『過目不忘』的能力。」

「哈，『過目不忘』是您亂講的啦。毋過我真誠好奇，就

---

10 䆀〔tshāi〕：豎立。

算揣著彼幅寶圖，又閣會使按怎？我的意思是，就算終其尾你共全部『紅劍』的祕密挖出來，又閣會使按怎？」

「若講著這，就話頭長矣。寶圖嘛無一定就是寶圖。講來講去，彼嘛是我這个失志的浪子上大的奧秘[11]的使命矣哩！」

11 奧秘〔ò-pì〕：奧秘。

案件筆記 6

秀眉當初
對親事的考慮

本成，秀眉認為，就算伊一直揣無對象（這點老實講伊並無煩惱過），伊佮您老爸的頭家仔囝郭武忠之間嘛根底就是一門無可能的婚事。第一，兩个家庭互相的差別傷過大矣。第二，伊嘛小可探聽過猴忠仔的風評，真誠無法度予伊放心。第三，上重要的是，伊的老爸永順伯仔講的無毋著，假使伊若嫁做郭家的新婦，伊的老爸可能會挾佇查某囝的幸福佮頭家的勢力之間進退兩難，彼必定是真誠礙虐的。閣再講，秀眉嘛是地方出名的有孝兼捌代誌的姑娘。所以就算佇彼頓飯，伊對猴忠仔的印象有基本的改變，毋過飯食了，伊猶是認定伊佮猴忠仔之間的未來確實就是歹船一隻，嘛揣無啥物港路，會使講是正式結束矣。毋管伊的老母王彩鳳轉來了後，佇伊的耳空邊按怎講郭武忠的好話，按怎講伊是一个有風度閣捌禮數的緣投少年兄，按怎講伊完全就是「大口灶出身」（這是王彩鳳的重點）的企業家的範勢，閣按怎講伊會使體貼查某囡仔的心思，按怎完全就是伊王彩鳳心目中「上有資格」（其實並無別人有過這款資格）的囝婿；秀眉猶是認為，彼一切只是伊的老母家己想欲揣著一个好額的金龜婿養老的數想爾爾，完全無繼續討論的必要。

有一工，伊聽伊的老母閣繼續遛伊已經講過一百遍的這門親事的優點，伊實在棧袂牢，就共伊的老母講：「欲嫁妳家己嫁。」彼回共您老母氣甲，兩个母仔囝就佇客廳相嚷起來，連巷仔口遐揹糞掃咧等糞掃車的厝邊攏有聽著。您甚至攏聽著彼工秀眉對您老母講：「我若一工會嫁伊，絕對是驚妳家己歕的雞胿破去了後，妳會活袂落去！」聽甲您遐厝邊逐家笑甲攬腰，糞掃攏揹袂牢，險險交落佇塗跤。

「我佮伊是無可能的。」秀眉一開始就是按呢想。

毋過猴忠仔毋是按呢想。

佇恁食過彼頓飯的後一禮拜，也就是母親節的前一禮拜，咱這个全內圍上放浪的痴情囝就敲電話予全內圍上大範的秀眉，請教愛按怎買化妝品送予伊已經有年紀的老母。這个問題當然是秀眉內行的問題。尤其這是伊無法度用「伊毋捌」去拒絕的問題。

翻頭來看，除了咱心思幼路的猴忠仔，這个世間閣有啥物佇江湖走跳的男子漢，會去注意查某囡仔化妝的代誌？除了咱純情有孝的猴忠仔，閣有啥物喝水會堅凍的查埔囝，會想欲去送伊的老母化妝品？尤其是，除了咱知伸知勼的猴忠仔，閣有啥物平時曲跤撚喙鬚的阿舍查埔囝，會去體貼一个查某囡仔想欲用伊的雙手去創造女性彩妝藝術的心志？假使咱講，這是猴忠仔的心機，咱嘛袂使無佩服，這是伊下過工夫的心機。甚至這一切予咱相信，佇秀眉身邊所有的查埔囡仔，猶無人並猴忠仔閣較關心秀眉佇彩妝方面的手藝、眼光佮未來的事業……毋是，這毋是干焦咱相信爾爾，連秀眉家己嘛沓沓仔按呢相信矣哩。甚至咱若進一步追問親像秀眉遮婧閣大範的查某囡仔，哪會一直攏無交往的對象？咱沓沓就會知影，伊彼个想欲成就家己理想事業的心扮演一个重要的角色——毋過這點，猴忠仔伊好親像自您頭一遍見面就知影矣全款——你嘛會使講，這是猴忠仔這个內圍第一的「姼仔魁」幼路的所在。

總是，對秀眉來講，揀禮物的代誌伊當然嘛袂使落氣——為啥物按呢想？其實伊家己嘛雄雄講袂清。伊並無加想，就允伊猴忠仔佇禮拜六共伊的白色米奶轎車駛來到較早的芋仔園（後來已經開做大條車路）邊仔的彼排三樓懸的販厝頭前。

佇車頂，猴忠仔共秀眉講，伊去過百貨公司看過，有真濟母親節禮盒，毋過伊無法度了解應該送啥物予伊彼个愛畫妝的老母。

秀眉的心內其實普普仔已經有想法。頂一禮拜食飯的時，伊有注意著，郭夫人的面妝傷過老氣，佇按呢的春天，伊的面色看起來傷暗，粉底傷青嘛傷白，閣伊胭脂（唇膏）的紅色嘛傷過沉重。遮的缺點佇室內特別明顯，整體應該用輕柔的暖色調來表現春天的心情，尤其會當用一寡暖紫佮紫紅來強調尊貴感。目眉會當畫接近咖啡色的色緻。所以佇百貨公司的專櫃，伊特別揣著一塊粉紅仔色基礎的粉底、一塊咖啡色的眉粉、閣有一个有 10 色胭脂的胭脂禮盒（其中包括一枝真輕鬆的暖紫色胭脂）。

猴忠仔對秀眉的藝術見解表達出伊的敬佩，伊講：「佇妳的手 nih，可能烏貓嘛會當變做人啦！」

「啊人咧？欲變做啥？」秀眉問伊。

「人？當然嘛變做烏貓啊！」伊按呢講。

秀眉聽著想欲笑，心內感覺這个大伊 11 歲的放浪囝講話有一種伊毋捌感受過的心適。可能是一種詼諧，抑是對某一種伊毋捌經歷的生活經驗來的。尤其是，平時佇秀眉上班的新娘紗仔店內底有傷濟心機矣，顛倒佮伊這个江湖人講話無啥物壓力，這是予秀眉心內感覺怪奇的代誌。

伊問猴忠仔，敢是逐冬攏送母親節禮物，猴忠仔講：「逐冬送。」伊閣問：「按呢舊年送啥？」猴忠仔講：「一塊做衫的布，叫人對英國紮轉來的。足媠的布。貴參參。」

「按呢阿姨一定是提去做真好看的衫。」

「本底是啦。啊毋過彼塊布提去到裁縫遐煞出代誌。」

「出啥物代誌？」

「彼个裁縫您阿叔雄雄煞過身去。」

「彼佮彼塊布有啥物關係？」

「當然嘛有關係。阮老母講，按呢您兜就無清氣相，彼塊布袂使提轉來，只好送予彼个裁縫。」

「啊？為啥物？」

「喂！妳無聽過有錢人驚死喔？哈哈！彼就是咧講阮老母啦！哈哈，這就是為啥物！」

佇您買化妝品禮盒的彼个專櫃，小姐喙水真甜，講猴忠仔一看就是真有孝的後生，閣講這種知影來買化妝品送予老母的查埔人，自伊去佇彼个專櫃到今嘛無看過。

「伊一定足疼某的 hoonnh？」專櫃小姐越頭按呢對秀眉講。

秀眉一聽就直直搖頭，講：「我佮伊無關係。佮伊無關係啦。」

毋過伊家己隨就感受這句話佇伊心內產生一个龜怪的作用，袂輸有一陣燒烙對腹內衝去到嚨喉，連鞭就予伊規个人攏燒熱起來……

第七章

駛向環礁

1

海面佇平靜中有一種龜怪的威脅，明顯是對海底來。有幾位水手講，湧流較無正常，莫怪有人共叫做神祕海域。

雖然船艙的備用電真早就恢復，毋過輪機室的引擎（iân-jín）車機猶無法度完全發動起來（有幾落遍雄雄發起來，毋過後來閣定去）。按呢的情形已經幾落工。船雖然有拋碇，毋過失去動力的船體佇海裡敢若一粒酒塞仔，佇水面漂踅，就算湧無大，嘛搖搖撇撇，袂輸海面的遊魂。

經過輪機室的暝日拍拚，艦橋的電力前一暗總算修理好矣，毋過衛星電話一直無法度接通。VHF 無線電雖然有恢復，只是第 16 頻道內面，一直無任何回音。雷達畫面頂懸，四箍圍一百海浬仝款無任何船隻。

文野辰雄入去艦橋佮船長研究海圖。

「按怎講，嘛傷過恬矣！」黑田船長按呢對文野辰雄講。

「佇海裡，已經慣勢聽船底彼个低頻的引擎聲，今安靜落來，煞成實予人數念哩！」佇邊仔當咧抄寫啥物報表的二副嘛按呢講。

熱天的大日頭照甲規隻船燒烘烘。藍色的天閣清閣懸，海水的色緻藍中帶綠。

對船底，只有柴油發電機傳來的悶悶的聲引起船身輕輕震動，以外，就只有甲板頂遊客講話的聲傳來到閣翕閣熱的艦橋。

這馬，甲板頂，所有的人闍不安起來。佇這个神秘的『烏美加』區，所有的人開始懷疑您敢是會使離開這片海域的幸運者？有人提議，不如趁海面平靜，坐救生小艇去彼个『烏美加』環礁看覓咧（就親像遐高級船員嘛有提議過的仝款）。

——闍按怎講，就算消失佇拋荒的無人島嘛較贏困佇這失神的船哩。

您是按呢講的。

黑田船長雙手攬胸，徛佇窗前。

2

毋管按怎，船長看起來攏是仝款平靜的表情，就親像大船已經當欲駛入港矣仝款。

「我看你攏袂煩惱。敢講你攏袂驚？」文野辰雄講。

「我無資格驚。」船長講。「當我闍是三副的時，就有一个船長按呢共我教示過，是伊予我知影啥物叫做『船長無驚惶的資格』。」

「哦？」

「彼遍我佇一隻貨船頂懸，彼隻貨船受軍方委託，愛對美國東南方的一个海港共一寡軍火佮砲彈載去東北岸的另外一个港口。想未到，船才出港無偌久，就直直駛入一个拄形成的颺風裡。彼工我扞舵，船長就徛佇艦橋的窗前，指揮我修正船頭的方位，叫我愛一直對準大湧駛過。彼一陣一陣長湧，袂輸山崙遐懸，對船頭拍過來，淹過甲板，拍上七層樓懸的艦橋，船就隨綴湧大幌，閣雄雄敱落來，我看著烏色的海湧竟然拍佇艦橋的窗仔，對窗仔的縫洩入來。紲落，一个横湧摃來，船大大撼一下，敧去，我看敧角二、三十度，幌來幌去，感覺隨時欲反船矣，心臟強欲跳出來，閣聽著船底貨艙內面，有物件 pin-pin-piàng-piàng 咧大聲摒，我就想講一定是遐軍火無固定好勢咧摒的聲，隨就感覺我的命欲休去矣。結果彼个船長，就親像我這馬仝款，攬胸徛佇窗前，表情平靜，袂輸窗外是出日頭的春天小湖哩。伊看我已經驚甲跤手無力，舵嘛紡袂行矣，就用無線電叫大副來接手扞舵。船繼續咧幌，船底貨艙繼續 pin-pin-piàng-piàng，伊就叫我佮幾个水手綴伊行落去貨艙。佇貨艙內底，阮看著裝砲彈的箱仔已經開去矣，若其中一粒輦出來，硞著船艙爆炸，阮大約就愛成做肉脯矣。結果彼个船長仝款是彼个表情，指揮阮共遐箱仔固定好勢——最後，阮當然平安渡過彼个颱風，『船長無驚惶的資格』就是對伊遐學的，伊成實是一个偉大的船長啊！」

「只是，世間嘛有足漚漉的船長。比如講，為著逃避袂赴準時入港的責任，竟然嘛有無顧船員性命，刁工共船駛入去風颱的船長！」伊繼續講：「親像阮這種商船的行船人，啥物故事無聽過哩？你敢有聽過，逐个船長攏有伊會搪著好運佮歹運的海域佮港口。就比如有一遍佇西班牙的聖費南多港，我的貨櫃船咧卸貨，我竟然予斷去的天車吊索捽[1]著，規身軀的骨頭斷一半，佇病床頂倒欲規半冬。幾冬後閣去到聖費南多，我是另外一隻貨船的船長，我的船竟然佇離港晉前予人通報有偷渡者匿佇貨艙，害我險險就食著官司。佳哉遐偷渡者承認是怹家己偷 peh 船索起來船頂的。」

「另外閣有一遍，嘛佮這遍親像，佇菲律賓海，我駛入人講『龍三角』的南爿海洋，彼遍嘛是搪著奇怪毋過算是好運的代誌……」

「哦？彼遍是按怎？」

當船長開喙欲閣講落的時，船醫透過船頂的無線電呼叫船長，伊請船長落去醫務室。

2

原來佇醫務室，彼个無身份的人精神矣。

就是二日前彼暝，佇海上的威脅佮異象離開了後，海面彼个予船員發現、身份不明的人。船長本底無該當收留伊的，因為收留身份不明的人真有可能會惹麻煩，毋過黑田船長猶是共伊收留落來。伊講這是伊身為日本人特有的「受環境決定的責

1　捽〔sut〕：（繩索類的）抽擊。

任」。伊講，日本人有時只是因為這款被動的責任，就做出一寡別人想袂到的代誌。結果，因為按呢受誤會的情形嘛是時常有的。

彼个無身份的人睏二暝二日了後，總算精神矣。

伊會講一寡北京語。

彼个人講，伊叫做哈力（Halik），是舊滿洲阿木爾特烏拉人，毋過自從二次世界大戰戰後，怹規家就搬去滿蒙邊界的深山裡。怹會曉滿洲語佮蒙古語，毋過北京語較少講，強欲袂曉講矣。伊是幾月日前佇蒙古彼爿的山裡，予彼群親像土匪的中國人掠去的。伊毋知影遐中國人是按怎揣著彼个所在的，怹半暝對山的東爿來，闖入怹兜，共伊縛走，欲掠伊問路草。一陣人行入叫做納加特的彼片山區，幾落工，親像痟狗欲走揣啥物肉骨，毋過一直揣無，最後只好離開。這个滿洲人後來予怹送上船頂（也就是幾日前出現的彼隻怪船）。一直到彼个暗暝，伊佇船頂看著幻影號，才總算提出勇氣跳船逃生——

「彼隻到底是啥物船？」

「其實就是武裝的漁船改裝的海賊船，怹共船的外表改甲真古怪，閣用燈火製造恐怖的形象，予怹欲搶的船驚惶。」

雖然是使人梟疑的故事，毋過彼个滿洲人看起來是古意人，無親像會騙人。

伊的講法嘛予文野辰雄的兩蕊目睭攏金起來。「中島湘小姐嘛是滿洲人啊！」伊按呢共船長講。

伊補充講，予中國人講做漢奸的中島湘小姐，事實是滿清帝國肅親王的公主，伊甚至是予伊的日本養父設定做滿洲獨立份子所栽培起來的革命者啊！

「只是，中島湘的夢最後嘛是破矣。如今，想欲獨立的『滿洲人』干焦會當用『中國的滿族』這个名稱存在佇這个無情的世界啊！」文野辰雄按呢講。

3

文野辰雄佮船長行出醫務室。

佇甲板，一大群海鳥飛來歇佇船舷。

平靜的海。

曠闊的海。

「船長，你知無，其實我過去這段時間，一直咧臬疑一件代誌。」文野辰雄按呢講。

「我一直臬疑：有啥物就會使予中島湘對滿洲獨立有向望？」

「哦？」

「尤其是當我聽著彼个生份的滿洲人的故事了後，我雄雄感覺，彼个物件可能毋是簡單牽涉寶物——伊敢會另外牽涉啥物？你知無，拄才彼个滿洲人，予我想起幾月日前佇東京的拍賣會所搪著的一个貴婦。伊共我講，伊的老爸是軍人，嘛捌去過滿洲，所以，我就趁機會問伊關係中島湘的資料。毋過佇對方的喙裡，中島湘其實只是一个講話無頭無尾，予人感覺傷過天真的安國軍司令哩！」

「嗯，我嘛聽過。關東軍只是利用中島湘想欲恢復滿清王朝的心肝去對付國民黨軍隊啊。尤其叫伊參與熱河作戰等等，目的攏是進行宣傳。」

「確實。毋過，這款通人攏知影的代誌，煞獨獨伊中島湘家己毋知影？這未免嘛傷過奇怪。另外一方面，嘛是因為『傷過天真』這句話，我走揣中島湘擔任滿洲安國軍司令期間的資料，才慢慢了解，中島湘確實是透過加入日本軍隊對付國民黨軍隊，想欲予滿洲人『安居生活的樂土』。伊時常佇部隊面前公開按呢講。」

「若按呢來看，中島湘有影是傷過天真的女性。」

「是啊，因為伊時常公開講這款話，造成日本軍部困擾，所以，尾後伊就予軍部送離開滿洲矣——我欲講的是，本底我讀的資料到遮就會使結束矣，毋過，拄才彼个滿洲人予我想起中島湘捌參與熱河作戰的歷史。因為彼个滿洲人的故鄉阿木爾特烏拉本身佇滿蒙邊境，嘛是彼時熱河的區域，閣加上彼个人背後的中國怪船雄雄出現佇咱面前……我相信，這必然毋是千抵千的巧合。我想，這是因為共彼个滿洲人縛走的中國人知影啥物咱毋知的滿洲的代誌，而且，這馬閣刁工針對咱來矣——也咱手頭，除了我早前透過日本古董市場放風聲講我掌握『龍池競寶圖』的行蹤，並無理由予他按呢用心計較追來到遮啊。」

「你的意思是，共彼个滿洲人掠走的中國人，嘛是針對『龍池競寶圖』來的？」

「真有可能哦。甚至，我懷疑，佇彼个滿蒙邊界的阿木爾特烏拉的山區，嘛有佮『彼个物件』有關係的祕密。」

「敢會是極大的金銀財寶予啥物人藏佇遐？」

「該當毋是。你想，干焦金銀財寶敢會當提供一个人建立國家的期待？」

「按呢講嘛是有理。若按呢，彼可能會是啥物？」

「我猶毋知——我干焦知影，彼可能已經毋是囡仔人咧走揣寶物彼種代誌矣。佇過去中島湘的夢裡，彼是牽涉伊的族群命運的代誌，也這馬，佇『烏美加』區的咱這隻船頂，佇咱面前的惡夢裡，這嘛已經是牽涉太平洋和平的代誌矣哩！」

4

「你看，彼片海沙埔偌呢白哩！若會使佇遐耍海水毋知偌好？」佇甲板頂，遊客透過吊鏡看對環礁四圍白淨的沙埔。

拄才，船長問文野辰雄，藏佇滿蒙邊界山區的物件「可能會是啥物？」，雖然伊應講「我猶毋知」，毋過伊的心內其實嘛有一个推測的答案，就是：「礦」——尤其是會產生極大破壞性質能的放射性礦物，文野辰雄甚至懷疑，佇眼前的「烏美加環礁」海域，敢會有啥物特殊的核能試驗，就類似美國早前佇比基尼環礁所做的核爆試驗？敢講有這類的試驗造成海域空間瞬間彎曲的現象？

文野辰雄心內按呢煩惱。

甚至，伊懷疑這已經毋是干焦試驗的階段爾爾，是已經到會當操作的階段矣——所以，「您」才有法度設計，予幻影號**親像一枝針穿過彎曲的軟布仝款**，nǹg 入這片海域？

——只是，「您」閣是啥物人咧？

伊閣一遍共船長要求欲登上環礁。船長講伊會考慮，毋過猶是搖頭。

就佇伊的心感覺齷齪的時，甲板的眾人嘩嘩滾起來矣。

「彼片的海變紅矣！是紅色的海流！紅色的海流啊！」

「Red tide！赤流！赤流閣出現矣！」大副嘛按呢大聲講。

佇海裡，赤流親像大塊染布仝款，雄雄共幻影號四圍的海崁起來。

自彼群漁船出現的怪孽的暗暝，這是赤流第二遍佇您面前出現矣。

5

赤流出現了後，船底輪機室的柴油馬達（móo-tah）雄雄定去。

規隻船的備用電嘛綴咧斷去。

船頂的遊客又閣發出哀叫，尤其是佇船艙內的人，叫聲內面充滿驚惶。船長用無線電要求水手佮工作人員安搭船頂的遊客，提供手電予逐家。若踮佇船艙會驚惶的人，會使沓沓徙步到船頭抑是船尾的甲板。輪機長佇無線電內面回報，拄才所有的備用電路瞬間攏斷去，對控制室看，所有的儀器佮機械攏停止運作矣。

「親像電流雄雄予啥物大粒吸石吸去！」輪機長佇無線電按呢講：「顯然有啥物『外部的原因』，我是講，佮這隻船本身的機電結構無關係的原因！」

「佮海面這赤流一定有關係！」大副按呢講：「時間傷拄好矣！可能是遮赤流內面有啥物物質，引起電磁場的變化……」

「或者，並毋是直接的關係，是另外一个引起赤流的原因，嘛造成船頂的機電故障。」文野辰雄按呢講。伊的口氣內面，有無欲對大副讓步的彼種範勢。「毋信？恁會使看覓恁的錶仔！」

眾人共手夯起來看錶仔，逐个人的錶攏定去矣，而且，攏全款停佇拄才船頂失電的 8 點 35 分。

「哪會按呢？」眾人互相按呢講。

6

這馬，規隻船最後的一屑仔機械振動嘛停落來矣。

有一種恬靜佇甲板頂懸，彼種無機械聲的恬靜予所有的人攏感受著不安佮威脅。

船親像一粒恬靜的酒塞仔，佇海面漂搖。日頭共規隻船曝甲燒烘烘，愈來愈濟人聚集佇甲板，真緊，甲板頂攏是眾人的臭汗酸味。

紲落，所有的人攏感覺著船咧輕輕仔戡[2]。怹看海面，本底無啥物湧的平靜的海面，出現奇怪的波動——彼毋是風所引起的水平方向的波動，是敢若對海底傳來的波動。就親像規个海域的海水做伙咧戡。船嘛綴海水咧輕輕仔戡。

「啊——地動——」有人按呢講。

「地動——哇——」

「哇——啊——」

甲板頂的群眾，親像一鼎燒水滾起來，怹做伙仆佇船舷看。

「海水！恁看！海水咧洘流！」另外一个人按呢講。

毋是！毋是海水咧洘流！

海水先是降低，毋過連鞭就閣漲懸矣。紲落，怹看著烏米

2　戡〔sìm〕：上下晃動。

加環礁的「Ω」內底面的內海（潟湖），出現一个大捲漩[3]，四圍的海水連鞭攏對遐流入去。因為有赤流，捲漩是紅色的。

歇佇環礁頂懸的海鳥「kah-kah-kah！」做伙飛起來，集中佇彼个捲漩中心的天頂，數量真濟，成做一片雲仝款，紲落，悠做伙衝對捲漩，閣對水底飛起來，喙裡攏咬一尾魚仔。因為這个海流的變化，幻影號的船幌甲，船頭直直頕[4]，毋過佳哉，船有抛碇，才無綴咧對紅色捲漩流過。

針對這个異象，所有的人攏看甲講袂出話。一直到海面沓沓回復平靜，才做伙叫出聲：「哇！彼是啥？」

嘛隨有人講是小型的海底火山爆發。因為環礁的內海下底，有時是海底的火山口。

這種講法毋是無可能。

若是按呢，已經開始活動的海底火山，就造成幻影號的新威脅矣……親像按呢，本底已經充滿不安的船頂，這馬予各種新的謠言洗禮。

大約閣經過半點鐘久，海面才沓沓平靜落來。眼前，又閣是清灣的海水。環礁頂的棕樹，佇微風中搖動伊的樹葉，親像啥物代誌攏無發生。赤流消失去矣，海水又閣回復碧藍的色緻。

3　捲漩〔kńg-tsñg〕：漩渦。

4　頕〔tàm〕：從上向下擺動。

「我贊成輪機長的話，咱可能愛要先解決彼个『外部的原因』。」文野辰雄按呢講。「船長，請同意派出調查隊向環礁出發。」

7

幻影號的外表雖是仿古早的帆船，毋過伊完全嘛是一隻上現代的中型高級遊輪。比如佇伊的船尾，就吊幾落隻上新型的MOB救生艇。這種救生艇配備柴油馬達「船上機」，會使用上緊的速度共怹載去烏美加環礁。

船長允准離船的人包括大副、文野辰雄、麗雲、成做助手的我、二位日本籍的水手佮三位武裝保全的其中一位（伊是馬來西亞籍的），攏總七个人。阮先坐起去救生艇，然後大船頂的水手才用手共吊索絞去船舷外，沓沓共小船放入海面。

「毋管如何，上晏明仔載中晝，一定愛轉來。」船長按呢交代。「彼時陣，相信輪機長嘛共船修理好矣。」伊講。

阮上救生艇的時，有幾位遊客嘛出聲講欲綴路，毋過隨就予船長拒絕。因為船長講，伊對這隻船佮所有的人員攏有責任。而且，救生艇頂懸的人有危險的任務，伊袂使予其他任何一个人冒無必要的風險。

「假使我家己會使去，我是願意家己去冒這个險的，因為坐上這隻小船，恁毋知影會搪著啥物代誌。毋過，我家己嘛袂使離開這隻相對較安全、閣有充足水佮食物的大船。抑是，恁願意簽落一份切結，予我免除對恁的性命安全的責任？」

船長按呢講，您就隨恬去矣。

8

救生艇頂懸，有手工具、醫療用品、救生衣、潛水裝備、露營設備、無線電、幾落捆船索，幾落大桶的柴油、閣有夠用一禮拜的水佮食物，等等。小船一落海面，引起一陣搖顯，連鞭伊就回復穩定。

阮攏對船頂的人擛手，然後，水手就共馬達發動。

船沓沓接近烏美加環礁。

大副佮文野辰雄討論，決定對環礁的內海駛入去。佇面前，烏美加環礁佮其他的珊瑚礁小島，散布佇曠闊無邊的海面。日頭下，予海水所箍圍的環礁四圍，親像白新娘紗仔的長長美麗沙埔嘛慢慢仔靠近。海岸後壁，幾十米懸的礁石所構成的小崙仔，有青色的椰子、海棗、欖仁佮其他海岸灌木佮牽藤植物。海鳥歇佇頂懸，鳥聲一陣一陣傳來佇小船。

「這片淺海的陸架區域，水底的珊瑚定著婧甲無塊比啊。」麗雲向[5]佇船舷，親像刁故意毋願想起這逝的任務佮拄

5　向〔ànn〕：俯身。

才的赤流。伊用充滿期待的氣口按呢講：「你看，對遮就看會著矣！予人真想欲隨鑽入去海裡呢。」

果然，日光照落來，水底珊瑚的暗影，浮現佇藍綠色敢若薁蕘（愛玉）、軟獃獃的海水裡，有七彩的熱帶魚佇其中咧泅。透淨敢若玉仔的海水，袂輸予日光照出一个光耀的殿院。

「根據過去的經驗，這款太平洋環礁的內海，時常有鯊魚出入咧！」大副嘛刁故意激一个嚇人的口氣按呢講。毋過伊看麗雲無應伊，隨就改喙，講較停仔伊一定欲悉麗雲潛入去彼片上婧上靜的海底。

本底阮想欲先踅環礁一輦，毋過，考慮對附近海象無熟，閣拄才的赤流佮捲漩更加予逐家警戒，逐家最後決定對環礁內底面上近的沙埔上岸。小船駛來到淺灘的時，您關引擎，大副佮兩位水手跳落海水，共船 sak 上沙埔。對遮，看會著幻影號停佇無偌遠的海面。眾人討論了後，決定行踏環礁一輦，先觀察四圍敢有啥物可疑的所在，尤其先觀察敢有人活動的影跡，然後才決定後一步的行動。

9

阮共小船頂懸的物件搬上岸，园佇海角山壁邊的一欉欖仁樹跤。

「這个行踏調查的任務無需要遐濟人，閣遮物件嘛愛顧。

所以吳先生，你、麗雲閣有川崎（水手之一）請先佇遮留守！」大副按呢講。伊表示這个島真細，估計兩點鐘內一定會使轉來。「橫直，出發的人佮留守的人攏有無線電，隨時會使連絡。嘛會使佮母船頂的人連絡。」伊按呢講。

其實伊的話意內面有不安，這是合理的。佇無人島，啥物人會使知影路裡會搪著啥？

閣再講，拄才的海面異象出現佇每一个人面前，這嘛是眾人會來到這个無人環礁的理由。

可能因為阮的出現，阮附近的海鳥飛走矣，攏徙去歇佇另外彼頭的礁石頂。

佇遠遠的海面，有一片白雲愈來愈厚，成做敢若一堵白牆仝款。雲牆的底部貼近海面的所在，有漏仔形的霧氣。

「希望彼片雲袂遐爾緊就倚來。」文野辰雄按呢講：「我看，咱愛緊出發咯！」

最後，您一行人就行入日頭下的彼塊長長的白沙埔。

佇我的眼前，美麗的白沙埔伸入內海，透藍的海水嘛予水底的白沙映出清氣、純淨的畫面，親像沙頂的白湧嘛佮純潔的海沙做伙咧跳舞。佇烏美加環礁的沙埔，麗雲坐佇樹跤的礁石，共跤伸入海水。伊穿一領短䘼的 T-shirt，鬆鬆闊闊，衫頂懸有反核的標語，頭毛披佇麥仔色的胸掛骨。

昨暗到今，我一直咧想，愛按怎才會使理解阮佮阮彼个『基地』所做的齷代誌……阮佇囡仔時代做的代誌是傷過邪惡矣？我甚至嘛一直咧想，是按怎看起來古意的庄腳所在，會使藏遐爾濟反背的故事？」

我的頭殼內，出現「總書記」楊鳴風彼粒大大粒的頭、長長的頷頸佮細細蕊的目睭。囡仔時的伊，頭殼內底是咧想啥咧？

我身軀所揹的調查案件，嘛按呢對我質問。

案件筆記 7

猴忠仔的病情佮紅蛇的出現

病院放送，叫郭武忠的家屬去手術室頭前。

秀眉佮花雀姊仔到位的時，伊的大家官嘛到位矣。攏憂頭結面。伊的大家春柳姨仔平時就是貴夫人的打扮，便若出門，規身軀的家私攏無落勾過，懸踏鞋啦、耳鉤啦、袚鍊啦、手指啦，一定攏愛配甲好勢好勢。毋過彼暝伊啥物家私配件攏無，干焦穿一軀運動衫，連粉嘛無拍，皺痕深深印佇傷過闊的兩蕊目睭之間，敢若欲共頭殼額擘做幾落爿，一看隨老欲幾落十歲。

「恁愛有心理準備。」徛佇門口的主治醫生講：「遮有幾項愛予恁了解。阮已經用弓仔共病人心臟的大條血筋弓開，暫時無性命危險矣。毋過伊猶袂精神。當然希望病人會使緊醒過來。這幾工真重要。伊來的時間已經有淡薄仔慢矣，阮嘛無把握伊敢會精神。阮小等會共伊揀過加護病房，紲落……」

春柳姨仔聽到遮就哮出來矣。

秀眉的大官郭金福喙脣咬咧，啥物話都無講，雄雄敢若柴頭尪仔。

有一寡地方的人士早前就陸續到位矣，攏來佇遮關心。

包括秀眉您教會的老傳道張學勤嘛到位矣，是聖歌隊的人共伊講的。張學勤老傳道的頭毛齊白矣，伊的頭殼額仔闊闊闊金生，兩蕊目睭有一種威嚴，毋過伊看人的目神閣是溫柔的。

「袂有問題啦！郭少爺吉人天相！」另外一頭，眾人嘛共郭金福安慰。

手術室的門拍開，兩个護士一前一後共手術了後的猴忠仔揀出來。伊的面色反白，昏迷佇病床，鼻仔頂懸罩 sàng 素，看袂出一點鐘進前閣是佇台頂活跳跳的鵁雞一隻。

眾人對病床圍倚去。先是秀眉，閣來是猴忠仔的爸母，攏開喙喝伊的名。怹愛共挾去加護病房，護士敢若咧趕時間，袂輸咧趕車幫，跤步攏無放慢，予眾人佇邊仔強欲綴咧走起來。

病床挾入去電梯的時，空間有限，除了護士佮秀眉，干焦學勤老傳道佮我做伙行入電梯（我是有代誌去揣老傳道，聽著消息，才駛車載老傳道趕過病院的）。秀眉的面佇電梯 nih 看著花貓貓，可能因為伊哭過，面的妝攏糊去矣。神奇的是，雖然只是短短幾十秒，老傳道猶是爭取時間，一手貼佇秀眉的肩胛頭，一手貼佇猴忠仔的頭殼額仔，向頭開喙祈禱，講：「主啊！懇求你親身來共伊醫治，予伊恢復你當初賞賜伊的活命，請憐憫伊，共伊的罪擦消，悉伊悔改，閣親像你對世間人應允的，佇伊的身軀顯出你奇妙的大作為。」

怪奇的是，當猴忠仔挾入加護病房了後，王爺廟彼頭，彼遍為著刈香所起的醮壇竟然予一大群野狗拚甲崩一角去。

彼群野狗的其中一隻毋知對佗位咬一爿豬肉來，引起地方的狗群攏箍倚來。煞落，狗群為著搶食，就相咬，咬甲血淋淋，袂輸我細漢的時佇內圍所看著彼款觸[1]狗的場面。因為野

1　觸〔tak〕：爭鬥。

狗一大群，相咬的過程去挵著祭壇下跤的鐵架，煞共壇挵甲崩崩去。「轟！」一聲。地方的人驚甲破膽，攏喝講歹吉兆、歹吉兆。

仝一个時間，有人講，對皇武宮趖出一尾紅蛇，毋知是按怎會對遐趖出來。有人講，彼尾蛇有跤骨遐粗，嘛有人講，伊紅色的蛇鱗頂懸有金色的花草，毋捌看過世間竟然會有這呢婧閣這呢驚人的一款蛇。

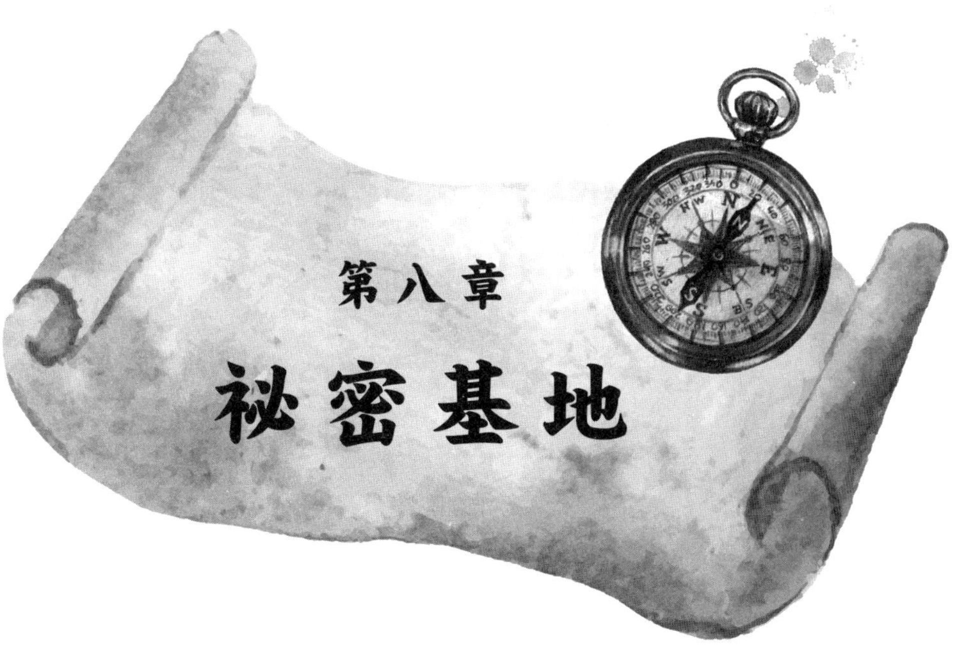

第八章

祕密基地

1

佇環礁，我佮麗雲留守佇沙埔。

佮阮做伙留守佇海埔的水手川崎感覺無聊，家己一个人跳入海水游泳。白沙的海岸佮透清的藍色水湧相接。環礁湖的水面平靜甲敢若是一面鏡，環礁湖的外圍較有湧，毋過湧嘛無大。幻影號停佇 2 浬外。閣較過去，遠遠的海面，彼堵白色雲牆敢若佇海平線展開，並無進一步的變化。無較接近，嘛無較退後。

「我所調查的紅蛇的代誌，是去王爺廟探聽，內面的人親身共我講的。紲落，阮有繼續追蹤，才知影猴忠仔怹船公司捌牽涉著走水路的小生理，予我細漢時陣的彼个同窗楊鳴風，也就是『總書記』敧著伊生理的孔縫，想欲威脅猴忠仔的船公司替怹皇武宮走私物件，煞連猴忠仔怹某秀眉的性命嘛受著威脅。我上蓋煩惱的是彼个惡勢力對地方的敗害，所以阮才會一直無欲放棄追蹤紅蛇的下落，我相信，這紅劍佮楊鳴風這 2 條線是有關係的。佇船頂的筊場，我懷疑有怹的人嘛有坐這隻船。」

「根據你的調查，你的小學同窗楊鳴風，怹到底想欲走啥物水路？」麗雲問我。

「有一寡中國來的藝術品，該當閣有毒品！」我講：「伊想欲用錢、毒品佮暴力佇地方建立另外一種人脈，我早應該知影，因為伊自細漢就對古早東方的權力運作體系有一種痴迷……」

「你是講紅色的人脈？」

「是，就是紅色的人脈。我相信，『紅劍』佮您確實是一體的………

2

佇研究員文野辰雄佮大副所悉隊的彼行人離開了後的半點鐘久，我佮麗雲頭一遍聽著您佇無線電內面的回報。無線電內面佮平時佇船頂的工作通聯全款，是以日語為主。

「鵰鴞[1]呼叫鴨角佮雞母。請回答。」

「鴨角收著。請講。」我回答。

「雞母收著。請講。」幻影號的母船嘛按呢回應。

「阮來到佇環礁西北方的礁石佮雜樹林遮，發現有紅毛塗建築物藏佇樹林 nih，可能是某一項軍事工程。這證明咱進前的推測無毋著，遮可能有啥物計劃當咧進行。」

「請繼續講。」

「有重大的發現。佇礁石的內底面，樹林的蔭 nih，有一座罕具理的磅空，敢若趨趨伸對礁石的下底面落去。」

1　鵰鴞〔lāi-hio̍h〕：老鷹。

「附近敢有啥物文字記號？你敢會使判斷彼是佗一國的建設？」

「無。無任何的文字。毋過，對鞏具理的密度來看，應該是歐美國家的工程技術。我想欲請示雞母，敢有需要主動佮對方連繫？假使有人，咱真有機會揣著怹討救兵。」

「了解。毋過，假使對方是善意，一定早就發現咱的船，是按怎到今攏無動靜？」佇無線電的另外彼頭，船長按呢回答。「閣再講，拄才輪機長已經有回報，伊的維修進度順利，我建議你先保持警覺，莫採取任何主動。恁敢已經予怹發現？」

「可能猶未。阮無發現對方有任何動靜。阮的行動一直保持真細膩。而且，根據我的理解，咱並毋是軍事組織，佇公海受國際海洋公約的保護。」鵜鶘佇無線電 nih 按呢講。

「哈哈！鵜鶘！我知影海洋公約啊，毋過佇遮，請你暫時共伊放袂記。我共你提醒，根據我佇海面的經驗，這馬我閣會當活跳跳佮你開講，完全佮公約無關係，完全是因為我對這片海有一个基本的熟似佮尊重哩。所以，請閣下保持警覺。」

「是！雞母。我完全了解。我會保持警覺。紲落的處境可能會較複雜，除非緊急，無線電的連絡請由阮主動。阮預定每半點鐘連絡一遍。咱的通話先到遮。我會閣回報。」

「同意。請保持連絡。」

「閣有，鴨角，請繼續留守，阮會量早越轉去，咱才做伙過來。」

「收著。請細膩。」我按呢講。

「結果，來到佇遮，伊佮大副干焦叫咱留守？」麗雲吐一个大氣，按呢講：「哈，自信的查埔人。」

我越頭看麗雲。我咧想，麗雲確實是一个有查某人味的查某人。我發現伊的喙頼骨較懸，目窩深，予伊有一款野性的媠。雖然按呢，伊烏仁大大的兩蕊目睭咧看人的時，閣有特殊的溫情。我回想，彼款溫情就親像細漢佇鐵枝路邊的彼暝我初初對伊的印象。

「妳的面有一款野性。」

「哈哈，啥物野性？」這回伊笑出來，本底圓滾滾的目睭瞇做一條線。伊笑的時，共伊的面佮胸坎向[2]佇伊曲起來的跤頭趺頂懸。

我共手伸過，輕輕仔貼佇伊的肩胛頭。

麗雲越頭看我，雖然無閣笑，毋過伊的笑意嘛並無因為我的舉動停止。伊圓滾滾、親像貓母的目睭直直看對我的目睭，親像欲問我啥物話。毋過雄雄，我閣看見伊親像海湧遐呢豐沛的眼神內面，有七彩的魚群敢若箭仝款，泅入來我心內的大海洋。

我開喙招伊做伙去踏海水，伊搖頭。毋過伊猶是用笑意對

2　向〔ànn〕：俯。

我。「我毋驚你。」伊按呢講，「毋過，彼通無線電予我開始感覺不安。咱敢是應該共海邊仔彼个幸福的川崎叫轉來？」麗雲共下頦暬對海墘的角落。

「確實。應該叫伊轉來待命。」

就佇川崎水手對海水 peh 起來了後無偌久，阮面前的無線電閣傳來文野辰雄的聲。

「鵜鶘呼叫鴨角。請回答。」

「鴨角收著。請講。」我回答。

「阮拄才發現的磅空，可能是一座大型的海底建築入口，敢若迷宮仝款。我佮大副討論的結果，請恁三位即時過來佮阮會合。阮先退轉去樹林外口的彼塊海埔，會佇椰子樹跤等恁。大部份的裝備恁先留佇遐就好，毋過請先收好勢，若會當就用物件掩咧。只要提手電、電池閣有船索過來。」

「頭前敢干焦一條路？」

「恁對沙埔北爿行，到盡磅會摃著山壁佮礁石，行袂過，愛向倒手爿，踅對彼个予林投崁咧的小崙仔過來。阮已經佇林投跤開路矣，恁一看就知，彼片林投林大約 100 米闊，行過林投，就是我拄才講的彼塊海埔。阮佇椰子樹跤等恁。咱的無線電保持通聯。」

「好。知影。」

3

出發晉前，阮共對救生艇頂懸搬落來的裝備，包括水佮食物、手工具、救生衣、潛水裝備、露營設備、柴油等等欲留落來的物件，拖入欖仁樹跤較深的蔭 nih，閣用椰子樹葉共伊遮咧，了後就照文野辰雄的指示過去佮伊會合。

20 分鐘了後，阮對初初上岸的沙埔，順環礁湖的岸邊向北爿行。

文野辰雄佇無線電回報，講伊已經退轉去佇海埔椰子樹跤等阮。

「恁的跤步可能愛較緊咧，因為彼片雲已經倚來矣，閣無偌久就會落雨。」伊佇無線電內面講。

有影，親像白牆的彼片雲毋知對當時已經開始接近矣。空氣內面已經有淡薄水氣。日頭下，海風對海的方向吹來，有幾隻白色的海鳥對礁石的另外彼面飛懸，佇空中踅。

紲落伊講：「這馬佇遮較好講話矣，所以先簡單回報。拄才阮發現的工事已經超過我本底的想像真濟。我想，進前幻影號的電路故障一定佮這个工事有關係，就是海底建築內面有非常大規模的電能咧運作，才造成船頂的電機佮儀器攏總失效。另外，我昨昏佇幻影號的甲板發現有一寡鐵幼仔予船舷吸咧，可能嘛是受這影響的磁化現象。尤其是咱晉前看著彼个敢若大捲漩的海流，嘛絕對佮伊有關係……」

「您敢會是用海水來做冷卻系統？」船長佇無線的彼頭按呢問。

「無確定。我嘛有想過，敢是親像核電廠彼種冷卻系統？毋過，假使有遐爾大規模的冷卻循環，表示下底的機器誠大，運轉起來一定誠大聲，上無會有大規模的振動。毋過昨昏大海流發生的時，並無類似的現象。以電機的原理來講，彼款恬靜是無法度理解的。」文野辰雄佇無線電彼頭按呢討論起來。伊講：「伊就假哪是一个大型的漏仔，予海水流對某一个所在，然後……」

「然後按怎？」

「我閣需要一寡證據，才有法度進一步推論。」

白色的海沙佇日頭下有驚人的燒氣。彼个燒氣閣加上欲落雨晉前的濕氣，予我的胸坎鬱鬱，感覺強欲袂喘氣。

我共麗雲講：「我嘛聽過一首太平洋的船歌，妳敢欲聽看覓？」

「好啊。你唱來聽。」

威嚴的希娜，
烏暗的神，海洋的神啊，妳對海湧裡共島嶼捏出來
威嚴的希娜，
日月的神啊，妳的靈力曠闊無比，火山嘛聽妳的話語
威嚴的希娜，

妳共風佮種子吹向椰子、弓蕉、佮所有的花蕊
威嚴的希娜，妳是人類佮天地的母親
威嚴的希娜，請共我的小船攬佇妳溫暖的胸仔
領我去到瓦努亞、麗伊島、閣有美麗的莫丘瑪那瑪那
領我去到美麗的莫丘瑪那瑪那喔，我的牽手蹛佇遐
伊的頷頸掛一條珊瑚的珠鍊
伊佇美麗的莫丘瑪那瑪那咧等我……

4

阮跤所踏的砂是白色的螺仔沙，佇較倚岸的礁石，有青色的馬蹄藤旋對沙埔來。遐交織做網仔形的馬蹄藤有小小的紫色花蕊。日光嘛照佇海邊幾欉欖仁樹的厚葉佮您有淡薄反金的樹箍，親像佮透清的海水佮白雲咧呼應，予規个沙埔一種明朗、清氣的精神。

「假使若毋是咱的船閣牢佇遐，我早就已經佇遐沉水沫矣。」麗雲講：「我會使對環礁湖的海水色緻，估計彼下底是規大片的珊瑚佮熱帶魚，佇這款日頭下底是上媠的時刻。」

「假使若毋是咱的船閣牢佇遐，咱已經欲到長崎矣。毋過，妳嘛是應該講看覓，日頭下的海底生做啥款？」

「彼是你想袂到的。對海底看頂面的海湧就親像一面彩色的鏡，光線會親像一捆銀針對海湧的表面鑽入水底，就親像

遐的銀針掛佇鏡的下底，風吹過的時閣袂輸會發出噹噹噹的聲音。紲落你會先看著一群小魚鑽入遐日光的銀針，遮小魚佇透清的海水 nih 親像金鑠鑠的銀角仔，規把規把掖佇海 nih，您集體行動，猛掠、整齊，嘛敢若綴日光的變換咧跳一款特殊的舞步，一下仔進前，一下仔退後，綴海面的湧搖來搖去。」麗雲講：「我上佮意的是海的安靜佮自由，閣有淺海珊瑚礁的七彩色緻。若佇海 nih，我就感覺人親像是加出來的物件，人佮人的關係嘛是抽象的，只有海底的世界才是真實的實體。我有一个時常去『自由潛水』的朋友，捌佇海nih看著『粉紅幻境』，伊講世間無一个所在並彼个『粉紅幻境』較媠，毋過伊對水底浮起來的時喙 nih 吐血，險險就無命。有時佇海 nih，我對世俗的一寡概念會產生懷疑。」

伊的話聽起來是一種避世的態度，毋過我無講出喙。尤其我會使聽出伊的話語內面有過去的陰影，毋過我仝款無講出喙。

「我相信你無法度認同我對海的講法。」伊按呢講：「因為無經歷過的人是無法度了解的。我拄才講，人佮人的關係是抽象的，你敢捌想過，就親像恁細漢的時對彼个『總書記』的話是按怎攏無法度反抗？是按怎伊講啥物恁就做啥物？阿伊只不過是共伊家己封做恁之間的獨裁者。伊唯一做的代誌，就是佇恁面前頒佈統治的法令。然後恁就袂輸奴隸仝款，接受伊喝起喝落，是按怎？」

「想我是捌想過，毋過，我猶是無法度理解是按怎。」我雄雄感覺見笑。

「彼就是一款信仰啦！」伊講：「彼就是恁對權力的信仰爾爾。」

「彼時阮猶閣誠細漢。」我講。

「毋過我共你講，我自細漢就無予人的權力騙去。我一直認為彼只是假鬼假怪咧嚇你的爾爾。我無欲接受。」我想起伊所講過的伊的身世，伊的老爸就是受人的權力迫害才會炁您離開內圍。我毋知影按怎才會當培養出這種面對世間邪惡的勇氣。

我感覺無話通應伊。

阮行入文野辰雄講的彼片林投林，雄雄就聽見無線電咧呼叫，是對「幻影號」發來的消息。

「船機的系統已經沓沓仔恢復矣，閣無偌久就會完全恢復！毋過……」無線電內面按呢喝。只是後壁的聲音真無清楚，親像受著干擾。

「毋過按怎？」文野辰雄佇另外彼頭按呢問。

「發生其他狀況……恁先繼續，咱等一下才講！」船長佇幻影號按呢講，聲嗽透露不安。

「是啥物狀況？」文野辰雄按呢問。

毋過無得著回答。

閣紲落，幻影號就雄雄佇無線電內面失聯矣。

5

行過彼片林投佮礁石，阮佮文野辰雄他會合。

佇這角，幻影號予彼片礁石閘咧看袂著。

無偌遠的海面已經開始咧落雨矣，天幕親像有一塊烏布予人擢[3]過來。

「假使幻影號已經欲修理好矣，面前的類似軍事設施閣非常可疑，咱該當先翻頭轉去船頂才著。閣再講，雨已經咧落矣。根據我的經驗，這款所在的海雨有時誠歹按算，若演變做暴風雨就麻煩矣。」大副按呢對文野辰雄講。

「咱的船是欲修理好矣無毋著，只是，伊嘛佇無線電失聯矣。我想，船頂發生的新狀況，船長可能無方便佇無線電詳細講。」文野辰雄按呢講。「閣再講，船長伊嘛特別交代咱愛繼續。我知影這是兩難的局面，毋過，咱干焦會當暫時相信船長的判斷。」

看起來，大副佮研究員文野辰雄的爭論已經有一段時間矣。

「你愛了解，佇遮，我就是恁的領導者。我嘛有我的判斷。」大副無欲簡單同意文野辰雄。我相信，麗雲的存在予伊更加願意展現伊的氣魄。

3　擢〔tioh〕：扯。

「是！你當然是領導者。假使你堅持欲翻頭轉去，咱就接受你的命令轉去無問題。」文野辰雄小可落軟講：「毋過，我提醒你，大副先生，雖然咱佇遮，幻影號佇遐，毋過，咱猶是一體的。咱的安危是共同的安危。」伊越頭看麗雲，閣越轉來講：「我知影你可能因為啥物原因無佮意我，毋過，咱兩人對幻影號船頂的逐个人的關心是仝款的。」

「當然是按呢。」大副按呢講。伊嘛小可落軟落來。

「我所想著的是整體的狀況。假使拄才船長只有講幻影號修理好矣，按呢，我一定會完全認同你的顧慮，停止咱紲落來的一切冒險——毋過，船長伊最後一通的通聯，親像另外傳達出特別的訊息……大副先生，你敢無感覺彼是特別的命令？」

「啥物命令？」

「這干涉著彼座軍事設施可能是啥物的問題。」

「按怎講？」

「我拄才就一直咧想，假使彼只是空的設施，無人佇內底，按呢咱的行為並無啥物需要煩惱。毋過，假使設施內底有人咧監視，按呢，咱拄才的行動遐大，您一定是發現矣。您到今無對咱採取行動，可見對方是相對友善的。我想，船長一定嘛是佮我有接近的想法，所以才會特別叫咱先繼續。我咧想，伊敢是希望咱共彼个相對友善的單位請求援助？」

「這……」大副敢若開始考慮矣。

「大副先生，我嘛欲請教你，你感覺目前幻影號無線電的失聯，敢會是設備故障？」

「對拄才的現象推測，該當毋是設備故障。」大副講。

「所以，無線電敢有可能是因為啥物原因雄雄關起來的？」

「毋是無可能。」大副回答。

「你行船的經驗一定真豐富。我閣請教你，根據你的經驗，一隻船仔頂的無線電雄雄予人主動抑是被動關掉，上有可能是啥物原因？」

「我想……上有可能……」大副目頭結起來，考慮一時仔了後，按呢講：「上有可能，是搪著類似海盜的外來入侵事件。」

6

阮一行人做伙達成共識，對熱帶樹林行入去。無偌久，就來到彼座磅空的入口。眾人當然想欲行入磅空看覓。只是，才入去無偌久，阮隨就發現彼毋是普通的磅空。磅空內的叉路非常濟閣密——顯然，彼是一座伸對海底入去的迷宮！眾人只好先退出磅空口。

參詳了後，阮決定用牽索進前的方式，看敢有機會行出迷宮——這嘛是文野辰雄愛阮提船索過來的用意。

當然船索可能無夠長，所以阮先開一寡時間共原底較粗的船索拆做真濟股，逐股幼索相接，成做長索。最後，阮共索仔的一頭縛佇磅空口的樹頭，紲落，就一手夯手電，一手牽索，做伙行入彼座海底迷宮。

行入迷宮了後的路程，我無法度詳細報告，干焦會當講，彼完全是為著欲阻擋外來者特別設計的機關。磅空內的路愈分叉愈細條，本底閣有三、四人的闊，開始分叉了後，賰一个人的肩胛頭遐闊，尤其紅毛塗的建設只有佇頭到的部分，到後壁，就是順海底礁石的地形所挖的迷宮。

我的頭不時硞著頭頂的礁石。烏暗、漚漉、濸濎 (siûnn) 的空氣內底，攏是動物的屎尿味佮屍體漚爛的臭味，不時閣有海湧損佇礁石的回聲。分叉實在真濟，有幾落遍阮行甲無路，只好閣順索仔翻頭行入另外一叉，並且佇行過的入口做記號。

「莫怪連無細膩從入來的小動物嘛走袂出去。這个迷宮敢會只是您刁工共入侵者滾笑的機關爾爾，其實根本就袂有出路？」我按呢講。

「無必要有你講的彼款無路用的機關。」文野辰雄佇烏暗中按呢講：「所有的迷宮一定愛通對一个所在。假使毋是按呢，您無必要用遐大的工事引起外人注意，只要暗中藏咧就好。迷宮一向是保護無法度閃避的關鍵入口的最後的手段。這个海底迷宮嘛仝款。我相信伊會通對重要的所在。」

「上好是按呢。」麗雲行佇我的後壁按呢細聲講：「這馬我感覺，專家講的話本身就是一座迷宮！」

我聽甲感覺好笑，就笑出來。想袂到，毋是干焦我笑，行上尾後的大副嘛聽著麗雲的話笑出來。原來，細聲的話語佇石壁會傳甲足遠。

現此時，佇茫茫的烏暗nih，阮只有注目佇眼前的出路，嘛無法度閣分心去想幻影號的處境閣有阮紲落的危機等等複雜的問題。逐家的話愈來愈少，最後，互相之間干焦聽著對方喘氣的聲。迷宮的路愈探愈深。空氣內面有誠溼閣誠重的海水鹹味。經過一段時間的適應了後，我發現除了阮家己手電的光線，磅空內底有時會有對頂頭的石縫洩入來的光線，佇澹溼的石壁之間反射。紲落，我閣發現開始有海水洩入來，佇地面形成小小的烏色水流，踏著真滑。遮的石壁有誠懸的石灰質，沿路我發現袂少石鐘奶佇微微的光線之中閃爍。有白的，嘛有一寡是黃黃紅紅、小可柑仔色的反光。佇幾落个較闊的通道，這種反光照佇頭前地面的水流佮暗道，成做神祕的圖畫。

我頭一回有彼款遠遠離開這个世間的疏離感受，敢若心肝頭予一塊大石硩（teh）咧。有幾落分鐘，我敢若失去理智，感覺阮當是行佇通對「地獄」的路——雄雄，這个想法親像爍爁，共我的記持拖轉去佇故鄉看過的一幅異象頂懸……

「無索仔矣！」這時，行佇上頭前悉隊的文野辰雄按呢喝。

「按呢欲按怎？」

「無要緊。我已經看出路線的原則矣。應該只要順這水流上大的一叉一直行落去就會當。」

「我嘛是按呢想。」大副佇我的後壁按呢講：「恁嘛會使共恁的耳仔貼佇石壁聽，海湧的聲上明的彼叉路就是矣。」

事實上，其他的人嘛無閣較好的辦法。最後，阮只好共彼條拄才焉阮進前的救命長索的索仔尾掙 (tsinn) 入石縫，繼續行入去迷宮上深的所在。

7

算算咧，阮已經佇海底迷宮內面 thuh 一點偌鐘久矣，頭前敢誠實有路？閣有，幻影號現此時是啥物狀況？就算會使行出迷宮，阮敢閣有機會轉去船頂？想著遮，我心內的不安愈來愈深。

我只好閣開喙對行佇我頭前的麗雲講話。

「記號閣出現矣。」我共伊講：「佇拄才彼个柑仔色光線的通道，我想起佇故鄉的一件代誌……」

「啥物代誌？」

「彼是出現佇老傳道主持的一个培靈祈禱會的異象，是為著幾个受鬼附的教會會友所設的祈禱會，目的是欲共您身軀內面的鬼趕走。」

「身軀內面有鬼？」

「確實。」

「恁哪會知？」

「聽講受鬼附的人家己就會知。因為有鬼的靈佇內底講話。尤其當阮開始祈禱的時，您就會一直吐。」

「哦？」

「彼工，猴忠仔您某劉秀眉嘛來矣。當老傳道悉領祈禱的時，伊就雄雄大吐起來。」

「嘛是予鬼附身？」

「我想嘛是。秀眉開始吐了後，有幾个姊妹去佇伊的身邊服侍伊，予伊先坐咧歇睏。伊講會寒，所以您就 hiannh 薄毯仔予蓋 (kah)，閣斟燒茶予啉。伊的面色青恂恂，所以老傳道就決定趕鬼。老傳道交代我，叫我徛佇伊身邊協助伊。紲落，老傳道就請幾个姊妹共秀眉姊妹扶起來，伊家己徛佇秀眉面前，叫秀眉共目睭 thih 開看伊。想袂到，當秀眉姊妹閣共目睭 thih 開的時，掛佇伊面容的，煞是兩蕊生份閣兇惡的目睭。彼無可能是秀眉家己的眼神。彼个眼神敢若是講：『恁試看覓，我無欲讓步！』教會內底的兄弟姊妹看著這个情形，就大粒汗細粒汗，做伙出聲開始祈禱。阮毋是無看過這个情形。佇祈禱會，這種代誌是時常會搪著的。毋過，遐呢歹的眼神，我閣是頭一回看著。老傳道嘛用利劍劍的眼神佮伊相對看，伊開喙大聲講：『我奉主耶穌的名問你，佇內底的靈，你是啥物？』彼个靈就透過秀眉姊妹的喙，用敢若查埔人的聲嗽講：『我是『武皇元帥』！』老傳道繼續問：『你對佗位來？』對方就講：『我是中原第一武將，來自黃河北岸，我手頭有百萬兵將，戰無不克，曾經殺人如麻。』老傳道閣問:『你為何佇遮？』對方回答:『我來統治遮的靈界。』老傳道就講：『煞矣！我這馬奉我的主、萬軍的元帥耶穌基督的名，命令你『武皇元帥』對這个查某人的身軀離開。出去！』講煞，伊就擛手對秀眉姊妹面前大力搧一下，閣對伊的面歕一口氣，秀眉姊妹隨就倒退蹁 (phiân) 兩步，嗽一聲，嘩啦嘩啦大吐起來——」

閣經過十幾分鐘，本底我開始絕望矣。我開始感覺阮永遠攏行袂過去矣，尤其電池的電嘛欲無夠矣，所以想欲建議逐家翻頭轉去——毋過，就佇這款絕望的時陣，頭前的通道煞愈來愈光起來！

想袂到，阮最後行出來的所在，是親像倒 khap 的漏仔的地下空間，嘛會使講是圓錐形的。

阮行來到一个祕密基地！

8

這个圓錐形的空間，底部是圓的，誠闊，直徑大約有成百米，圓的一半是海水池，另外一个半圓是鞏甲誠好的平台。圓錐頂頭漸漸收束，大約嘛有 60 米懸，上頂懸是一个親像漏仔喙的圓空，敢若是一个火山口。

遮顯然是一个海事的基地。通道出口的對面，有一座誠厚的鐵門，四周圍攏是監視的攝影機。

「咱佇環礁並無看著遮懸的山崙，這个平台顯然是佇海水的水平下底。可能是佇環礁的下面。」文野辰雄按呢講。

「毋過這个大池仔的海水並無溢懸起來，顯然有經過特殊的水壓調節機關。」大副按呢講：「無毋著。這个所在就親像是一隻大型的潛水艦的內部。也大水池邊的彼个平台，本身可能就是真正的潛水艦的碼頭。」

阮行過彼个平台，去到大鐵門的頭前。

「也紲落來咧，咱欲按怎？咱是毋是愛對遐攝影機擛手？」大副按呢講。若講，伊就共雙手夯懸，若對吊佇壁的彼台攝影機擛兩下。

「喂！你是咧創啥啦？」麗雲講。

想袂到，就佇這陣，鐵門誠實拍開矣。

對門的後面，一个金頭毛、體格瘦抽的查某軍官行出來。伊的身邊綴兩排夯機關銃的武裝士兵。阮攏隨共雙手夯懸，表示和平。女軍官用威嚴毋過猶算友善的英語，對阮彼个武裝保全講：恁已經進入美國海軍的基地，請共你的銃輕輕仔囥落來。

——是，長官！彼个武裝保全照伊講的做。

——喔，長官，阮並無惡意，只是，阮的船——大副開喙講。

——我知影恁的船按怎。女軍官搖頭，並無予大副共話講煞的機會。伊直接下命令：恁只要恬恬，綴我行！

案件筆記 *8*

彼尾大紅蛇的作為

王爺廟割香彼工的大紅蛇，毋是干焦幾个人看著的小事，彼是有真濟人佇無仝所在看著的大代誌。王爺廟頭前就免講矣，佇遐拜拜的善男信女當為著拄才崩去的醮壇，大細聲咧咻喝，講愛總動員，愛共狗拵崩去的醮壇緊恢復。彼頭，跤骨遐粗的紅蛇金光閃閃，就對廟邊彼擔賣羊肉的店仔頭前的水溝仔蓋下底趖出來，共鉎仔蓋托開（彼塊鉎仔做的溝仔蓋上無嘛三十公斤重，這馬敢若大干轆佇路裡轉），紲落伊閣敢若紅色的火箭連鞭溜過路對面的廟埕，共幾落台經過的機車驚甲急擋、險險就「犁田」反倒。廟埕邊的金爐有幾落个查某人當佇遐摺金紙，紅蛇對您的跤邊趖過，您做伙喝：「雞母喂！」彼尾蛇大尾罔大尾，毋過速度緊甲予人看未斟酌有偌長，總是，十外仔外尺是一定有的。規个廟埕頂懸的眾人，這馬親像拄燃[1]滾的滾水，tshih-tshah 叫，傱過來傱過去，敢若彼鼎滾水裡當咧大茁[2]的水泡，越那驚閣越那好賢欲看彼尾大蛇溜去佗。連鞭，彼尾蛇就順龍柱盤吸起去，閣用伊的身軀共王爺廟彼塊「鎮南宮」的大匾仔纏咧，袂輸欲共匾仔剎落來，抑是欲共伊摧予破的範勢。有人想起彼日早起割香「請水」的時，猴忠仔搪著的怪事。您閣會記，猴忠仔喝講有看著一尾紅蛇，了後才雄雄跋倒，予轎跤浸入海水。彼工伊轉來了後，面色青恂恂，溫柔的秀眉閣用面膜為伊敷面，閣為伊掠龍。想袂到暗頭仔，猴忠仔煞佇鐵工場頭家李萬所搭的舞台頂雄雄昏去……閣較想袂到的是，今佇廟 nih 嘛出現一尾大蛇。眾人喝講害矣。您問主委曾進丁人佇佗位，嘛有人喝講，愛緊通知對面派出所的主管王阿喜，伊自然就會處理甲好勢好勢。毋過您 2 个人攏無佇

1 燃〔hiânn〕：焚燒。
2 茁〔puh〕：冒出。

咧，去佇社頭仔予鐵工場頭家李萬請矣。今，對廟的辦公室雄雄狂狂行出來是主任秘書謝必朝。這个主任秘書，雖然算是一號人物，毋過王爺廟的善男信女無佮意伊，攏叫伊「秘雕」。「秘雕」頂月日才共廟埕邊咧賣金紙的艱苦人攏總趕走，講您賣的金，品質穤，燒的味歹鼻，袂輸咧燒糞埽，影響王爺公的靈聖。紲落，伊閣共廟 nih 咧賣的基本金紙錢起價，對一把 100 起到一把 120。眾人哀哀叫，講廟 nih 家己賣的金嘛無較贏較早彼幾个阿婆咧賣的，平平金，燒起來毋是攏仝款彼个味？毋過您毋敢講。想講差 20 箍爾爾，家己佇口面買就好，莫佮伊計較。閣再講，這站，王爺公有一塊地當欲起販厝，聽講會予廟的信眾照抽鬮[3]佮佮仔買，所以，實際咧發落這項的主任秘書「秘雕」當然嘛袂當得失之。講罔講，猶是有人講「秘雕」佮皇武宮遐的少年仔行傷倚矣，皇武宮這站一直想欲介入廟的董事會的運作，有風聲講「秘雕」早慢會予您收買去。

無論按怎，主任秘書謝必朝今是雄雄狂狂出現佇眾人面前

3　鬮〔khau〕：籤。

矣。

伊的人瘦甲袂輸一塊肉排，四角四角的豆干面頂懸掛一副金框的目鏡。伊夯頭看彼塊「鎮南宮」的匾仔予大蛇箍咧，隨吩咐人去通報消防隊，煞落，伊就共下頦繃甲絚絚，憂頭結面無閣講話。按怎嘛想袂到閣較食力的佇後壁，消防隊都猶未趕到位，王爺廟的匾仔煞予彼尾蛇纊[4]甲 pit 去，連鞭就 phiak 一聲，規塊匾仔對懸懸的所在摔落佇天公爐邊仔，斷做二橛[5]。

「哇！哇！哇！」這聲眾人喝咻起來矣。

「歹吉兆喔！雞母喂！歹吉兆喔！」您按呢喝。

「哪會按呢？哪會按呢啦？」主任祕書的目睭睨[6]屌屌，伊豆干面的青筋浮現現，面紅發甲膨獅獅袂輸佇油鼎炸過。伊越那從過彼塊匾仔遐，越那夯頭看彼尾大蛇。一目矚，彼尾蛇就對門框鑽入大廟 nih。

這馬，查某人佮囡仔閣開始對廟 nih 吱吱叫從出來，眾人

4 纊〔sǹg〕：（繩索類）束緊。
5 橛〔kuėh〕：截。
6 睨〔gîn〕：瞪眼。

佇廟門爭甲跋跋倒，跤步 pìn-piáng 叫，嘛有囡仔咧哮，規間大廟袂輸欲予彼尾蛇抐[7]甲崩去仝款。

有人喝：「佇柱仔邊遐啦！」

有人喝：「趖過王爺公的金身頂哩！」

有人喝：「喔！閣趖落來啊啦！啊！佇神桌遐！」

有人喝：「趖去覕佇桌跤矣！予彼塊八仙彩的布遮咧，今看袂著矣啦！」

這馬，規間大廟恬 tsut-tsut，人旋了了，賰四五个漢草較好的查埔人敢留咧，其中有一个佮秘雕較熟的，倚佇伊的耳仔邊講，庄內的人咧風聲這尾「小龍」是對皇武宮遐趖過來的。閣講恁話甲有影有跡，話講這尾是皇武宮遐毋成囝刁故意放出來亂的；是恁皇武宮刁工飼的。

「彼哪有可能？」

秘雕大大搖頭，講：「彼哪有可能？遐大尾的蛇，啥人敢飼？恁莫烏白聽人講彼五四三的……」秘雕用手蹄仔挲伊家己

7　抐〔lā〕：攪動。

的喙顊，繼續講：「喂！你共看覓，桌腳遐是毋是有啥物動靜？今彼个物件敢是閣佇遐？」

「無看著哩，毋知敢有勼佇角仔遐，布闔咧，看無。」

「按呢你去共布掀開。」

「小等咧啦！祕書，蛇遐大尾，聽候消防隊的來才處理啦！」

「按呢嘛著。是講消防隊的人是到位矣袂咧？」

「應該是欲到矣啦！」

5分鐘了後，3个消防隊員專工提掠蛇的家私趕到位，毋過，怹共神桌彼塊布掀開的時，發現紅蛇早就已經無佇遐，毋知趖對佗位去矣。

「哪會無看伊？敢有趖出去矣？抑是閣佇廟內？」怹一行人互相按呢問，你看我，我看你，目睭褫甲袂輸牛目遐大。

「若蛇猶閣覕佇廟內，來拜拜的人雄雄看著，毋著活驚死？」拄才倚去秘雕耳空邊講話彼个按呢講。

「Khénn！Khénn！」秘雕嗽兩聲，按呢講：「彼號歹物袂佇廟內啦，王爺公有靈有聖，哪會允伊一尾臭蛇仔囥佇伊的地盤唱鵤？蛇旋走矣啦！」

「敢按呢？你敢有看伊趨出去？」消防隊員按呢問。

「我是無看著。毋過，嘛毋是逐項代誌攏著咱人看會盡的。」主任祕書用手共伊的金框目鏡托一下，共領仔頸伸長按呢講，敢若是咧共消防隊員教示啥物真理。伊按呢嚅[8]：「你講著無？」

8 嚅〔nauh〕：細語。

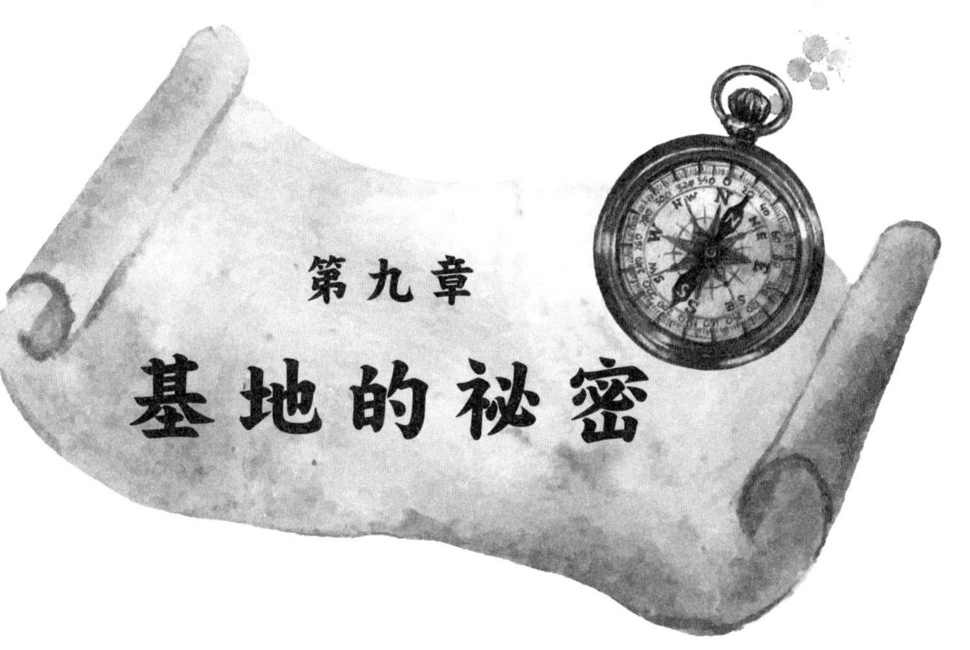

第九章

基地的祕密

1

金頭毛的女軍官雄雄出現。伊悉阮行過長長的通道，我一路所聽著的，是機械轟轟叫的低頻率震動。經過幾片門的時，嘛聽著門後答滴答滴親像病院急診部的儀器叫聲。

最後阮行來到一个親像客廳、該當是您的交誼廳彼款的所在，遐氣氛輕鬆，有椅桌、茶水佮飲料販賣機，嘛有一台大電視，當咧放美國的職業野球比賽。

「我是少校凱西。本底，咱是無需要見面的。」阮逐家攏揣椅仔坐好勢了後，彼个女軍官對阮按呢講。伊講英語，紲落的對話嘛攏是用英語講的。

「當然。」大副按呢應：「假使若毋是阮總算行過彼座迷宮。」

「哈哈！恐驚你並無了解我的意思。請問你是……？」女軍官凱西的目睭是藍色的，嚴肅之中有節制的親切。嘛會當講，伊的笑容較接近一種禮貌性的笑容。

「喔！我是幻影號的大副古柏。遮的人是我悉隊的，妳嘛會當講，佇遮，由我代表幻影號發言。」

「喔！失敬！大副先生！本底，咱是無需要見面的。我的意思是講，本底，無論如何，無論恁是有行出迷宮，抑是無行出迷宮，咱的見面攏是無需要的——畢竟，這是一个 no where，佇太平洋小小角落的環礁下底，有空闊海面的一个 no where 哩！閣再講，美國海軍的軍部，共遮定義做無需要予外人知影的所在——按呢……」伊那講那行過大副的身邊，向低腰，共伊藍色的目睭 tshînn 到大副的面前。「按呢，大副先生，你敢知影我這句話的意思矣？」

「喔！了解！我完全了解矣。」大副拚清汗，頷頭按呢講。「失禮，阮並無侵犯的意思，只是阮的船仔……唉！實在講，我嘛猶毋知阮的船是到底發生啥物事故。甚至連阮是按怎會雄雄駛來到遮嘛完全無法度理解……」

「喔，你當然無法度理解。」

「敢講妳知影發生啥物代誌？」

「我無必要、嘛無被授權對恁說明。」

「按呢表示妳就是知影矣！」文野辰雄這時插嘴。「凱西少校，容允我提醒妳，無論按怎，阮的船佮阮所有的人攏佇這片公海的區域活動。公海是自由的。佇妳現身晉前，阮嘛無侵入啥物設施。阮，純粹是因為阮的船幻影號遭遇阮無法度理解——毋過妳可能理解的——一段驚人的航程，所以只好來遮揣求救援。佇阮離船進前，船的機電佮推進系統攏猶未完全恢復，閣是故障的狀況，閣有，船頂懸是三百幾條人命。我願意提醒，阮的船是註冊佇日本的民間遊輪，船長嘛是日本人。閣我佇拄才經過的通道拄好有看著一寡日本字，我相信你真清楚知影，阮並毋是美國海軍佇外交佮軍事意義頂懸的歹人。」

「也你是——」凱西少校越過看文野辰雄。

「文野辰雄，幻影號隨船的研究員。」

「你嘛是日本人？」

「會使算是。」

「恁的遊輪嘛有做研究的工課？」

「研究算是附帶的用途。阮船頭家是收藏家，伊有一批佇亞洲各地買著的收藏品需要研究，拄好我會使鬥相共。妳干焦看彼隻船仿古的型式就會當理解，彼个船頭家是對古文物真誠痴迷的人。」

「嗯，若這點我是會當相信。」

「多謝。毋過，我是較好奇，既然妳拄才講咱是無需要見面的，是按怎今咱猶佇遮見面咧？敢是因為阮有特別的好運啊？」文野辰雄按呢講。

「哈哈！」凱西少校笑起來。「確實！確實！恁有特別的好運！」

「按怎講？」

「我問你，前幾日，敢是有一个亞洲人上恁的船？」

「是也，妳哪會知？」

「我哪會毋知？佇伊的身軀的某一个部位，有阮共伊注入皮下的微型發報器。伊的訊號對恁的船頂發出來！本底阮是想講伊該當是死矣，毋過，後來阮觀察著伊已經開始佇恁的船頂活動，所以阮就按算請恁——當然，阮本底就是無方便、嘛無必要出面佮恁的船接觸的——事實上，阮本底已經考慮共恁的行蹤通報予沖繩的基地，毋過，就因為這个亞洲人……」

「妳需要阮為恁做啥物？」

「恁啥物嘛免做，只要共伊交予阮就會使。橫直佇公海，恁的船本底就無義務收留伊。」

「這……」

「你毋免加想，阮軍部當然袂當允伊無命。只要恁答應，小等一下，恁佇保密條約頂頭簽名，我就隨放恁轉去。當然，佇遮看著的代誌，恁愛保証袂講出去。」

「阮會保証，毋過船頂的人遐濟，嘛無可能完全保密。總是，若恁有阮所無了解的彼款神祕的能力，該當會使佇阮的航程協助阮，上好是會使予阮完全揣袂著轉來的路。凱西少校，根據我的推測，恁美國海軍今已經有這款能力敢毋是？我的提議妳感覺按怎？」文野辰雄按呢講。

「哈哈！研究員先生，你無佇貴國的情報單位服務實在傷拍損！若是這點，我會當想著方法處理，你放心。到時你連做夢都無法度閣轉來遮。」

「所以妳是答應矣。」

「嗯！我會當答應。」

「感謝！毋過我感覺這馬的問題，恐驚已經並妳拄才講的閣較複雜矣！」

「這又閣按怎講？」

「我就共妳報告，佇阮踏入恁的迷宮晉前，阮的母船主動共無線電關掉矣，彼是類似遭遇海賊的反應。阮推測船頂可能已經搪著無法度控制的狀況，所以才會下決心行入迷宮來求援。我想，假使妳需要阮協助解決妳所講的彼个『亞洲人』的代誌，妳可能嘛需要共阮加透漏一寡線索，包括阮是按怎會來到遮，閣有彼个『亞洲人』的身份等等，按呢，逐家才有可能推測彼个『亞洲人』現此時的行為佮威脅性，閣有阮的船目前可能的處境。最後，咱嘛才有機會採取正確的行動。總講一句，妳若無共阮想欲知影的共阮講，阮是無義務接受美國海軍的命令做代誌的。長官，妳認為按怎？」

「這……」凱西上校的目頭結起來，雙手攬胸。「我無被授權。」伊按呢講。

「所以，妳可能需要去請示看覓。抑是，妳會當佮阮的船聯絡看覓。」

最後，這个美麗的女軍官對阮覕喙，頕一下頭。

「恁佇遮小歇一下。」

伊行出交誼廳，交代兩个警衛兵共門口顧予牢。

交誼廳兩片鐵做的捒[1]門捒開閣欲起來。

2

「喂，妳敢會感覺彼个凱西長官已經愛著咱的學者矣？」

1 捒〔thuah〕：橫向拉開（門窗）。

大副古柏越頭對麗雲按呢細聲講，氣口酸溜溜。

「哈，遐是伊的代誌。」麗雲用對生份人的口氣應伊。伊坐佇我的身邊，越那講，越那共伊的身軀撐過來我這爿。

麗雲越頭看我，予我一个伊對大副表示厭癮的短短的眼神。

「哈哈！我干焦知影，經過遮的代誌，假使咱會使平安轉去，我一定欲娶麗雲做牽手。」我按呢講。

「哼！啥人欲嫁你？」麗雲用手共我的手骨拍一下。毋過伊的表情並毋是受氣。是一个雄雄轉紅的奇怪的表情。

「尤其你猶未共彼欉罪惡之樹的畫面講予我聽。」伊講。

「我若講出我的罪惡，妳就袂嫁我矣。」我按呢講。

「啥人無罪，恁毋是攏按呢講？」麗雲應我。伊看對我的目睭，繼續講：「雖然就算你講出來，我嘛袂嫁你。我當然袂嫁你。哈哈！」

伊喙顊的紅彩已經湠到伊的頷頸仔根佮對伊 T-shirt 圓領顯露出來的胸掛骨。我就想起細漢的時彼个秋天佇阮內圍埤的岸邊所看著的彼片銀色的水泱。彼時火車轟轟轟駛過埤岸的鐵枝路，火車燈照佇伊健美活潑的面容，空氣中有菱角田的爛塗味。

文野辰雄坐佇另外一爿的桌仔，伊無加入阮的對話，干焦佇交誼廳閣安靜落來的時，親像對伊家己講的仝款，對喙邊漏出這句話：「想袂到彼个滿州人是有問題的。」

3

經過大約半點鐘久的時間，凱西少校轉來矣。伊吩咐顧佇門口的警衛離開，去為阮攢食的物件來。

「阮已經確定過，確實，恁的船頂無線電已經有一段時間無訊號，毋過，拄才，有另外一个特別的衛星電波予阮截落來。」凱西少校按呢講。

阮攏恬恬毋知按怎回應才好。

「總講一句，代誌確實已經比本底阮所想的較複雜——當然一切攏閣佇美國海軍掌握的範圍——所以，總講一句，我已經被授權對恁做必要的說明。毋過，嘛請會記，這只是欲協助逐家對目前狀況的判斷，並毋是美國海軍正式的講法，當咱攏離開這个所在了後，袂有任何官方的單位會承認我的講法，包括我家己。」

「遐是當然。」大副按呢講。

「OK！就是按呢……」紲落，美麗的凱西少校就慢慢仔對阮講起伊所了解的故事。當伊咧講的時，無任何其他美國海軍的人員在場，阮一行人，除了文野辰雄、大副、麗雲佮我留落來，另外三名對「案情」判斷可能無幫贊的人員，就予他悉去另外一个所在歇睏。

4

凱西少校表明，這个基地屬佇是美國海軍一个特別的實驗室，這个實驗室負責的範圍誠闊，包括西太平洋的洋流、水文、海底地質、潮汐等等相關海洋科學，閣有海底、水面、空中、資訊、衛星等等美國海軍「空海整體戰爭」所需要的任何新型的高科技武器的研究佮實驗。凱西少校是佇研究室服務的科學家。伊本身是普林詩頓大學的物理博士。

凱西少校講，大約三冬前，海軍實驗室的研究船佇宮谷海峽水道的東爿搪著中國漁船奇怪的包圍。彼時，凱西少校就佇彼隻研究船頂懸。您彼遍的任務是欲收集西太平洋第一島鏈外圍到第二島鏈之間的水深佮洋流的資料，所以，趁海象真好的日子佇水面巡航。您的研究船干焦配輕型武器，一般來講，佇第一島鏈的外圍，算是較安全的區域，嘛袂特別要求其他軍艦保護。當然，您的一切行蹤猶是佇海軍的保護範圍，尤其有空中的預警機隨時掌握您的行動情報。

彼日，佇宮谷海峽水道的東爿，中國漁船出現佇海面。

先是一隻、二隻、三隻，紲落，是十幾隻的漁船排做一列向研究船駛來。

紲落，對其他方向，出現第二列、第三列、第四列，對正西、西北、西南的海面做伙 tshînn 倚來，漸漸形成一个半圓閣無偌久就欲共研究船包圍起來。

研究船隨就改變航向向東，霆船螺共怹警告。毋過遐漁船無插警告，繼續 tshînn 倚。

怹發現，遐漁船攏是閣舊閣破的老船，船咧駛的時攏敧敧袂正，船身落漆斑駁。各種色緻的退色船漆予怹看起來親像一隊跛跤兵仝款——唯一整齊的，是逐隻船的船頭攏插仝款的一面烏旗，親像古早時代的海賊船。

研究船明顯感受著威脅，繼續霆船螺警告，嘛向附近的沖繩海岸指揮部回報。沖繩海岸指揮部講，怹進前佇雷達並無發現特別的無正常，可能漁船先是分開行動，假做欲掠漁，通過宮谷海峽的水道了後才閣集合的。沖繩的指揮部提醒，愛注意怹的水雷。研究船回報，反雷系統一直有拍開。

佇仝時間，預警機嘛已經共研究船受包圍的消息送到第二島鏈的關島連絡中心。美國海軍第七艦隊過無偌久就共研究船通知，已經派三隻砲艇對沖繩的軍港出發，只是航程愛2點鐘，請怹密切監視，漁船若有惹空，附近海面的某艦嘛會派直升機過去支援。

研究船收著遮支援的消息就較安心落來。

毋過，漁船的包圍已經完成矣。

凱西少校講，有 40 隻左右的漁船，上近的幾隻干焦離怹 20 碼。怹甚至會使聽著船頭的烏旗咧撇撇叫的聲。研究船的船長下令，對上近的漁船使用水柱驅離。毋過怹面對水柱不但毋驚，漁船的船員閣走出船艙，對研究船比手劃刀、大聲細聲喝咻。

局勢一下手升懸，緊張起來。

就佇這个時陣，研究船的水雷警報系統霆矣。佇雷達上，您發現四周圍的海面已經攏是水雷，顯然，就是遐漁船所放的水雷。

這聲，研究船毋敢清彩徙動，只好停佇原地。您進一步命令船頂的輕武裝備戰，另外一方面，對指揮部請求快速的空中支援。

想袂到，針對研究船的最後請求，指揮部竟然無回覆！您才發現研究船的電子系統瞬間攏總當機，包括海岸指揮部的無線電佮空中預警機所建立的訊息系統，瞬間攏總失聯！

5

凱西少校解說，伊無按算欲詳細交代紲落來研究船按怎脫險，「總是，故事的關鍵就佇彼遍研究船的失聯頂懸。」伊講：「彼遍研究船的短時間失聯並毋是小代誌，遐表示中國確實已經有能力做小型機動的 EP 攻擊。這引起海軍高層真誠大的警覺。」

「啥物是 EP 攻擊？」

「EP 就是 Electromagnetic Pulse，電磁脈衝武器。簡單講，

EP 會當複製核彈爆炸的電磁反應，破壞範圍內所有的電子儀器。進前幾冬，海軍就得著相關的情報，知影您當咧發展 EP 武器，毋過，一直到彼遍研究船受包圍的事件，阮才證實彼項武器的存在！」

「啊！原來是按呢！」文野辰雄講。「我叫是遐只是電影效果爾爾哩。所以，阮嘛是遭遇您彼款武器的攻擊？」

「是，嘛毋是。」少校按呢講：「恁遭遇的確實是類似的 EP 效應。毋過，並毋是中國軍方發出來的攻擊。恁所遭遇的脈衝波，是對阮的實驗室所發出來的實驗脈衝波！唉，這講起來就話頭長矣……」

這時，大副雄雄開嘴：「長官，我嘛有一个問題。」

「哦？」凱西少校越頭，共目眉挑一下。

「妳拄才講的是彼種船頭插烏旗的中國破漁船？」

「是。」

「彼種漁船我嘛有看著。阮的航線偏離進前，佇台灣海峽的北爿水道，嘛有幾落隻插烏旗的漁船擋佇幻影號的航道。彼工拄好是我掌舵，緊急拍正爿的滿舵才閃過您，然後，阮就發現您一直遠遠綴佇幻影號的後壁。」

「這點阮知影。」凱西少校講：「坦白講，當恁後來進入這片海域，恁的行蹤佮安全就一直佇美國海軍的視野之內。」

6

凱西少校繼續講，事實上，研究船遭遇彼擺中國漁船的攻擊事件進前，您就已經佇西太平洋的兵棋推演設定『敵方』有這項 EP 武器存在。「因為電子系統若大規模當機，就會造成美軍相當大的傷害佮威脅。」伊按呢講。彼擺研究船受漁船攻擊的事件，當然就是中國刁故意安排的示威。（因為其他軍事方面的理由，凱西少校講伊無方便全部透漏。）總講一句，這个事件證實 EP 的存在，遐就佮無偌久進前中共用反衛星飛彈共您家己的氣象衛星拍落來仝款，引起五角大廈的高度警戒。所以，軍部命令「抗 EP」的研究愛加速進行。

佇凱西少校的實驗室，整體的「抗 EP」專案有三个階段的計畫，佇第一階段，您需要材料科學的協助，去製造會使保護電子設備的特殊「塗料」，簡單講，就是一種會使反射 EP 攻擊波的「塗料」。您需要一種會當改變 EP 波速的物質，然後利用波速改變，透過全反射的原理，共 EP 波擋佇「塗料」的外口。講起來是真簡單，只是，您一直揣無適當的原料——一直到您無意中發現，當 A 元素佇非常低溫的環境，會當佮 C 元素反應做出一種多晶面的 Alpha 化合物，會有這个效果。

這當然是大好消息。可惜，所有的人攏知影，佇自然界，A 元素的礦砂真少，主要分佈佇中亞的山區，並無好取。您就算知影製造 Alpha 化合物的方法，無夠額的 A 元素嘛是無效。

幾月日後，美國的情報單位佇中亞的國家巴塞克共和國吸收著一个間諜，是某偏僻山區 A 礦礦場的官員。伊知影 A 礦大約的分佈，會使替您挖礦，紲落，閣會當共礦砂暗中運對露西亞的港口，予您安排船對露西亞的港口共礦砂運到上近的日本的港口。

無人願意相信世間有這好空的代誌。

毋過，情報單位保証，這个消息絕對袂有問題——除了費用真懸以外。情報單位講，您有詳細調查，對方真有能力，閣再講，伊有一个好的理由去逼家己冒險。您講，彼个巴塞克官員規日悉伊的頂司佇菜店出入，閣佇筊場欠人一大筆數，冤親債主已經上門威脅性命，伊需要一大筆錢。

情報單位最後講，見若錢的理由總是予人上放心的。

按呢，海軍總部討論了後，就接受這个原料計畫。載 A 礦的船開始定期共礦砂載到日本北方的港口，才閣轉運到美國本土的港口，經過提煉了後，共懸純度的原料運來這个環礁的實驗室——為著技術保密的理由，海軍軍部一開始就決定，並無予其他實驗室參與研究的後半部。

嘛因為這个實驗，您需要不時發出 EP 的脈衝波。

「確實非常歹勢。所以恁的船才會受著 EP 效應，致使船頂的電子儀器當機。」凱西少校講。

「按呢，阮昨昏看著的環礁湖捲漩，顯然嘛佮這个 EP 的實驗有關係？」文野辰雄問伊。

「確實有小可關係啦。」凱西講。「阮遮的設備需要大量的冷卻水。恁所看著的捲漩，就是這个冷卻水循環系統的一部分哩！」

「只是遮顯然毋是安全的實驗場所，而且，你猶未講，彼个亞洲人是按怎會來到遮？」

「當然我會講。只是我猶未講了。」

「失禮，請妳繼續！」

7

凱西少校講，本底，實驗的進行真誠順利，毋過過無偌久，對巴塞克來的礦砂雄雄減少矣。閣無偌久，對方彼个間諜就失去連絡。您有法度理解中亞國家的複雜性，毋過這擺較特別的是，彼个間諜一失聯，另外一个人就隨出現矣。

就是彼个「亞洲人」，伊主動佮美國情報單位的窗仔口接接，講，伊有您欲愛的物件。

「彼个叫做哈力的滿洲人？」

「確實，就是彼个哈力。毋過我先講，伊毋是滿洲人，伊是東土其斯坦人。」

「啊！」阮攏叫起來。

凱西講，哈力共美國情報人員講，伊知影 A 礦欲去佗位揣，毋過，伊必需要先知影 A 礦佇遮的用途。

情報單位認為這是一个無理的要求。

「這是東土其斯坦獨立運動的需要。」伊按呢講：「我知影按怎去揣著大量的A礦，毋過，我需要先佮真正的專家見面。」

彼个東土其斯坦人講話有一種驕頭。

「阮欲按怎相信你的話？」

哈力就提供一个中亞的座標予您，請您去查證敢有礦砂。情報單位半信半疑。二工後，中亞的連絡人回報，講伊所提供的地點是佇吉爾吉斯共和國㘝荒無人的山區，毋過，確實是有礦砂。

「佮我真正的情報比起來，彼只是一座小礦山爾爾。」哈力按呢對情報人員講。

8

您用直昇機共哈力載來實驗基地見面。哈力共情報處講，伊是東土其斯坦人，伊的阿公阿扎提將軍就是予中共佮蘇聯誘拐講欲談判，毋過予史達林用直昇機載去蘇聯暗殺的5位東土其斯坦領袖的其中一个。伊講伊聽過真濟伊阿公的故事。伊有共美國情報人員講：「包括彼个佮全亞洲上大的礦區有關係的故事。」伊表示，假使美國願意幫贊東土其斯坦獨立，伊會佮美國政府合作，提供一切需要的情報。

凱西少校講：「哈力佮我講話的時並無驕頭，肩胛頭垂垂，表情非常誠懇。伊講伊所有的親人佇中國的國民黨佮共產黨的手頭攏死矣。過去伊需要的是武器，毋過伊知影，這馬您需要的可能是外交佮國際援助。伊講您無科技，就算有 A 礦嘛無路用，不如共手頭的 A 礦的資料交予美國。只要美國人會使替伊報血仇。」

「阮欲按怎替恁報仇？」凱西少校問伊。

伊講：「恁愛先共我講，彼个物件用佇啥物所在？最後，當然愛承諾予阮國際援助。」

當凱西少校共「抗 EP」的計劃共伊講的時，伊表示出受著安慰的表情。

「所以，你願意共礦區的資料提供予阮矣？」凱西問伊。

伊無回答凱西，干焦講伊的資料猶無夠！

伊講，有一張地圖閣佇日本人的手裡。佇 1933 年，日本推行大滿蒙計劃的時有支持東土其獨立運動，哈力的阿公阿扎提將軍共礦區地圖交予滿洲人，您想欲交換軍事聯盟合作。

「敢講彼時的日本人已經知影 A 礦的用途？」麗雲按呢問。

「A 礦本底就貴重，產量閣稀奇，彼時日本人為著工業原料佮礦產去到滿州，您當然會知影啊！」凱西少校按呢講。

「毋過彼个時陣的東土其人，哪會知影這種礦？」

「A 元素搪著空氣會發出微微的暗藍色的光，有少數人會佇礦區看著，所以，有 A 礦的所在有時會有敢若陰府鬼火的故事流傳出來。根據哈力喙裡的阿扎提將軍的講法，日本人根據地方的傳說去發現礦脈，按呢才有紲落來的故事。」

「毋過伊講地圖佇日本人手裡？按呢恁欲按怎走揣？」麗雲繼續問。

「我嘛是按呢問伊。哈力共我講，伊已經查出彼張地圖的行蹤矣——伊講，彼張礦區的地圖，這馬佇一隻日本船頂懸……彼隻船仔就叫做『幻影號』！」

9

阮眾人聽著凱西少校講著「幻影號」，雄雄攏驚一趒，親像失神去。

「所以，這馬！」凱西少校講：「這馬，換我來問恁矣，哈力所講的地圖，又閣是啥物物件？」

「喂！文野辰雄樣，你該當知影嘛？」麗雲嘛按呢越頭問文野辰雄，敢若予人瞞真濟代誌的不滿表情。

文野辰雄躊躇一站，手挲頭殼額仔，過一時仔才開喙講：「確實有一張地圖——毋過，彼毋是一張，該當是半張爾爾。彼半張地圖，是我佇中島湘小姐的舊文件內面揣著的。」

「成實有按呢的地圖？佇幻影號？」

「我想欲先請教，阮的船會來遮，並毋是意外的？」文野辰雄講。

「是意外，嘛毋是意外。我干焦會當透漏，恁的行蹤有受阮掌握，後來恁的船有危險，阮算是有用一个小技術予恁脫險。」

「顯然毋是小技術哩。」

「哈哈，隨在你臆！橫直我袂講。我想欲確定彼張地圖敢成實有佇幻影號？」

10

「是。是佇幻影號。確實有半張地圖。船長嘛知影。」研究員文野辰雄用平靜、老實的口氣講：「毋過，我完全看袂出彼是佗位的圖。因為伊頂懸無大的定位點，比如一座山、一條溪、抑是一个城市等等。我一直想，真有可能是畫圖者刁工無欲標出地名，我相信伊愛佮另外半張地圖鬥做伙才有法度讀。上害的是，我毋知影地圖所畫的目標是欲予人揣著啥物，所以，只好對外放風聲講彼是一張關係黃金 10 萬兩的藏寶圖。」

「你閣刁工放風聲？」

「無別个辦法。我相信這是得著地圖正確的消息上好的辦法。假使地圖的目標成實是有價值的物件，自然有人會透漏正確的祕密。我是按呢想的。」

「哈哈！所以，我就是彼个人？」凱西少校講。

「確實，若毋是妳講，我猶毋知影啥物 A 礦的代誌哩。」

「你放出風聲了後，敢有得著啥物回音？」

「有，回音袂少。毋過真亂。各種講法攏有。我相信其中上接近事實的講法是，這的確是一張藏寶圖，毋過當初予人拆做兩爿，一半佇日本特務中島湘手裡，也就是現此時佇幻影號的彼一半；另外一半，我估計佇就佇《寬永懺悔錄》佮彼幅失蹤的日本南蠻畫有關的線索 nih。『紅劍』集團怹一直認為地圖所畫的所在，有藏一幅大清皇帝所留落來的『龍池競寶圖』。我無法度證實這个講法。當然，假使彼个哈力所講的 A 礦的情報是著的，按呢，事實佮『紅劍』的想法顯然就有出入矣。顯然『紅劍』是誤會矣。」

「所以，《寬永懺悔錄》拍賣的風聲嘛是你放的？」麗雲插話按呢問。

「毋是，確實有《寬永懺悔錄》拍賣的代誌，毋是我放的風聲。當然我有透過管道去宣傳這个消息，因為咱的目的自頭到尾就毋是欲去得著寶藏。我無需要 A 礦，嘛無需要寶圖，我只是想欲得著真相、引出『紅劍』，欲揣出怹買收台灣政治人物的證據爾爾。我認為消息愈濟人知愈好。另外，我想欲揣著恁姑丈的彼幅予怹偷去的南蠻畫。」

「原來如此啊！只是，敢講有人相信你早前放的風聲，認為怹手裡是一張藏寶的地圖？」少校講。

「當然有人會相信。妳拄才毋是講著東土其斯坦？妳可能毋知影，佇東土其斯坦的區域，捌有偌濟刣人放火的軍閥土皇帝去到遐，逐工坐佇金山銀山頂懸吸東土其斯坦人的血。所以，我一放消息出去，四圍的鯊魚就親像鼻著血仝款攏倚過來矣。中共的情報官員有人認為彼是新疆鬼頭盛世才搬無走的黃金哩！」

「哦？」

「這馬，我較好奇的是，恁的情報人員是按怎會相信哈力講的：彼張地圖的目標是 A 礦？」

「您當然有您的方式。畢竟知影 A 礦，而且知影現此時美國相關研究的人猶真少。毋過哈力二項攏知影！」

「哈力該當有講欲佮恁交換啥物嘛？」

「有。我拄才講過，主要是外交政治方面對東土其斯坦的支援。細節我就無方便講矣。」

「哈，想袂到阮手頭彼張，確實是價值連城的地圖啊！按呢，阮嘛真想欲換著好處哩！」

「所以你是咧佮我講條件？」

「凱西少校，我毋是咧佮妳講條件。我是咧共妳講，咱的利益自頭到尾攏是做伙的。假使我彼張地圖這馬若落入中國的手裡，抑是中國您知影彼是 A 礦的地圖，毋是黃金 10 萬兩，妳想會發生啥物代誌？」

「這點當然毋免你提醒！」

「我只是共妳提醒，無應該閣有代誌瞞阮。其實我啥物嘛無愛，干焦欲愛遐鯊魚佇台灣海峽兩岸資金運作的證據爾爾。假使我若共彼一半的地圖交予恁……」

「我相信阮起碼會使回報恁，比喻講，送恁平安去到恁想欲去的全世界任何一个港口。」

「所以，妳是毋是會當共我講，A 礦到底有啥物用途？無可能只是『抗 EP』遐爾簡單嘛，敢是按呢？」

「你無佮阮的情報局合作實在真成可惜啊！毋過失禮，我猶袂使共你講！」

「按呢我嘛猶毋知影欲按怎共地圖予妳……」

「你……真成是一个狡怪人哩——」

「這个賽局，妳該當想會出一个雙贏的解法啊，凱西博士！」

「哎呀！你——」

凱西少校最後的這句猶未講煞，交誼廳的門就雄雄拍開。一隊人傱入來，是幾位美國海軍的官兵。

「少校，環礁外的彼隻遊輪『幻影號』拄才有送出 SSA (Ship Security Alert) 安全警報，閣佇 VHF 頻道 16 的緊急無線電頂懸通報，講有三台武裝漁船對西面倚近，可能想欲登船！指揮官愛阮來通知這幾位人客。」

「啊！巡洋艦林肯號敢到位矣？」

「佇 80 浬外。『幻影號』的 VHF 該當就是欲發予林肯號的！」其中一个男軍官按呢講。

「行！我想咱的幾位人客確實是愛上路矣！閣有，佇出發進前，我建議恁該當先食一寡物件。」凱西少校越頭矚一下目，用特別表示親近的聲調講。

案件筆記 9

敢講紅蛇嘛有啥物派系？

佇地方上濟人風聲的講法是紅蛇予楊鳴風遐皇武宮的人飼佇葬儀社的地下室，這个風聲是對幾落个扛棺柴的土公仔喙nih講出來的。

王爺廟好額，廟[illegible]財產是地方人士百幾年來寄付的成果，新里長楊鳴風算是[illegible]努力，伊欲數想王爺廟的經營嘛毋是祕密，一直想欲介[illegible]事會。毋過王爺廟的人抵制伊，所以風波愈來愈大。

嘛有人看過王爺廟的主委曾進丁佇路邊的切仔擔佮楊鳴風啉酒了後冤家。猴忠仔悠兜時常插廟的代誌，閣有船的生理，所以全款予皇武宮盯著。好賢的人攏講，猴忠仔會昏倒就是皇武宮的作為，講是楊鳴風早前佇中國走路的時，對中國大陸的深山野林學來的古早的秘術。所以猴忠仔倒佇病床頂的時，您某劉秀眉煩惱甲，央教會的人為您祈禱。後來，連您老母嘛來央老傳道。老傳道講：「阮當然會為伊祈禱，另外，上重要的，阮會追蹤魔鬼的跤跡，用聖靈的力量抵抗魔鬼。」伊閣講：「阮會予世間的人知影，魔鬼只是聖靈手裡的一粒砂土。」

總是，鄉里人士的驚惶，猶是親像雞災[1]仝款，佇內圍鄉里湠開矣。

先是有人風聲，講彼尾紅蛇來無影去無蹤，不時閣會出現佇王爺廟。尤其佇隔轉暝，皇武宮頭前聚集比早前加倍的少年囡仔，男男女女，圍佇皇武宮的埕斗放煙火、烘肉、啉酒、唱歌、跳舞，親像咧慶祝一項大勝利。彼場慶祝會，到半暝深更的時刻，根據參加者的講法，成做一場『Hi 葩狂歡會』。後來，鄉里之間竟然出現一種講法，您講，假使內圍的王爺廟繼續毋接受皇武宮的人，親像猴忠仔的例，只是拄才開始爾爾。所以，

1 災〔tse〕：瘟疫。

佇社頭社尾，所有的人攏驚惶起來，姑情廟方佮皇武宮合作的聲音就愈來愈大，敢若內圍人就應該緊認清現實，接受皇武宮的新神明，若無，新的災厄會降臨佇每一个內圍人。

這个接近投降的講法予猴忠仔他的家族佮他死忠的朋友非常不滿，主委曾進丁佮派出所主管王阿喜嘛真不滿，致使兩爿的衝突愈來愈嚴重。

雖然講是衝突，毋過，總是有人會當佇衝突之中得著特殊的好處。比如講王爺廟的主任秘書秘雕。本底伊是一个半暝睏袂去的患者，毋過就佇猴忠仔倒落去進前彼段時間，楊鳴風派人去見伊，共講，伊半暝睏袂去的症頭已經有揣著解藥矣。「所以，里長叫你去怹兜一逝。」傳話的人共喙向佇秘雕的耳空邊按呢講。

有一个袂當正式公佈的證人講，秘雕彼站會睏袂去，其實就佮一件代誌有關係。因為秘雕一向認為伊是彼方面的能力真強的人，閣怹兜冷感的查某人無法度完全了解伊私下的苦衷，所以當楊里長講欲佮伊講生理的時，伊隨就會使接收著楊里長話語內面的好意。後來您佇市區酒店的生理講煞，您照禮數，隨人𤆬一个佮意的姑娘去𨑨迌，根據袂當正式公佈的證人講法，秘雕感覺伊有影是有食閣有掠，貿死矣。只是想袂到，當規身軀褪光光的秘雕武裝起來，佮彼个姑娘佇眠床頂當欲摔拼的時，7、8 隻虎豹獅象煞對門口面夯棍仔傱入來，其中閣有一隻狐狸手提相機，共伊佮彼个姑娘褪光光的三萬六千枝毛攏總翕去。根據袂當正式公佈的證人講，翕了，遐虎豹獅象隨喝一聲，叫秘雕雙跤落塗跪咧，因為伊身邊彼个姑娘，竟然是某一个角頭身邊的細隻燕仔，您欲提彼張相片，叫彼个角頭來論一个公平。王爺廟的主任秘書秘雕一聽著按呢，驚甲規身軀逐塊肉攏雕袂條直，只好哀爸叫母放聲大哭。就是這時，伊的救主楊里長就出現矣。伊講：「交予我處理！」秘雕問伊：「你想欲按怎？」楊里長講：「你會當走矣。當你需要報答我的時，我就會共你講。」對彼工開始，王爺廟的主任秘書秘雕就得著半暝睏袂去的症頭，時常去社頭陳三帖的藥房買藥仔食。

袂當正式公佈的證人講，就佇猴忠仔倒落的幾工前，秘雕予楊鳴風叫去領受解藥，藥方就是伊愛去問清楚，猴忠仔所收著的日本逝任務是啥物。根據可靠的推測，楊鳴風對這回伊無收著指令非常的不安，伊嘛需要借這个機會對伊的頂懸線頭展伊的威力。

果然，王爺廟的主任秘書是好用的秘雕，伊對楊鳴風回報：「一本叫做《寬永懺悔錄》的冊，閣有一張藏黃金的地圖。」秘雕講煞，紲落用吣吣掣的聲嗽嚅一句：「假使我若運作，明年予你擔任一席董事，按呢你敢會使予我較好睏咧？」毋過楊鳴風無應伊，干焦共伊講：「你會當走矣。當你需要報答我的時，我就會共你講。」

「毋過，我敢毋是已經報答你矣？」

「哈哈哈哈！三八兄弟啊，真感謝啦——你會使試看覓仔，今仔日敢會較好睏矣？」

第十章

流亡戰士
佮海門通道

1

基地的正式出入口藏佇環礁北爿山後揜僻的海蝕洞內底，海蝕洞外圍閣有一寡大塊礁石保護，外人佇海上無可能發現。有一隻小船停佇遐。凱西少校共阮講，因為特殊的顧慮，他袂使對基地派軍隊出面介入、處理遐漁船的威脅。「因為阮相信，遐漁船猶毋知這个基地的存在。毋過，林肯號軍艦已經欲到位矣。而且阮嘛會暗中繼續監視他的行動。愛會記，事後嘛請恁共彼个東土其人閣有恁手裡的地圖交予林肯號，他就會保護恁安全離開這个海域。」

凱西講，他會使做的代誌，閣有用小船共阮載到阮的救生艇靠岸的地點。

面前，阮大約無法度改變伊所開的條件。

已經是黃昏的時刻，當阮坐上阮家己的救生艇，中晝時的彼片厚雲果然嘛罩倚來，佇阮佮幻影號之間的海面開始咧落大雨。海面風湧雄雄大起來，轉做烏色的濁湧起起落落。救生艇的船頭戡甲誠厲害。阮想欲看著遐漁船的行蹤，毋過佇黃昏的風雨中看袂清楚，干焦遠遠有看著一个光點佇愈來愈大的海湧之間浮沉。

幻影號的無線電已經有回音，阮仝款用事先約定的特用頻道對話。大副對船長簡單報告阮所發現的基地的情形，而且回報，阮已經欲轉去幻影號，嘛共伊報告有美國軍艦已經對這个方向來，真緊就會到位。

「請恁對北爿船尾引水梯的位置上船，遮較袂受著遐漁船的干擾，阮會佇西南這面盡量壓制他。」船長按呢命令。

閣無偌久，阮佇 VHF 的公用緊急頻道頂懸聽著船長閣一遍咧請求救援。

「這是林肯號！」這回，VHF 頂懸傳來的好消息，是美國軍艦林肯號回覆予幻影號的訊息。林肯號講，伊佇環礁 80 海浬遠的所在爾爾，估計 2 點半鐘後就會到。

救兵果然到位矣，救生艇頂懸的人攏歡喜甲強欲跳起來。這馬我心內干焦想欲趕緊安全轉去到幻影號——毋過想袂到，遠遠煞有一隻漁船對阮的西南海面駛倚來。

我想彼隻漁船一定是發現阮的救生艇矣，閣您聽著美國軍艦欲過來救援的消息，可能想欲直接過來押阮的小艇。

彼隻漁船先小可偏西駛離開幻影號壓制的海面，紲落，直直對阮的小艇駛來。

阮的船身隨斡一个大斡改變航向。

船舵是大副扞的。伊共船頭拍對東爿。可能因為斡傷雄矣，閣斡過了後，有大湧正正摃佇船舷，救生艇隨就顯對另外一爿，敢若強欲反去仝款。「啊！」規船的人攏叫出聲。

想袂到彼隻漁船的速度遐爾緊。本底敢若閣有成海浬的遠，連鞭就逐來佇大約半海浬遠的海面。我已經會使看著伊船頂的彼面烏旗佇海風裡咧擛。有幾个看起來親像是中國漁工的人徛佇船頭對阮擛手，叫阮停船。您的手裡有輕型的衝鋒銃 AK-47。

阮無插伊。小船猶是全速進前。

毋過，就佇離幻影號半海浬遠的所在，彼隻漁船已經逐來到阮的尻川後。

「Stop！Stop！」遐漁船頂的人用放送頭按呢喝，您的 AK-47 對佇阮的船仔。

慘矣，我心內按呢喝。我看逐个人面色攏青恂恂，敢若欲驚死矣仝款。

「Stop！Stop！」您繼續喝。這時，AK-47 的銃子開始達達達彈佇海面，閣有幾粒彈佇船殼，發出鏗鏗鏗的聲。

「咱敢欲回擊？」阮船頂的武裝保全按呢問。

大副喝講：「先毋免！保持冷靜！」

我感覺我的胃敢若欲糾筋矣仝款。坐佇我邊仔的麗雲嘛擔肩，雙手環抱佇勼起來的跤頭趺。

就佇這个時陣，環礁內海的彼个捲漩的開關雄雄拍開矣。規个海面的海水閣一遍（就親像阮晉前所看過的仝款），敧對內海中心的方向去，阮的船身連鞭嘛綴咧敧過去，船頭大力戡一下。我斡頭看，發現綴佇阮船尾的彼隻漁船嘛仝款，伊嘛大大戡一个，結果，佇船頭的彼幾个夯銃的其中一个煞跋入海裡。這聲，對方漁船彼幾个無跋落的人，嘛驚一趒，越頭喝聲：「有人落海！停船！停船！」

大副趁這个機會共救生艇閣改一个方向，這回，正正就對佇幻影號的船尾，也就是船長所吩咐的上船位置駛過。我夯頭，佇烏色的海湧之間，看著幻影號的船尾浮咧沉咧，您已經共引水員咧 peh 的索仔梯放落來船邊咧等阮。當阮接近的時，我聽著幻影號機械起磅的聲，毋知當時，幻影號可能已經修理好勢矣。大副用上高段的駕船技術共救生艇停佇幻影號船邊的引水梯下底。

「緊，逐家緊，peh 起去幻影號！」

大副擛手，叫一个水手先炁頭 peh 起去。我嘛共身邊的麗雲摸起身，共伊揀起去索仔梯，了後我綴佇您後壁 peh 起去。文野辰雄綴佇我的後壁。

當大副最後一个離開救生艇、跳上索仔梯的時，彼隻陰魂仝款的漁船已經趖一大輦斡過來，Ak-47 達達達的聲隨就佇阮跤底的海面閣開始彈矣。黑田船長徛佇甲板監視，伊命令幻影號頂懸的武裝保全彈機銃掩護阮的行動，一直到最後大副嘛 peh 起來甲板了後，船長才對水手長命令：「收梯！」

這馬，彼隻漁船總算無閣綴來矣。

兩共阮沃甲真誠狼狽。

「阮有聽講，本底毋是閣有幾隻漁船 tshînn 倚來？」大副吐一个大氣，佇甲板頂懸問船長：「另外彼幾隻咧？」

「您可能有聽著 VHF 頂懸軍艦著欲到位的消息，拄才對您 tshînn 來的方向撤退轉去矣。」

「著 hoonnh ！彼隻軍艦欲到位矣！」文野辰雄問船長：「按呢，咱彼个新朋友哈力咧，這馬伊恢復了按怎？咱閣有誠濟問題需要請教伊呢！」

「好！毋過，恁該當先共我講詳細，彼个環礁又閣是啥物情形？」船長講：「而且，恁愛用上簡單的方式講，因為佇彼隻軍艦到位晉前，咱已經無偌儕時間通想矣。」

「我嘛有一个問題：船長早起是按怎會雄雄共無線電關掉？」

「彼時陣我發現遐漁船對西南方的海面沓沓 tshînn 倚來。我無想欲予您知影恁的行蹤，所以才共無線電先關掉。」

「原來是按呢。」

「好消息是，船機已經差不多修理好勢，幻影號大約會使出帆矣。」

大副佮文野辰雄佇甲板簡單對船長報告烏米加基地的代誌。

欲暗，大雨霮霮的海面方向，烏米加環礁霧霧無明，一切敢若一場眠夢仝款。

濟濟船客對船艙出來佇甲板。您知影拄才的彼場小小的海面戰鬥已經結束矣。而且，對烏米加環礁所帶轉來的新消息，閣有幻影號已經用穩定的聲嗽準備起帆所引起的歡喜向望，隨時就共所有的人吸引做伙。其中有人按呢講：

「總算是欲閣起碇矣！」

「是啊！欲閣起碇矣！我已經對這片大海感覺厭癖了。」

「毋是『厭癖了』爾爾，是誠恐怖啊！」

「閣聽講喔，有美國的軍艦小等咧欲倚來悉路。」

「毋是欲刁工來悉路啦，聽講，就是為著您家己欲得著的啥物物件。」

「哎呀！彼哪有要緊？只要會使共咱悉離開這片恐怖的海域……」

逐家頕頭表示認同，慢慢攏浮出您的笑容。

2

船長佮研究員文野辰雄講欲去醫務室看彼个東土人哈力，毋過，我聽著船長講機械已經修理好勢，規个人敢若消風的雞胿攏冗去，暫時嘛對哈力敢若失去興趣矣。經歷這一切，我干焦感覺忝頭。規身軀的澹濕更加加添這个忝頭。

佇這个關鍵的坎站，我應該繼續追蹤落去。毋過我的身體已經投降矣。

我干焦想欲歇一下。

我的頭殼感覺誠眩。

「你的面色誠穤！」麗雲按呢共我講。「圖書室有一台Espresso，假使你認為咖啡有機會予你較爽快，我會使泡咖啡予你啉。」

我講：「若是妳泡的咖啡，任何人攏會應好！」

我綴麗雲行入船艙，伊悉的是較狹的另外一條船員通道，佇狹狹的通道之間，我強強欲認袂出方向。

「到矣啦！」伊差不多算是共我「拖」入去圖書室。

只是，我按怎嘛想袂到，麗雲才共壁邊的電火開關切熗，隨就有一个烏影跳出來，共伊押咧。

「啊！」阮做伙喝一聲。

「恬恬！」彼个烏影講英語。

我回魂過來，才看清楚彼个烏影就是自稱是滿州人、美國人講伊是東土耳其人的哈力。

伊倒手共麗雲押咧，正手提一枝刀仔架佇麗雲的頷仔頸，伊講：「恁只要聽我講，莫出聲，我就袂傷害伊！」

對伊扭掠的跤手看起來，伊是受過訓練的專業人員。可能有受過軍方特種訓練的彼款跤手。

「你欲愛啥？」我講。

「你若閣出聲我只好刣伊。」

「刀囥落來才講！敢是美國人派你來偷彼張地圖？」

「啥物地圖？」

「關係 A 礦的彼半張地圖。佇基地，凱西少校攏共阮講矣。地圖終其尾會交予恁。你先共刀囥落來。相信我，咱全國的。」

「哈，可惜，我毋是恁全國的。」

「你總是佮美國做伙的嘛！敢講毋是？」

「當然毋是！」

「若按呢你是啥人？是滿州人？抑是像美國人共阮講的，是東土耳其斯坦人？」

「佮你無關係！」

「哪會無關係，我嘛支持東土耳其斯坦獨立運動。」

「哦？」

一陣恬靜了後。伊繼續講：「你講你去過基地？」

「去過，阮佮凱西少校見過面。」

「你先去共門閂咧。」

我共門閂起來了後，伊講：「凱西少校有共恁講過 A 礦？伊閣有講啥？」

「閣有講著中國當咧發展的 EP 電磁脈衝武器，以及 A 礦用佇『抗 EP』的用途。當然，閣有講著彼張地圖。伊閣講，你是阿扎提將軍的後代。」

「若這點伊無講毋著，阿扎提將軍確實是我的阿公，偉大的東土耳其斯坦民族軍總司令。」

「按呢你按怎自稱你是滿州人？晉前閣對船長您編另外一个故事？」

「我當然需要一个身份。」伊的表情猶是真誠冰冷、驕傲，親像伊本人就是彼个傳奇的阿扎提將軍。

「你是講你所進行的任務需要身份？啥物任務？大約我講的無毋著啊，你是欲來偷地圖的敢毋是？」

「我會考慮共我的任務共你講。毋過，凱西少校講的逐句話，你攏愛先講予我聽。一字一字講，連一个頓點都袂使跳過。」

「這當然無問題。」

伊共刀仔收起來，嘛共麗雲放開。

我共凱西少校的話對哈力交代了的時，意識著彼隻美國軍艦可能隨時著欲到位矣，閣有，我嘛認為船長恁雄雄揣無人，該當真緊就會揣對遮來。

「我相信，你想欲愛的彼半張地圖無佇遮。」麗雲按呢補充：「而且我一直懷疑，遐敢成實只是啥物武器的原料？」

我提醒講：「你應該知影，彼隻美國軍艦真緊就會到位矣，恁希望你會使轉去基地。當然，注才佇基地，阮已經有答應共地圖交予美國人。」

哈力目睭褫甲圓貢貢。

又閣是可怕的恬靜。

「凱西少校對恁講的只是表面的講法。」伊用閣出力閣慢的氣口、敢若法官咧宣布罪證按呢講。

「A 礦毋是抗 EP 的原料爾爾，伊牽涉規个世界佇西太平洋的軍事布局！」

3

哈力的聲調落軟，講的時陣表情平靜，敢若已經無閣有敵意：

「我就老實共恁講，我確實是阿耳泰山跤、東土耳其民族的囝孫。您漢人佇古冊頂懸叫阮『突厥』。恁愛知影，阮自古早就是阿耳泰山跤煉鐵的民族，較早，有蒙古大軍的鐵蹄是阮做的，甚至阮所煉的鐵，嘛捌成做東羅馬帝國手裡的劍佮盾哩！」

「我的故鄉佇北疆阿耳泰山跤的烏詩特河河邊、一个叫做白樺村的庄頭。過去，烏詩特河是美麗的溪河，河水是山頂阿耳泰山的雪所溶落來的，自南流對北。兩爿的河埔地有青翠的苦楊、五葉柳佮白樺樹林，日頭下時常閃熠金色綠色的光彩。另外，就是一塊一塊阮庄內的人所種的小麥仔田佮番麥田。佇庄頭北爿閣有一片大草場，阮庄內的人攏佇遐牧羊。草場的外圍就是拋荒的沙漠地，除了風飛砂佮石頭仔，有胡楊木佮梭梭欉生長其中。」

「關係彼片草場，早前的範圍並這馬較大濟咧，豐盛的牧草一直生湠到阿耳泰的山跤。毋過這幾十年來，因為水文的變化，草場的範圍一年比一年較細，親像漸漸蔫去的樹葉仝款——阮庄內所有的人攏知影，烏詩特河的水流一年比一年少矣，因為逐冬攏有中共軍隊新的『生產建設兵團』出現佇烏詩特河的頂流兩岸。新疆地區對 1950 年開始出現的 250 萬漢人部隊『生產建設兵團』，就是中共的人海戰術。怹佇四界『建設』佮『屯墾』，毋是去開墾『戈壁灘』的沙漠，顛倒是貪緊，共水源地的樹林剉掉改種棉花，大量的農業佮牧業兵團共水源霸佔稠咧，結果，就是超磅開發、過度用水，予河水斷流、綠洲拋荒，予阮東土耳其人的田園、草場變做沙漠，嘛予阮的庄頭一个一个成做廢墟。沓沓仔，殕色的風飛砂吹入阮的庄仔頭，阮的族人愈來愈散赤，無通趁食，濟濟人只好離開故鄉去外地討趁。顛倒中共政權閣繼續共 800 萬漢人遷入新疆——怹，根底就是剝削阮的土地生產的殖民者啊！」

「彼个『新疆生產建設兵團』，上早就是人稱殺人魔的軍頭王震成立的。伊毋但用大量漢人的軍隊來劫墾阮的土地，1950 年，伊去到新疆所做的第一件代誌，就是共原底東土耳其斯坦的 3 萬民族軍編入伊的解放軍部隊內面，然後以『打擊地方反動勢力』的名義，對東土耳其斯坦民族軍的族人進行清算『血洗』，死無去的，送去中印戰爭的前線做砲烌。彼遍戰爭有千幾个民族軍的戰士死佇戰場，最後賰落來的，雖然解散矣，毋過到文化大革命的時，差不多攏總予怹掠去、刣死了了！」

「我先共你講這段，就是欲先予你知影，假使魔鬼佇地面有一个名號，伊就叫做中國共產黨！」

哈力一捆頭對阮講遮。

麗雲敢若共拄才予伊押咧的代誌放袂記矣。伊講：「誠悲慘！我知影中共自 1960 年代佇新疆進行核子彈的試爆超過 40 遍，其中有試爆的威力達到廣島原子彈的 300 倍。我看過一部美國人祕密採訪的影片，新疆人大量得著畸形症、癌症佮白血病。」

哈力講：「妳嘛看過彼部影片？」

「真不幸，我是有看過。」

「彼部影片，是我的醫生朋友安托海參與製作的計畫，伊是東土人，當然，影片拍了伊只好流亡，這馬嘛予中共政府通緝矣。」

「所以你知影影片的內情？」

「我當然知影內情。佇 1960 年代，中國進行『大躍進』，四界出現飢荒，有大量的漢人受政府鼓舞來到新疆討趁，閣加上遐生產建設兵團的佔地開發，阮族人的生存更加艱難矣。我的爸母被迫悉阮離開故鄉，去到無人捌阮的滿洲發展。後來，我對東北某大學的物理系畢業，提獎學金去到美國讀博士學位，轉來了後，予中共軍方『吸收』，佇塔里木盆地的某一个軍方的核子研究室工作。彼个時陣，新疆的核子研究室有一个關鍵的『融合反應』做袂出來，所以您閣用學術交流的名義，特別送我轉去美國進行合作計畫，目的就是希望我偷著彼个『融合反應』的相關資料。這已經是幾年前的代誌。總是，我一直無共關鍵的資料交予中共的軍方……」

「所以，彼个『融合反應』佮A礦有關係？」

「有關係。」

「A礦的作用是啥物？」

「我干焦知影一部分，你愛理解，這是美國軍方的『絕對機密』！真少人了解全貌。」

「既然是『絕對機密』，哪有可能會予你知影？」

「這就是問題矣！」哈力講：「因為美國人嘛早就探聽著，佇阿耳泰山脈的中、蒙、哈邊境真有可能有大量的A礦，所以，有可能您是早就共我鎖定、刁故意放消息予我的。您當然是為著遐A礦。後來，我的間諜行為予您出破，我只好共彼張地圖的代誌供出來。」

「您雙方面攏猶無對你按怎，顯然就是因為你猶未揣著另外半張地圖敢毋是？」

「袂使按呢講，因為中共『本底』猶毋知影任何A礦的代誌。我佇美國這段時間，陸續有予您一寡資料，雖然毋是上重要的資料，毋過我相信您對我猶有一定的期待佮信任。」

「你講『本底』？」

「因為消息嘛有可能已經洩漏矣。我想，這站中共已經開始對我懷疑。」

「你哪會知影？」

「講起來話頭長。若有機會我等一下會說明。」

「看起來，你本底是有條件會使叛逃去美國的。」我按呢講。

「當然有條件——毋過，嘛算是無任何條件哩！其實我完全無法度叛逃。」

「為啥物？為著恁的建國運動？」

「是有運動的理由無毋著，毋過，上重要的是……」

哈力的眼神出現難得的寂寞，親像彼是幾落千冬攏無人理解的寂寞。

「上重要的是，有一个我熟識的查某人這馬佇中共軍方的手裡。假使我是無血無目屎的人，按呢就好辦矣！」

麗雲講：「你若會當轉去、當做一切攏無發生，毋是就好辦囉？我按呢講，並無侮辱你的意思。假使這个世界無 A 礦、無美國的基地、無啥物『融合反應』，無啥物地圖，恁嘛毋免跋性命……」

「多謝妳的體諒。毋過，我嘛愛予妳知影，身為東土耳其斯坦的一份子，就算只是小小的一粒土砂，除了唯一的方向，阮嘛已經失去選擇的自由矣！」哈力用敢若咧宣布命運的氣口按呢講。

4

船身的振動慢慢明顯，敢若對船身的下底哮叫，嘛有對機械內面的金屬相 khok 所發出來彼種 khiang-khiang-khiang 的聲。幻影號起磅咧行矣，只是船速猶誠慢。圖書室的舊冊佮冊架仔的木紋佇搖搖顯顯的電火泡仔光線下底，予人感覺著一款有歷史感的神祕氣氛。哈力佇按呢的光線下底，只偆一个暗毿的剪影。

麗雲共一條椅仔拖去身邊，用優雅的姿勢坐落，蹺跤，共伊的雙手指頭仔交叉园佇跤頭趺頂懸。蓬鬆的長頭毛下底，伊的兩蕊目睭已經對拄才的驚惶裡恢復轉來，真誠自在。伊講話的時，長長的目睫毛敢若恢復對世間的一種深刻的接觸，敢若伊已經感受一切。伊開喙講：

「不如，逐家坐落來沓沓仔講啦！嗯？佇您其他的人猶未揣來晉前……喂，你拄才講著，消息可能有洩漏去中共遐，彼是啥物情形啊？」

「我猶未真確定。我干焦知影，烏蘭塔那的性命現此時已經受著威脅矣。」

「烏蘭塔那——就是你講的彼个查某囡仔？伊嘛是東土耳其人？」

「這馬時間無濟，我干焦會當簡單講。烏蘭塔那毋是東土耳其人。伊是一个唱歌的查某囡仔，伊是來自庫爾勒的蒙古人，毋過，伊唱阮東土耳其民族的歌並任何人攏閣較好聽。」

「按呢，伊的性命又閣是按怎會受著威脅？」

「有風聲講，伊予軍方掠起來矣，因為軍方已經知影我共重要的消息掩崁。」

「你是按怎熟似彼个烏蘭塔那的？」

「佇黑岩城的茶館。」

「彼是啥物所在？」

「黑岩城是科爾沁草原東爿一个新的城市，有一个足大的煤礦場佮火力發電廠，市民攏是各地方來的礦工佮電廠的工人，團結、忠心，做伙為『新中國』的未來拍拚。我的老爸就是對新疆去到煤礦場討趁的其中一个工人。」

「你的老母咧？」

「我的老母做手工，伊佇做頭紗的艾德萊斯絲綢布頂懸繡花，有時嘛繡長袍佮伊犁花帽，繡好交予市內一間專門賣新疆布品的店仔賣。黑岩城有袂少新疆去的人，彼間布衫店生理誠好，店頭家阿里木是阮佇白樺村的老厝邊。阿里木的老爸是阮阿公阿扎提將軍的部下，真少年就死佇王震的解放軍手頭。阿里木的老母只好焉悠兜三个兄弟改名換姓，逃去滿州的黑岩城。阿里木的老母生理頭殼好，悠兄弟自細漢跤手猛掠，所以慢慢有彼間店仔。後來，是伊寫批予我的爸母，阮才會對白樺村遠途搬徙，去到黑岩城討生活。」

哈力表示，伊搪著烏蘭塔那的茶館，嘛是海派的阿里木開的。來自新疆的一寡東土耳其民族軍的後代新人佮理想志士，時常佇彼間茶館出入。茶館二樓有一間特別的暗間仔是保留予悠完全信會過的少數幾个人，佇幾落片門隔開的通道佮一片敢若紅毛塗壁的機關後面，需要事先知影的程序才會通入去。

阿里木非常清楚，愛有真濟的錢銀、時間佮謹慎的頭殼才有機會為伊的老爸佮伊的民族報冤。伊嘛支持優秀的東土耳其人去省城讀冊——哈力就是其中一个。阿扎提將軍死後，伊的後代若毋是受著政治追殺，就是散甲連街仔路的狗嘛毋插怹。哈力怹規家去到黑岩城的時，除了一茭羊皮箱仔貯怹基本生活的器具，以外就只有穿佇怹身軀的幾領敢若水蛙皮的薄衫。哈力的老爸佮老母所趁來的錢，只有夠通應付日常袂去飫著、寒著，怹完全無錢通予哈力出外讀冊。阿里木知影怹的困難，伊對伊厚厚的羊毛毯下底的地板共一坩箱仔摸出來，共一塊 2 兩重的金鎖片交予哈力講，這是對偉大的阿扎提將軍基本的尊敬。

彼已經是怹政治當局所謂「經濟開放」的年代。哈力後來會當出國讀冊，嘛受著阿里木誠濟幫贊。伊佇阿里木開的茶館搪著烏蘭塔那的時，已經是伊佇美國讀冊轉來、（假影）予中共的核子研究室「吸收」的重要時期。阿里木開的茶館叫做「卡龍茶館」，因為遐有一个小小的表演舞台佮一台真幼路美麗的卡龍琴。哈力閣會記，伊頭一遍看著美麗的烏蘭塔那的時，怹就佇舞台頂表演「刀朗木卡姆」，烏蘭塔那唱歌的聲閣懸閣婧閣充滿寂寞，台跤的聽眾形容伊的歌聲敢若一隻鵜鶘，會使共天邊的白雲喊走。烏蘭塔那的身邊有 4 个北方來的中年樂師，一个彈熱瓦普絃仔琴、一个拍手鼓乃格曼其、一个歕品仔巴拉曼，另外一个用純熟的技術演奏彼台幼路美麗（怹講是充滿民族靈魂）的卡龍琴。伊所唱出的木卡姆，大約的意思是講：「愛人啊，你是欲來共我脈一下，抑是提火來共我烘啊，敢講毋是欲予已經化去的情火，閣佇我的心內點著？」哈力表示，雖然烏蘭塔那是庫爾勒來的蒙古人，毋過佇這个世間，伊閣毋捌看過親像伊遐爾大閣深的烏目睭，伊嘛毋捌聽過比烏蘭塔那閣較寂寞悲哀的歌聲。上重要的是，烏蘭塔那咧唱歌的時，目光一直囥佇哈力的身軀，甚至有幾落回怹的四目交接，烏蘭塔那嘛完全無閃避。咧回想彼个場面的時，伊猶會當感受的伊的心臟親像木卡姆歌聲的彼款深刻的跳動。

5

「所以我佮烏蘭塔那就鬥陣矣。伊為著我佇黑岩城加停 2 暝。我佮伊時時刻刻攏做伙。啊，彼是遐爾仔媠的兩蕊烏目睭啊！後來，我利用放長假的時間，綴怹的樂隊去到幾落个鄉鎮看伊演出。烏蘭塔那講，佇庫爾勒，伊有一个真誠散赤的出身，伊的爸母攏佇礦場做小工，身體自少年就操害去矣，伊的老爸甚至得著費氣的肺病，人攏共怹講，愛食營養，毋過，怹厝裡的經濟當然無通予怹食好，所以，伊的老爸就病倒佇眠床頂矣，黃酸的面敢若蔫去的果子仝款。所以，烏蘭塔那就立志欲離鄉唱歌趁大錢，伊講，錢就是真理中的真理。過無偌久，伊來到研究室附近、我所蹛的省城揣我。我共伊的手牽咧，共一寡對研究室的薪水儉落來的存款提予烏蘭塔那，叫伊買營養品予伊的老爸。伊本底毋收遐的錢，毋過我共伊講，咱草場頂的散食男女就是愛互相照顧。後來，只要伊無演出的行程，伊就來省城揣我，蹛佇我的宿舍。」

「上頭，運動的代誌我一直無想欲拖累伊，對伊來講，啥物攏毋知就是上安全的。毋過，伊當然是敏感的，我無可能對伊隱瞞所有的行蹤，後來伊就漸漸知影我的身份。2 冬前，我加入一个佮美國大學合作的長期計劃，核子研究室（當然伊對外毋是這个名稱）派我去，私底下有一个任務，就是愛去收集資料，尤其是愛去探聽中共的研究室一直無法度克服的關鍵技術。簡單講，我就是您派去的技術間諜。我對東土司令部報告這个狀況，您共我指示，會當利用這个機會進行東土佮美國之間的地下工作。當然，您嘛知影我的任務有相當的危險性，所以您嘛指示，必要的時，為著我的安全佮東土獨立長久的拍算，我會使叛逃去美國。彼个時陣，我唯一的顧慮就是烏蘭塔那。」

「烏蘭塔那一聽著消息就共我表示，伊欲綴我去。一般這款情形，伊若佮我結婚就會當綴我去。伊講，伊嘛會當隨佮我結婚——毋過，我考慮著伊的安全，只好拒絕伊。彼个暗暝伊佮我冤家，毋過我真堅持，最後，伊斡頭，離開我徛的所在，共我講伊永遠袂閣轉來！」

「毋過，就佇我去到美國無偌久了後的一工，我收著烏蘭塔那的 Email。伊共我講，伊有身矣。當然是我的囡仔，毋過，伊嘛當然決定共囡仔提掉矣。Email 內底伊暗示有人暗中咧監視伊，閣有，佇伊表演的時，嘛不時有奇怪的人徛佇台跤。伊希望我會當想辦法。無論如何，伊表示，希望我轉去了後，會當閣去揣伊——我上頭懷疑這張批是假的，所以回批用阮互相之間才知的私下的祕密佮伊確認，我最後對伊的回批確定彼是伊本人寫的批無毋著。伊希望我會當結束任務，轉去中國。」

「我的心內艱苦，毋知欲按怎，就透過管道共東土的司令部反應，希望您會當想辦法協助我保護烏蘭塔那。我真清楚，毋是干焦烏蘭塔那，有可能我的親人攏已經受著當局的監視矣。果然，閣過無偌久，阿里木寄人傳話予我，講我的老爸佇黑岩城出小車禍。而且，伊講彼是一个奇怪的車禍，『就親像是專工挵過去的』。佳哉只是跤骨的傷，無大要緊，毋過，阮攏真清楚，彼是您刁工咧共我警告的。」

「事實上，我一直有提供予中國一寡您欲愛的情報（雖然是我有揀過、價值性無懸的情報），毋過，另外一方面，我嘛共一寡中國的情資提供予美國，美國已經對我有相當的信任矣。當然，這一切可能只是雙方面交換的過程，我相信美國最後的目的只是欲愛 A 礦，毋過上起馬，您佇表面上是欲佮我合作的。只是，可能有中國另外安排的細胞（嘛有可能是啥物單位裡予您收買的美國人，我閣毋知影是啥物人）共我的情形回報予中國的情報單位，所以才有遮後來的代誌——我相信，假使我若照烏蘭塔那講的轉去中國，我的性命就會休去，我一切的奮鬥嘛結束矣。」

「所以，我決定繼續留佇遮佮美國合作。阮一直咧監視恁的航程，本底是按算到日本才想辦法得著彼半張地圖，只是想袂到，恁的船竟然先受著中國的漁船威脅，所以，基地就安排恁佇 K 海峽駛入『海門』——彼是美國海軍佇西太平洋的大規模計劃的一部分——通過彼个『海門』，恁的船才有法度來到這个所在，您共這个過程叫做『瞬移』。本底，若照計劃，只要恁的船來到遮，無偌久，就自然有美國軍艦會出現共恁悉路，只是，想袂到恁的船會佇遮故障……」

「更加想袂到的是，我收著對東土總部傳予我的訊息，講中國的官方已經出手共烏蘭塔那掠去矣！」

哈力的面扭曲，敢若一塊雄雄皺去的瓜仔皮。

我感覺真誠好奇：「敢講『海門』計劃，就是你拄才講的『西太平洋的軍事布局』？」

「確實。『海門』提供美軍佇西太平洋快速走徙的祕密通道，彼是美國有能力全面封鎖西太平洋——尤其是第一島鍊佮第二島鏈之間曠闊海域——的祕密武器。佇『海門』計畫裡，有一个反應器會當提供這个過程所需要的**重力波通道**，其中，需要大量的 A 礦。」

「重力波通道？彼是啥物款的通道？」

「這關係著『重力』佮『時空幾何』互相之間的作用。根據現代物理，重力本身會影響時空幾何，予其中的物體根據上短的路線做慣性運動。用物理學家約翰・惠勒的話來解釋是：時空共物體講欲按怎運動，物體共時空講欲按怎彎曲。『烏美加區』**就是超級大的重力場所造成的時空彎曲，予恁的船仔親像針，對彎曲的布面直直直穿過，共二个本底距離 500 浬遠的點紩**[1] **做伙**——當然，這个反應需要誠強的質能，目前的實驗規模猶是有限的，佇一定的範圍內面，只有短短的作用時間，毋過，這短短時間就造成反應器的溫度非常懸，只好靠大量的海水降溫。」

「顯然，中國是發現這个祕密通道矣。」

「是，您可能已經知影這个『海門』通道的存在矣。您嘛發現，我自頭並無共您提起這个計劃。我一直共您透漏的，只是佮『反 EP 材料』有關係的部分。」

「莫怪您會對付你！」

「我想您目前是知影一寡部分。您有可能知影一條會當佇西太平洋瞬移的海洋通道——毋過，您該當對細節閣無了解，嘛無一定就知影這个計劃佮 A 礦的關係。我更加相信，我只要轉去中國，您一定會掠我，阮這幾冬所有的努力嘛會烏有去——今上害的是，烏蘭塔那已經先予您掠去矣！」

「你猶無共美國人講過烏蘭塔那的部分？」

「當然無。假使我若共您講，可能烏蘭塔那會愈危險。」

1　紩〔thīnn〕：縫。

「所以你才會對美軍基地偷走出來，來到阮的船？」

「嗯！我只是咧想，敢有可能佇恁的船揣出啥物新的出路？」

「哈，毋過這隻佇太平洋中央故障的船，敢成實會當予你啥物新的出路哩？」佇我身邊的麗雲，故意用輕鬆的氣口按呢講。

就佇這个時陣，阮聽著有人咧拍門的聲。哈力大粒汗細粒汗，用苦楚閣懇求的面看阮。

「我拜託恁，予我暫時匿佇遮，嘛先為我保密，拜託！這完全是為著烏蘭塔那！」伊講：「我按呢共所有的情形攏對恁講明，就是為著這个不得已的請求！」

我越頭看麗雲，看伊的意思按怎。

麗雲慎重頕一个頭。

我回答哈力：「你先匿佇遮是無要緊。毋過，保密的部份，我實在無法度保證。」

案件筆記 10

猴忠仔敢有想欲去日本見彼个人？

就佇猴忠仔倒落來了後，上無法度理解的所在，是關係著猴忠仔敢有想欲去日本見某一个人的態度。

代誌的記錄是按呢。佇伊倒落來進前一段時間，聽講有一个穿旗袍的中國查某來揣伊，提議伊去日本接接生理，愛伊去見「某一个人」，毋過，伊並無接受。怪奇的是，幾工了後，伊閣要求伊的秘書為伊訂機票，決意欲前往日本。

根據詳細的訪問，猴忠仔的家後秀眉對猴忠仔敢有想欲去日本見「彼个人」完全無啥物印象，毋過，有印象的，煞是庄後一个佮猴忠仔有「深刻友誼」的煙花女子秋琴。

根據秋琴講法，猴忠仔就算是佇床頂咧佮伊「捙跋反」的時陣，猶是有時會去講起伊對伊的家後秀眉堅定的愛情。秋琴講，彼工的猴忠仔佇床頂的動作雖然激烈，毋過非常的寂寞，了後，伊對秋琴透漏，假使若毋是因為想著秀眉，伊毋是會使「予恁嚇」的人。警方認為秋琴無講白賊的理由。

這句「予恁嚇」，成做警方必需要去日本進一步調查的關鍵。

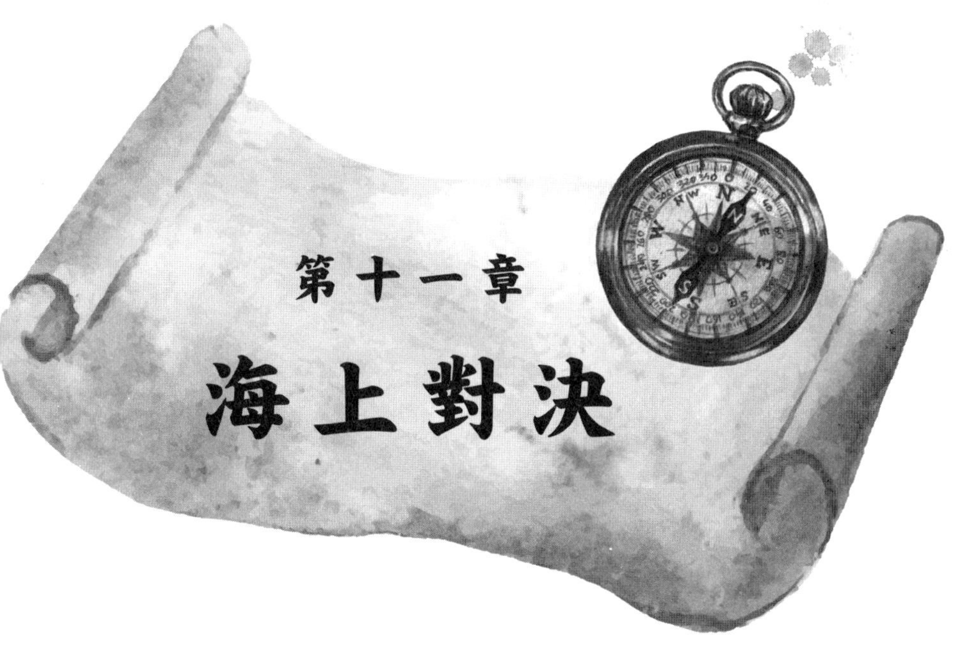

第十一章

海上對決

1

來到圖書室敲門的是一位水手，是台灣人。

「船長希望麗雲小姐佮你去後控室集合。」

「後控室？奇怪，哪會佇遐？我毋捌去過遐。」麗雲按呢講。

「往艙底輪機室的方向。佇輪機室附近。船長交代，是一个秘密閣緊急的狀況。」

我佮麗雲相對相，交換一个心內有數的眼神——您知影哈力失蹤矣，我按呢想。我相信麗雲嘛是按呢想。而且，美國的船艦該當已經欲駛到位矣。

阮綴彼个水手行。通對艙底的通道真暗，閣誠隘，想袂到，才踅一个斡，佇通道邊仔，一片門煞雄雄拍開，對內面伸兩枝手骨出來，親像舂乓[1]仝款共阮拖入去。

門的對面閣有第二片門。阮連哀叫的時間都無，就予您sak入內底彼片暗門。我的雙手予足大的氣力拗對後壁，肩胛頭疼甲親像欲裂開。

「恁欲創啥？船長咧？」我按呢喝。

「足疼的，恁放手！」麗雲嘛按呢喝。

我注意看，這个小小的空間電火暗糝，是一个园糞埽雜物

1　舂乓〔tsing-piàng〕：打砸搶。

的庫房，四界油濫濫，空氣閣翕閣 hah。內面已經有四隻虎豹獅象佇遐咧等阮。

「船長咧無閒，凡勢，等一下嘛愛請伊來。」

「無恁是想欲創啥？」

「阮欲揣一張地圖爾爾。」

看起來親像禿頭的彼个按呢講。伊越那講，我佮麗雲的雙手越那予您用索仔縛佇鐵架。禿頭彼个的面四四角角，牙槽足大塊，袂輸兩爿後層有櫼[2]一塊綿仔。伊的胸坎足厚實。我一定有看過伊。我按呢想。一定是佇內圍的庄仔頭啥物所在看過。

「喂！啥人派恁來的？」麗雲按呢講。

「喂！你這个老相好的哪會這呢無聽話？我問伊東，伊煞講西？」彼个問話的故意看我，共我剾洗。我看麗雲規个面氣甲紅記記。

「你是烏白講啥？啥人佮伊相好？」麗雲按呢講。「恁是佗一个系統派來的？」

「嘻嘻，阮注意恁誠久矣。明明二个人關佇房間規晡久，閣講毋是老相好？誠無閒否[3]？」親像禿頭的彼个繼續講。

我看麗雲，對伊搖頭，意思叫伊忍咧，毋通閣講話。

2　櫼〔tsinn〕：塞。

3　否〔hóonn〕：語助詞，類如「不是嗎？」

「我毋知影有啥物地圖。」麗雲按呢講。

「我想妳嘛一定是按呢講的。」

「哼！」

「當然囉！美國人的船著欲來矣，聽講美國人嘛咧數想彼張地圖，敢毋是？」

「恁遮憨人！無害死規船毋甘願。」

「妳又閣知影阮是啥物憨人哦？哈！妳拄才閣講妳攏毋知咧！」

「噓！」我出聲。

我身邊另外一个毋成囝，共我搧一个喙顊，我的面佮規个牙槽隨疼甲起麻，一時間頭眩目暗。

「阮誠實毋知影啦！」麗雲按呢講。

「照我看，恁是楊鳴風的下跤手人啦！著無？」我對您按呢講。

您的面煞雄雄有一屑仔礙虐。

「敢講楊鳴風嘛佇這隻船頂？」我繼續問。

「無啦！你閣囉嗦？！」

悉頭的彼个共面斡對邊仔去。

「楊總書記」的彼齣囡仔戲到今猶閣咧搬。我按呢想。只是這馬您已經真真實實佮紅色中國的勢力牽連起來，絞做規帆。我想，眼前遮囡仔攏是伊的棋子爾爾。您是袂放阮煞矣。

「恁只是予伊煽動。」我按呢講。「莫毋知死活！敢講……

恁攏無想欲活咧轉去矣？」

彼个拄才共我搧喙顊的毋成囝，對我的跤胴骨共我踢落，我隨哀叫一聲，感覺著骨頭袂輸予鉛鉼劃過的彼款疼。

您用手摸麗雲的喙顊佮頭毛，刁故意戲弄伊，共伊的頭毛夾仔剝落來，閣共伊頂懸衫的頭兩粒鈕仔敨開。

「啊！」麗雲閃您，叫出聲，頭一直幌。

我講：「喂，恁住手。講看覓，伊楊鳴風是予恁啥物好處？趁大錢爾爾啦！買通船員走水路敢毋是？講看覓，這逝，伊予你偌濟？船頂閣有啥物？毒品？抑是中國真真假假的古董？春豐海運的船毋予恁走水路，恁就趖來這隻船？」我想著可憐的我的另外一个同窗、春豐海運的少東郭武忠，閣昏迷倒佇病床頂，伊的牽手逐工咧流目屎。

炁頭的彼个雄雄奸笑起來。

「嘿嘿，所以你果然早就知影矣？」

「我知影啥？」

「哈哈哈哈，你毋通假甲袂輸你上蓋清高。你果然早就知影矣。若毋是阮大的事先有交代，我干焦呸瀾就共你淹死———吳先生啊，我並毋是完全對你攏無了解哩，你無義氣是通人知的。我嘛知影，你因為內圍庄仔頭的幾項小代誌，按呢四界調查，佮阮大的創甲無真爽快。毋過遐攏無要緊。我規氣共你偷講，我有幾落遍講欲直接共你這个爪耙仔彈掉、摼入去內圍埤飼鴨準拄好去，毋過阮大的竟然毋准我。當伊知影你嘛綴上這隻船，閣特別交代，叫阮暗中保護你咧！」

「呸！講甲袂輸恁警察仝款咧！」麗雲講！

「著著著！姊仔！予妳講著矣啦！警察！阮就是警察啊！哈哈哈！佇地方通人知，阮就是上有正義感的一群警察咧！我共妳講，當妳過甲四是四是、四界佮查埔人啉咖啡、出國遊覽兼談戀愛的時，阮庄仔頭逷乞食是啥人咧照顧咧？閣有，遐無物件通食的散鄉人，逐工攏領啥人的便當過日？我共妳講，是阮——抑若伊咧？伊是啥物款跤數妳知無？」四角面的用手指我。「伊這个毋成囝，為著伊小妹的代誌來拜託阮大的，阮大的一句都無講，保險箱仔拍開，隨提 60 萬出來，借怹小妹去還伊妹婿的筊數。恩情人呢！結果伊按怎？伊竟然變做一枝大抓耙仔，四界去抓阮大的的代誌，閣共阮大的設計——嘿！這敢是伊報答恩情的方式？」

「無這个代誌。」我講。「楊的伊佮白派的恩怨攏和我無關係。」

「閣講無，你叫是阮毋知？姓郭的的彼件代誌，你私底下訪問規庄頭的人，抐[4]甲規庄滾滾滾，敢講阮會毋知？」

「所以恁是驚人問出啥物？」

「阮毋是驚人問，只是，你彼款契兄公的問法，閣問甲對查某人的眠床頂去，阮是煩惱無細膩予你這隻有穿衫的精牲暗

4　抐〔lā〕：攪動。

算去。」

伊這句話予我感覺痛苦。尤其佇麗雲的面前，話語親像一枝刀對我 liô 來。尤其想袂到您竟然會認為您有資格教示我。

「白賊！這毋是真的——就算我是精牲，伊嘛毋知影啥物地圖的代誌。」我按呢講：「毋過好運的是，我偏偏知影一切！你若放伊走，我就共你講。」

「免！較莫來這套。阮自然有阮的辦法。若你喔，等你後世人才轉來共我講啦！哈哈！」

四角面的講甲惡確確。講了，就悉您行出這間庫房，共受縛的阮二人留佇烏暗中。船機的聲真成大，毋管阮按怎喝咻，攏無人來應聲。

「假使您若驚咱喝，就袂共咱留佇遮矣。」我最後按呢講。

庫房內面是翕閣 hah 閣有臭油味的空氣，敢若有一款 sak 袂走的陰沉對心肝頭揩來。我雄雄非常懷念佇陸地的日子。拄才轉來幻影號所出現的彼款忝頭，又閣拑[5]倚來。

假使會當倒佇眠床頂就好矣，我偷偷仔按呢想。阮無閣喝聲了後，船底艙的船機的震動愈明顯。烏暗中，我聽著麗雲佇我身邊喘氣的聲。閣有海湧刷刷刷[6]摃佇船殼的回聲。

一分鐘並一个熱天較長。

5　拑〔khînn〕：有侵略性地靠近。

6　刷〔suat〕：狀聲詞。

「聽起來，你閣有袂少無講的。」麗雲按呢講。

「無確定的線索傷濟，我毋是刁故意毋講的。」

「也白派咧，彼又閣是啥物？」

「白派是以王議員為中心的一个地方政治的角頭，一向佮王爺廟的人較親近，便若選舉，王爺廟攏昒伊較濟。只是，經過我的調查，我並無法度確定是伊抑是楊鳴風較希望猴忠仔無命……」

「警官先生，你只是假神祕爾爾。你早就知影姓楊的您會坐上這隻船敢毋是？」

「我完全毋知，若知，我早就講矣。嘛有可能是您綴我上船的。」

「按怎講您欲綴你？」

「佇調查中，我發現猴忠仔捌對伊的牽手講起彼本古冊的代誌，伊嘛捌透露，欲佇日本的拍賣會佮『一个人』見面。其實我另外的目的嘛想欲去揣著『彼个人』。我想，楊鳴風的下跤手嘛是為著仝款目的上船的。」

「『彼个人』敢是『紅劍』的人？」

「我猶袂查清楚。」

「你想，彼是啥物款的角色？」

「若照猴忠仔牽手的講法去推測，彼个接接的人，應該是一个大金主的下跤手。我想是屬佇文野辰雄咧追查的『紅劍』系統。根據我請教文野辰雄所了解，您習慣佇公海郵輪頂的筊場進行生理買賣。若我無臆毋著，彼个金主初初是想欲透過猴忠仔買賣物件。」

「是按怎欲透過猴忠仔？」

「有一个代理人較好出跤手，怹嘛免家己出面。閣再講，妳莫袂記，伊是春豐海運的頭家囝啊，猴忠仔有家己的船，萬項攏較方便出跤手。」

「按呢講嘛有理。你想怹這逝想欲買賣啥物？」

「我本底嘛毋知，毋過，經過這兩工我臆，應該就是欲愛挃[7]文野辰雄放出風聲的彼張地圖。紲落去到長崎，我相信怹嘛會出手買彼本古冊。」

「想袂到，一个風聲會使惹即呢大的風波出來。」

「假使你有幾隻會佇中國佮東南亞各港口停靠的船，『紅劍』這款金主當然想欲去接接你！」

「若按呢，拄才姓楊的下跤手講欲愛彼張地圖。你想，怹敢是已經佮『紅劍』彼个人接接著矣？」

「我想是誠有可能。」

2

烏暗本身就是重量。我一直想，敢有可能共這重量 pué

7　挃〔tih〕：取得。

走？

尤其予人痛苦的是，這的確存在的重量親像永遠摸袂著——伊是一層霧。霧來到心內，毋過心無法度共霧 pué 走。霧毋是佇我的心內爾爾，彼層霧佇故鄉，已經予所有的人浸佇內底。

烏暗中，老傳道對我講話的模樣閣一遍出現佇我面前。伊佇我出發上船進前，主動愛我去揣伊，共我講：「囡仔，就算你進入去深坑，去到大海上深的所在，就算海湧共你淹過，海草親像魔鬼的爪牙纏佇你的頭，平安猶是會佮你纏綴。因為這是欲叫你見證，既然世間的人已經知影上帝會因為咱的驕傲受氣，甚至共咱擲入大海予魔鬼佮大魚拖磨試煉，伊猶是佇海的深坑聽候欲幫贊咱。這个見證是大的，毋過你愛用全然的智慧佮堅心去對抗一切魔鬼的詭計，寸步袂使讓伊！」彼時針對伊的話，我全然聽無，嘛無警覺。

彼个時陣郭武忠已經昏迷矣，雖然所有的人攏知影代誌並無單純，毋過，所有的人攏毋知影發生啥物代誌——一直到伊的抽血報告出來，有明顯的中毒反應，上可能是酒精中毒——雖然，彼日所有伊身邊的人攏堅持佮伊啉仝款的酒，毋過，伊猶是可能因為假酒中毒昏迷，這嘛是事實。

所有的人攏有去共猴忠仔敬酒，根據酒國的規矩，您嘛時常會互相透濫酒、抑是交換您的酒甌來分享對方的酒。閣根據坐佇伊身邊的鐵工廠頭家李萬的講法，彼工差不多所有的人攏來佮猴忠仔交換酒甌。有的人是嫌伊的酒透傷濟冰角、影響酒精度、傷害酒國的公平競爭，有的人是認定他特別摜來的酒比主家李萬攢的酒較好啉。

怪奇的是，這「所有」的人，包括大廟的人、農會的人、信用合作社的人、水利會的人、警察分局的義警、以王議員為中心的政治白派份子……等等，毋過偏偏就是無包括大家攏直接掠做嫌疑犯的里長楊鳴風的下跤手人——桌攤主人李萬尤其無可能邀請他來。這个情形予我私下的調查工作更加充滿疑霧。這表示假使彼个上初的懷疑是成立的，按呢，這「所有」的人中間可能有予楊鳴風的勢力滲透矣。或者，猴忠仔本底的朋友之間敢是出現新的出賣者？若是按呢就更加予人擔心矣。

烏暗中，我對麗雲講：「佇船頂，我嘛有懷疑幾位可能本底欲佮郭武忠接接的人。」

「你有發現啥物？」

「有幾位人選，毋過我無法度確定。」

「人選？敢誠實他會上船？就算他初初接頭的猴忠仔已經昏迷？」

「為著他的利益，彼毋是無可能的。他只要隨時換一个接頭就會當。我拄才想，楊鳴風他可能就是收著『紅劍』的指令上船的。」

「彼是啥物款的人？你佇佗位發現的？」

「佇筊場。我探聽著有幾位中國人是佇香港上船的，嘛有進前佇南洋的港口上船的中國生理人。我故意講著彼本古冊的拍賣，其中有幾个人的面出現使人僥疑的表情……彼一定牽涉誠濟利純，尤其是，照我估計，您定著是想欲得著『紅劍』的長期代理商身份！」

「若按呢講是有道理……毋過，重要的是，代誌可能嘛毋是您遐爾人想的遐單純啊！比如講，美國人佮彼个哈力的代誌您敢知影矣？」

「噓！佇遮，咱先 mài 提起伊。咱上好激戇到底！」

「為啥物？」

「妳敢無聽過『隔牆有耳』？咱上好是有耳無喙。」

「按呢講是無毋著。毋過，你敢無認為，咱會予所有的人放袂記，然後死佇這个黃酸的所在？我感覺無人會來到這个所在揣咱。尤其您明明知影咱毋無清楚地圖佇佗位。」

「有可能文野辰雄嘛仝款予您掠去矣。只是關佇別个所在。」

「若按呢就害矣。毋過代誌可能比你想的閣較嚴重。」

「敢講有其他閣較嚴重的可能性？」

「哈哈，你嘛無巧嘛！」

「妳閣有心情滾損笑？」

「我哪有滾損笑？你聽袂出我是認真的？」

「妳是毒蛇派的。」

「我毋是毒蛇派的。我只是雄雄感覺，恁查埔人的世界，永遠只是一个衝碰、毋知通合作的世界。我相信，日本的彼个人，一定是『日中友好會館』的許源海的人，也就是共阮姑丈偷南蠻畫的嫌疑者，伊是受中國情報系統直接指揮的。」

當然，調查到今，我當然知影伊所講的。我本底閣欲解說啥，毋過口面這時傳來鬧動。

先是有一陣喝咻，後來，敢若對頂面的船甲板佮船殼外面的海上有銃聲彈來彈去。閣無偌久，船殼就「碰！」一聲，敢若予物件揲起去。

3

我後來聽講，彼場鬧動是對大餐廳的表演舞台開始的。上起頭，當幻影號重新起碇駛向原來的航道，船頂的遊客隨就用歡喜的心情聚集起來。尤其當有人聽著軍艦欲來悉路的風聲，佇大餐廳出入的眾人就更加放心矣，所以，當彼个穿和服的日本姑娘上台唱歌的時，伊就得著完全無保留的噗仔聲曬。

彼个歌女有長長的鵝卵面，面的水粉抹甲遐爾齊勻，予面容繃做一个白淨的平面，兩蕊目睭細閣幼秀，喙脣光艷油潤，紅色的胭脂含水，隨伊的歌聲映出舞台燈光的色緻，予伊的喙脣佮兩排白喙齒成做優雅活潑的性命體。台頂伴奏的是一位彈手風琴的老紳士。這位老紳士面尖尖，穿正式的西裝，頭戴一頂毛料的紳士帽，倒手拟低音節奏、正手拟有和絃的主旋律。雖然伊的面無表情袂輸一塊石牌，伊有年歲的手蹄仔閣皺閣攏全是血筋，毋過伊舞曲風格的演奏，隨就予所有的人攏想欲綴咧跳舞。歌女先是唱彼首〈夢追い酒〉，嚨喉的喉韻一下手就吸引所有人的注意。

「這首是台語的，就是〈夢追酒〉嘛！」

「你嘛莫遐倯好無？人這歌曲本底就是日本歌！」

「明明台語的。」

有袂少人綴姑娘仔的歌聲哼起來。

閣來的彼首〈花笠道中〉，也就是台灣人的〈孤女的願望〉奏起來的時，綴咧唱的聲就愈大聲矣。

一直到第三曲、彼首〈初めての出航〉前奏拄才奏起，就有一个坐佇頭前桌的老先生喝講：「好啊！快樂的出帆！」按呢，就佇老紳士閣一遍用伊的舞曲風格演奏這首〈初めての出航〉的時，大約規个大廳的台灣人就進入一个放肆合唱的極樂世界矣！

青い海原　幾千里
（青色的海洋　幾千里）
ここはとこ夏─みどりの島 島よ
（遮是四季如夏　青色的群島啊）
パパイヤ香る─南の島よ

（有木瓜的芳味　南方的島嶼啊）

かもめ　かもめ　かものの群

（海鳥　海鳥　規群的海鳥）

みんなで愉快に　ゆこうよ

（逐家歡喜向前行啦）

敢講毋是按呢？您用台語抑是日語唱講：海洋是查埔人該去的所在，海平線是希望的天哩！只是，按怎嘛想袂到，這个極樂世界真緊就受著挑戰，雄雄車跋反。

當您閣一遍大聲做伙唱「かもめ　かもめ」的時陣，雄雄一个足大漢的查埔人徛起來，喝講：

「臭你媽的！你們這群日本狗！」伊的身軀邊，一群猴群狗黨嘛綴伊徛起來。

幾位服務生隨行倚來。

「莫按呢啦，只是唱歌嘛！大家攏仝一隻船的。」坐頭前的彼个老先生斡頭過來講。

「誰和你同一艘船？真是倒楣，竟然要聽你們唱這些日本鬼子的歌！」

「您這麼講就罵到我的父母親了噢！再說，你們坐上這艘船，不就是要去日本玩的嗎？那麼討厭日本，又為何要去日本玩呢？真想不通！」

彼个老先生按呢講的時，雄雄徛起來。伊的外表平凡，佮平常時咱佇街仔路看著的歐吉桑無啥物無仝。伊瘦，毋過骨骼閣保持誠端正，穿畢紮的白短衫佮海軍藍色西裝褲（彼个海軍藍予伊看著比伊仝年歲的人少年）。他一般是恬靜的一群人，若無講話的時，會隱形佇環境內底，無人會去注意著。伊的眼神平和，毋過堅定，目眉半白矣，頭毛染誠深的烏，彼个烏顛倒佮伊有淡薄皺痕的面夾插[8]出一款有年歲的堅持。伊講的是無毋著的，伊的父母一代必定是出世佇日本時代的台灣，是日本國民。KMT 來了後，彼代人經歷過咱無法度體會的失望，您用盡辦法予家己佮囡仔以來园佇伊身軀的日本文化、日本精神保持關係。平時仔，您佮仝款受過日本教育的一代用日語講話、唱日語歌曲、寫日語批佮俳句、看日本節目，藉按呢來脫離 KMT 所帶來的精神統治佮文字酷刑，一直到您離開這个世間。

「他媽的！老子要去哪裡玩，你管得著嗎？」

第一个破去的玻璃甌就是這時予彼个查埔人擲落佇塗跤的。

4

情勢的演變真緊。

有另外一塊甌仔擲去演奏手風琴的奧里桑身邊，毋過無損

8　夾插〔kah-tshap〕：間雜。

著伊，只是擊著伊肩胛頭邊仔的西裝外套，彼塊甌仔落佇塗跤破去了後，玻璃幼仔散佇鵝卵面的歌女跤邊，共這个美麗妖嬌的日本姑娘驚甲面色青恂恂，用伊的絲仔巾掩佇伊的面。

所有的人攏毋知對本底群眾的佗一个部份竟然敢若分出新的一群，您明顯贊同擊甌仔的人，佇甌仔破去了後，這群人佇群眾內面喝喊、吵鬧、唱聲。另外一群（數量明顯較濟，毋過相對加真溫和）反對擊甌仔的行為，有幾个人出聲壓制您，毋過隨予您的聲嗽反唱轉來，袂輸共油滴噴佇火爐，顛倒予火閣愈旺。

「変だな！（詭怪）」有日本籍的服務生按呢講，您看著舷窗外面的海面，出現真濟中國漁船（事後分析，您是佮進前的漁船仝一割的，因為早前收著通報，今做伙擒倚來的），袂輸是欲來替遮鬧事的人助勢。

「無，恁遮鱸鰻是想欲按怎？」拄才出聲壓制的其中一个中年人按呢講。「這隻船，恁無想欲閣坐矣就著毋？」

「恁爸聽你咧放屁！你是咧囂俳啥物？這船是恁的 nih ？共你講，唱這歌，恁爸干焦聽就袂爽矣啦！」

「『管』一枝長長雙旁孔啦，講？恁袂爽閣拆票來坐船是按怎？是無塊通走毋？」

想袂到伊這句一講煞，就有一粒拳頭對伊的身邊伸過來，準準舂佇伊的後擴。這个中年人「Phiáng！」一聲，倒摔向[9]，倒佇眾人的面前。

「是啥人拍的？出來！」

一開始無人出面。

「哇！」

群眾反嘩的聲這時雄雄親像捲螺仔佇這个大廳滾絞。兩爿的人攏出手矣，勢面變甲非常激烈。其中親像有一股暗中的烏色勢力對逐个角落集中起來，形成一个集團，有人喝講是賊股。這个賊股集團敢若有一个中心，是我捌看過的个穿紅色旗袍的妖嬌豐滿的婦人人佮三个穿烏西裝、剃平頭的少年家組成的。外圍閣有一陣少年囡仔。怹敢若收著啥物指示，出手雄雄粗殘起來，共所有的物件位桌頂掃落去塗跤，手提棍仔，看著人就損。怹隨著得著「衰神四春乓」的封號。當其他船客發現勢面毋著，欲離開大廳的時，怹才發現出入口攏予怹派人顧稠咧矣。這个賊股集團的手裡有刀佮槍。尤其恐怖的是，「衰神四春乓」毋知對佗位提幾落桶柴油出來，威脅講怹隨時會共油點著。怹命令佇船長出現晉前，所有人攏袂使烏白振動。也就是講，規个大廳的人馬上予這个「衰神四春乓」佮伊的手下劫持矣。

群眾大約 20 幾个，予怹集中做伙，坐佇廳的正中央彼枝柱仔頭前。

9 倒摔向〔tò-siàng-hiànn〕：仰倒。

船長佮船員真緊來佇大廳門口，包括一位武裝的保全。遐衰神要求船長家己一个人入來廳裡佮您談判。船長講伊需要一个中文通譯，所以伊要求文野辰雄佮伊做伙行入大廳。

「請讓所有的人離開大廳。」船長一行入大廳就按呢要求。伊夯頭看舷窗外，雺雨的海面暮色陰沉，漁船仔的烏點共幻影號包圍起來。（其中幾台這時已經來到船尾，用鉤仔共索梯鉤佇船舷。）

「不成！除非你把人和地圖都交出來。」穿紅旗袍的婦人人按呢講。

「你是說？」

「我是說你前天晚上收留的那個病人，和你們手上那一張地圖。」

「你們知道你們的行為已經構成海盜吧。」

「我們要做什麼就做什麼，用不著你提醒。」

「很抱歉。我們手上什麼都沒有。而那個病人也突然不見了。」

「不要裝神弄鬼。你知道他的身分吧？」

「不是裝神弄鬼，這船那麼大，我也很想找到他。我只知道他是滿洲人，其他一無所知。你們也想快點找到他吧？」

「你不用裝蒜。我們眼線很多的。你如果不講，我們只好放把火，讓你這破船成為這海域名符其實的鬼船。」

「這對你們沒有好處，也很難交差吧。」

「那麼，你的意思又是怎麼樣？」

「你得要先把這個大廳裡的人都放走才行。否則我們和你們海盜之間沒有什麼對話的可能。你們相信我，我答應會幫你們找到那個人。畢竟那本來就不干我的事情。但我的乘客你必須放走他們。」

「唉呀！這可真是為難。」

「沒什麼好為難。我坦白告訴你，你們要的地圖，我們只有半張，我已經交給那個武裝保全，如果你們把船客們放走，我就會把那半張地圖交給你，然後幫助你們找到那個病人。」船長講了，叫其中一位保全共彼半張地圖提懸，展開予伊看。

「我們卻還要一個保證。」

「就是我吧！」文野辰雄共頂一句話翻了，直接對彼个穿紅旗袍的查某人講：「如果你們要一個保證，那就是我吧。我當你們的人質。」

佇大廳內面，猶原恬靜的空氣出現鬧動，毋過隨閣停止落來。

嘛佇這个時陣，船的引擎停落來，船螺大霆。

5

當大廳咧動亂的時，我佮麗雲猶困佇彼間船底的庫房。彼幾隻虎豹獅象離開了後，阮大聲喝咻一站，毋過攏無人出現。

這个庫房傷過倚近輪機室，柴油引擎轟轟叫親像一隊卡車陣，共阮的聲音崁過。

麗雲用酸溜溜的口氣講：「今害矣，警官先生，遮奇怪的份子是對佗位 pok 出來的，我想恐驚連你嘛毋知！」

「我已經盡量矣。只是，奸細的面頂懸袂寫講您是奸細。」

「毋過，你的面頂懸就有寫講你是欲來查案的。」

「哈！敢有？我的面有按呢寫？」

「若無咱哪會關佇遮？想著有夠兩光！」

「按呢講嘛是著。毋過，兩光嘛是一種手路。若咱傷精光，賊股匿甲你無塊揣。」

「講罔講，假使最尾後，你抑是我愛結束佇這个所在，若早共你的調查共我講，上起碼閣加一个風聲出去的機會哩。」

「按呢講嘛有理。我只是想袂到，您竟然攏是這款毋驚死的術仔，敢佇海中央出手，袂輸甘願毋管您家己的死活，親像中邪仝款。」

「規隻船對頭一工就攏中邪矣。」

「坐船的乘客本身就已經有問題，基本船員的組成來自各港口，嘛真複雜。若我推論，規个東南亞的海岸可能攏已經受著紅劍勢力控制。可能是冥冥中註定的，研究員文野辰雄佮我的追查，煞交集佇遮。」

「你的同窗猴忠仔嘛佮藝術品交易敢是『已經』有關係？」

「敢是『已經』有關係？我無誠確定。我進前的推論，伊算是受著牽連的。毋是藝術品交易爾爾。主要閣有毒品。」

「哦？」

「佇我所查著的事實，『總書記』的系統就『已經』是這个交易網路的一部份。中國人透過藝術品交易等等，透過楊鳴風共錢輸送予台灣的政治人物，嘛控制過去 KMT 建立起來的台灣地方組織系統。另外一方面，您對東南亞的管道，共毒品輸送予地方的烏道，近一步控制角頭的少年囡子，最後閣共毒品交易收入的錢，收轉去中國。楊鳴風一直想欲利用猴忠仔他家族的海運，毋過猴忠仔無願意（嘛有一个講法是講，您的價數講袂覓）——只是，伊下跤手已經有人先予楊鳴風買收去。錢萬能的。閣較複雜的是，有可能『紅劍』的系統已經相著猴忠仔這个新的代理人人選，計劃欲跳過楊鳴風，直接佮猴忠仔合作做生理……」

「所以猴忠仔才會雄雄中毒？」

「我這兩工的推論是按呢無毋著。也就是講，這是『紅劍』咧戲弄『紅蛇』，所以『紅蛇』才會對猴忠仔咬倒轉來！」

「伊敢成實是啉酒中毒？你有查明矣無？」

「根據醫生的檢驗，伊是中毒無毋著。毋過，是按怎中毒的細節，這我上船進前猶無答案……根據您某的講法，佇伊倒落前幾工，猴忠仔確實有計劃講欲去參加日本的一个藝術拍賣會。」

「就是咱欲去參加的彼个？」

「是。而且伊閣有對一个做伙跳舞的查某囡仔講著地圖買賣的代誌。」

「所以，『紅劍』的生理最後嘛是有喥著伊？」

「這是無的確。雖然以我對猴忠仔的理解，喥著伊嘛無算意外。只是，可能無遐爾單純。」

「喔？」

「有人講，彼二工猴忠仔講著欲去日本，鬱卒鬱卒——伊酒醉的時對舞女講話，一向袂講白賊。當然，進前我對伊日本的生理是啥物完全無法度理解（所以才會來遮）。若是有新的好生理，伊無該當是鬱卒的才著。」

「你的意思是？」

「我的意思是，伊嘛有可能是被動接受『紅劍』的指令的，比如講，可能伊是受著啥物威脅……」

「著！按呢嘛誠有可能。」

麗雲按呢講的時，雄雄船機室恬落來矣。

阮利用這个難得的機會，做伙對庫房門口的方向大聲喝咻起來！

6

根據後來的理解，幻影號的機械雄雄停落來是幻影號針對海盜事件的標準程序，當船長對大廳內底的暴亂者講出「海盜」的時，命令就傳去到後控室，由輪機長佇後控室接管規隻船的運作。佇所有的情形無清楚進前，會共所有的機械動力禁起來，避免海盜攻擊駕駛室了後，控制規隻船的運作。

我佮麗雲就是因為輪機停車才有機會得救。當阮喝咻一站了後，庫房的門予一个水手拍開。伊共阮講，大廳遐出代誌矣。

阮做伙從去到大廳彼層甲板，發現規隻船的人差不多攏總佇遐看鬧熱。

船長佮彼陣春乓的猶閣咧進行談判。

另外一方面，海面上的幾落隻漁船嘛開始明顯迫倚來，予幻影號的壓力愈來愈大。3 个武裝保全，其中 1 个守佇大廳門口，另外 2 个顧佇船頭船尾的舷邊，毋過，漁船頂懸嘛有步銃，船舷邊的保全應當擋無啥會稠，估計，海賊真緊就會登船。

我心內想，叫其他遮無武器的船員佮船客去阻擋有銃的海賊登船更加是無可能的。

場面非常悲觀。

我相信，船長一定嘛知影嚴重性，所以才把握時間一直佮恁講。毋過面前，為著船的安全，除了交出地圖，已經無其他辦法。

「我相信海面上那些漁船，是接應你們的吧？如果我把地圖交給你們，你們可以答應立刻離船吧？我警告你們，美國籍的軍艦『林肯』號，已經在 10 海浬之內了，如果你們的小漁船不想變成碎片的話，最好立刻滾蛋。」

「我們還要那個保全的槍，還有一個人質，就是他。」彼个穿旗袍的查某賊頭，面向文野辰雄講。

文野辰雄對船長翻譯了，向伊頷頭，意思講伊做人質無問題。

「好吧！就這麼辦。地圖在這裡，你們先讓大廳裡的乘客出去吧。人質的話，你們就押我吧。」

船長行過保全遐，共銃佮彼半張地圖提來交予彼个查某，閣共伊的一枝手骨伸予他。

「你們走吧！」伊對眾人按呢講。

查某人身邊的少年家，隨共船長押咧，共刀架佇伊的頷仔頸。仝一个時陣，大廳裡的乘客，走敢若飛仝款，做伙傱出大廳。現場小可亂起來。

「你不滾的話，我們就連你一起押了。」彼个查某賊頭按呢對文野辰雄講。

船長對文野辰雄擻一下下頦，用日語講：「緊走，減一个人質，勝算就加一分。」

大約嘛是佇這个混亂的時陣，哈力暗暗仔出現矣。伊藏佇亂嘈嘈的人群之中，向彼陣賊股趖去，最後雄雄對彼个查某賊頭的面前跳出來。哈力共春乓查某手 nih 的地圖奪走，閣掰刀架佇伊的頷頸。

「槍放下！」伊按呢對彼个拄夯著銃的少年賊股講。

彼个查某驚一趒，只好命令彼个夯銃的共銃园落佇塗跤。

按呢，用刀押船長的彼幾个賊股，佮用刀押彼个查某的哈力，兩爿就對陣起來。

大廳內，其他的人攏離開矣。一出大廳，雄雄有人驚甲吼出來，一大堆人開始佇船頂四界傱，吱吱叫。

彼个予哈力押咧的查某，目睭撇過對哈力講：「你幹啥來的，刀還不放下，要不，老娘一火，待會兒叫他們一個屁把船燒了！」

「燒就燒，爺怕您啦！」哈力講：「反正這也不是爺的船！爺就是來這裡和你們同歸於盡的，懂吧！現在，妳，叫他把船長放了再說。」

彼个查某只好照伊講的做。

船長一行出大廳，就命令眾人疏散，尤其袂使共出口塞著。

然後，哈力就共彼个查某押咧，行對門口的方向。想袂到，就佇徙動的時，查某人趁哈力無細膩，大力翸一下，共伊的手掰開。

「你們這些龜兒子，還不撿槍！」

哈力的手一予查某人掰開，就開跤走出門口。

「放火！把這船給燒了！」彼个查某下令。

「衰神四春兵」的其中一个留落來點火，另外三个刀佮銃夯咧逐出去。您才走到門口，大廳就「轟！」一聲著火矣。

哈力一走出大廳，就予賊股手裡的銃彈著腹肚，血直直津。伊走對船尾甲板，「衰神四春乓」真緊就逐來。

佳哉，船尾閣有船長倩的一位武裝保全顧佇遐。

雖然是按呢，夯銃夯刀的衰神四春乓猶是佔較贏面，您對哈力迫倚去。

「哈哈，咱看您還是走投無路啦！咱們打個商量，不如你就把地圖給咱，咱留你的狗命一條。」

哈力一跤就迒過船舷。

「哈哈哈！妳這隻賤母狗子，妳少在哪裡狗眼看人低。我就讓妳爭個功勞吧，妳不如吠給妳的狗主子聽，就說是東土耳其斯坦阿扎提將軍的英勇後代哈力，已經被妳這隻母狗在海上給幹掉啦！」

雄雄，手提地圖的哈力，共地圖搦做一个紙毬，擲予彼个保全，講：「Go！Go！Go！」

伊看保全順利接著地圖，就隨共另外一跤嘛迒出去，身軀伸向前，跳入大海。

保全大喝一聲，手提地圖，隨走對另外一頭。夯銃的彼个賊股隨逐起去。另外三个賊股，從去到船舷，胸坎向佇船外看。干焦您有成實看著哈力跋入殕色的海湧，開出一蕊小小的紅色湧花仔。夯銃的彼个，無逐著保全，走轉來，就開銃對雺雨的海湧掃射。邊仔有一隻漁船，看著，嘛駛倚來，做伙開銃對海底彈。

毋過彼款勇敢的湧花仔干焦開一蕊，佇哈力沉落了後，就無閣有另外一蕊按呢的湧花，當然，伊嘛無閣對海底浮出來矣。

「喂，咱們走吧，我看這艘船是不保啦，咱們從這引水梯下了吧！」彼个查某賊頭，翻頭看幻影號船身沖懸的火佮烏煙，按呢講。

「那地圖呢？」

「再說了吧。運氣真背。叫他們來這船尾邊接咱們吧。還有，咱們得要趕緊走，最好離遠一點，免得這船沉了，把咱們給捲進去啦！」

7

彼時「衰神四春乓」夯銃逐出來，大廳已經著火，差不多規船的船員攏加入拍火。幻影號親像漂佇海上的一坩火鼎，船客傱來傱去，敢若火鼎裡的狗蟻。

因為火災引起所有的注意，閣「衰神四春乓」手裡有銃，無人敢倚近，干焦我佮麗雲綴起去。

哈力跳入大海進前，我就徛佇「衰神四春乓」後壁三、四步的所在。

哈力佮我交換一个眼神——

彼个眼神真短，毋過我知影伊欲交代我啥物。我對伊頕一下頭，然後，目睭金金看伊跳入大海。

彼是伊佮伊民族的悲劇。

「是為著烏蘭塔那的活命啊。」麗雲的聲音嘛充滿悲傷，顯然伊佮我理解的仝款。

「真予人毋甘的英雄啊。」

麗雲共伊的面埋佇我的胸坎哭起來。

「只要共文野辰雄的地圖交出去，哈力佮美國人講過的條件就是成立的，這是咱會使為伊做的代誌——自由世界愛有對抗暴政的義氣，敢毋是？」

火勢漸漸控制落來的時，遐本底共幻影號圍咧的漁船，已經排做一列，向西爿駛去。

佇黃昏雨霧中，西爿的海面……

厚厚殕色的雨雲下底，是雨霧佮彼列漁船的烏影。闊過去，雨雲的外圍靠近海平線的所在，烏色的雨層雲親像懸樓仝款徛佇天邊。彼毋是全然烏色的懸樓，當咧沉落大海的夕陽，共雲佮海的交界描出一逝幼幼金色的縫，嘛共雨層雲的外圍用柑仔色佮紅色的畫筆，勾畫出不斷變步的幻影。

「妳看，佇西爿上遠的海平線，彼片紅雲。」我共麗雲的肩胛頭幔咧。

「敢有親像一隻紅色的龍？」伊講。

「我看就是一尾蛇。我咧想，猴忠仔佇故鄉海邊仔看著的，敢就是這尾紅蛇？」

「小等一下，你看！」麗雲的頭雄雄夯起來，用手指對正爿的海面。

對殕色的雨霧上深的大海，另外一个烏影對幻影號的方向駛近來。

毋是，彼毋是烏影，彼是海上的另外一座懸樓。

「該當就是『林肯』號啦。」

我共麗雲講：「是啦，是彼隻軍艦。咱該當是得救矣敢毋是？」

我按呢講的時，感覺家己對一場久年的惡夢裡醒過來。

拄拄欲進入夜幕管轄的幻影號，親像一粒酒塞仔，佇西太平洋神祕的海域中央浮浮沉沉……

附呈

成做補充的二段事後的調查筆錄

（這二則是針對早前無受著注重的細節，佇烏美加環礁事件了後才進行的補充訪問）

一　郭武忠秘書李明鳳的筆錄

日期：XX年X月X日

地點：警察分局會談室

問：請問妳大名？

答：李明鳳。

問：妳佮郭武忠先生的關係？

答：我是伊的秘書。

問：伊前一站敢有講欲安排前往日本的行程？

答：有。有一个拍賣會，佇長崎。伊有交代愛安排。

問：彼是當時叫妳安排的？

答：4 月 16 日。機票的系統有訂票的日期。

問：聽講伊本底無想欲去？

答：是。閣較早幾禮拜，有一个奇怪的查某人來辦公室揣伊。彼時就有講著這个日本的行程。毋過彼陣阮頭家無答應欲去。

問：奇怪的查某人？按怎講奇怪？

答：就是……嘛無成是一个一般的查某人款……加真大漢，閣會使講是誠妖嬌，著啦，伊穿一領旗袍……

問：妳敢看會出來是佗位來的？

答：我一看就知影伊是阿陸仔，北方人。

問：妳是按怎看的？

答：所有的人攏看有好無。

問：上起頭，恁頭家是按怎無答應？

答：我無了解。伊嘛無講。

問：後來是按怎閣答應？

答：伊嘛無講。

問：後來伊欲去日本，妳感覺伊敢有誠想欲去？

答：感覺喔……我感覺是無。

問：按怎講？

答：伊叫我訂票的時，敢若真袂爽，操一句真穤聽的粗魯話。

問：早前彼个奇怪的查某人，是佗一日來拜訪伊的？

答：我想一下。著啦，是3月23日。彼日拜六，本底我愛參加阮後生學校的班親會，煞予頭家叫去公司接待人客。

問：（警方出示幻影號所錄著的某畫面截圖）恁彼个人客佮這个有成無？

答：喔！無毋著。根本就是伊。彼日來的查某人。

問：真多謝！最後，這个案件，妳本人對警方敢有啥物想欲補充的？

答：無。暫時無矣。

二　郭武忠的家後劉秀眉的筆錄

日期：XX 年 X 月 X 日

地點：郭家客廳

問：請問妳大名？

答：劉秀眉。

問：妳佮郭武忠先生的關係？

答：我是伊的家後。

問：（警方出示證物）妳對這个物件敢有印象？

答：有。這是男用面膜。

問：這个物件是前幾工妳提予警方的，警方保存佇證物室。妳確定看覓，敢有相像？

答：是。我看是相像的。

問：這个物件，你是佇佗位提來的？

答：是我的彩妝教室的一个學生予我的。

問：伊敢有講這面膜有啥物成分？

答：無特別講，主要講是針對男性的皮膚有特別的配方。伊閣講是伊特別對日本提來的。

問：伊是日本人？

答：毋是。伊是中國來台灣讀冊的查某留學生，毋過伊對日本敢若誠熟似，因為來台灣進前，伊捌佇日本留學過。

問：是講，伊提這予妳，這件代誌，敢有人會使做證？

答：做證嘛……有，我的厝邊花雀姊，伊會使做證。因為彼工下課了後，我佮花雀姊欲做伙坐車去揣一个對美國轉來的朋友，所以伊下課共物件提予我，花雀姊拄好佇我身邊。伊會當做證。

問：彼是幾號的代誌？

答：我想一下……應該是 4 月中……著啦，4 月 19 日。

問：彼時郭武忠先生猶未出代誌？

答：猶未。因為我進前有共恁講過，我有共面膜佇我先生的面試用。伊講真爽快，清涼，閣有真芳的氣味，所以彼工伊攏總用兩塊。

問：伊試用是佇佗一工？

答：4 月 20 日早起，佇做醮的請水儀式結束，伊轉來厝了後。伊共我講伊真忝頭，叫我共伊掠龍。我就順紲予伊試用。

問：日期妳愛想清楚喔。然後，敢是仝彼工盈暗，伊佇舞台頂倒落來？

答：是，是彼工盈暗無毋著……敢講，是面膜有問題？

問：我等一下共妳解說。妳先共阮講，彼个中國留學生叫做啥物名？

答：徐潔。我記甲真清楚，因為是單名。

問：伊是當時開始去妳的彩妝教室上課的？

答：是伊共面膜提予我的前一、二禮拜，大約是 4 月初。伊予我面膜，就講是做阮初熟似的禮物。

問：妳這站敢有閣看著彼个徐潔？

答：這站無。有一站因為阮先生的意外，我的教室停睏。毋過這站我已經閣開始上課矣，只是伊並無出現。請問這張面膜究竟有啥物問題？

問：我共妳解說，根據鑑識組化驗的結果，確定內面有鉈化物，彼是一種會使予皮膚吸收的毒素，對一般人來講，吸收 1 公克就有可能致命。這一塊面膜頂懸，阮驗出有超過 1.5 公克的鉈化物毒素。按呢妳敢有清楚矣？

答：啊？

問：妳敢有可能知影，這个徐潔對妳、抑是對郭先生，敢有啥物冤仇？

答：我毋知影。（受訊者表情痛苦）啊！我哪有可能知影？

問：針對妳的先生郭武忠的案件，妳本人對警方敢有啥物想欲補充的？

（受訊者搖頭，佇椅仔頂哭起來，掩面無閣回答。）

國家圖書館出版品預行編目 (CIP) 資料

幻影號的奇航 / 胡長松作 . -- 初版 . -- 臺北市
: 前衛出版社 , 2021.09
面； 公分

ISBN 978-957-801-946-1（平裝）

863.57 110007834

幻影號的奇航

作　　者　胡長松
責任編輯　張　笠
封面設計　黃子欽
內頁排版　李偉涵

出 版 者　前衛出版社
地址：104056 台北市中山區農安街 153 號 4 樓之 3
電話：02-25865708 ｜傳眞：02-25863758
郵撥帳號：05625551
購書・業務信箱：a4791@ms15.hinet.net
投稿・代理信箱：avanguardbook@gmail.com
官方網站：http://www.avanguard.com.tw
出版總監　林文欽
法律顧問　陽光百合律師事務所
總 經 銷　紅螞蟻圖書有限公司
地址：114066 台北市內湖區舊宗路二段 121 巷 19 號
電話：02-27953656 ｜傳眞：02-27954100

出版日期　2021 年 9 月初版一刷
2021 年 10 月初版二刷
2023 年 12 月初版三刷
定　　價　新台幣 400 元
I S B N　9789578019461（平裝）
9789578019492（PDF）
9789578019485（E-Pub）

* 請上『前衛出版社』臉書專頁按讚，獲得更多書籍、活動資訊
https://www.facebook.com/AVANGUARDTaiwan